EIN COTTAGE IN HOPE COVE

HOPE COVE BUCH 1

HANNAH ELLIS

Aus dem Englischen übersetzt von

DANIELA MAIZNER

Bearbeitet von

THERESIA FINK

Veröffentlicht von Hannah Ellis

Cover Design von Aimee Coveney

EIN COTTAGE IN HOPE COVE

KAPITEL 1

Erste Zweifel an ihrer Hochzeit kamen Elizabeth Beaumont beim Shopping mit ihrer Brautjungfer. Würde sie nicht heiraten, müsste sie auch die Qual nicht ertragen, mit ihrer Schwester einkaufen zu gehen. Ein Kleid und Schuhe, mehr brauchten sie doch gar nicht! Wie schwierig konnte das schon sein? Aber wenn sie in dieser Geschwindigkeit weitermachten, bräuchten sie noch eine zweite Einkaufstour – und sie war sich nicht sicher, ob sie eine solche durchstehen würde.

„Du hasst mich, oder?", fragte Josie und zog die Beine ihrer abgerissenen Jeans nach oben, um die beigen High Heels zu begutachten, die sie gerade anprobierte.

„Natürlich hasse ich dich nicht", entgegnete Elizabeth und ballte dabei ihre Hände zu Fäusten. Dann atmete sie tief ein und entspannte ihre Finger wieder. „Aber es ist meine Hochzeit und du bist meine Brautjungfer. Könntest du sie bitte einfach tragen? Es sind doch nur Schuhe."

„Schuhe, die mich zum Krüppel machen könnten", entgegnete Josie. „Ich habe dir schon tausend Mal gesagt, dass meine Füße anders geformt sind. Solche Schuhe kann ich nicht anziehen, das sind Höllenqualen für mich. Am Ende werde ich barfuß und blutend herumlaufen."

Elizabeth presste zwei Finger auf ihren Nasenrücken. „Du bist eine Brautjungfer. Du kannst keine abgewetzten alten Converse tragen."

„Dann sollte ich vielleicht keine Brautjungfer sein", murmelte Josie und wich zurück, als befürchte sie den Ausbruch des Dritten Weltkrieges.

Im Grunde stimmte Elizabeth ihr zu. Sie hatte diesen Vorschlag nur zur Wahrung des Familienfriedens für sich behalten, aber es schien, als wären sie sich zumindest in diesem Punkt einig.

Sie wollte bereits etwas erwidern, als ihre Mutter von dem Brautmodenmagazin aufblickte, das sie durchblätterte. Susan Beaumont hatte sich bis zu diesem Moment aus dem Gezanke herausgehalten.

„Natürlich wirst du Elizabeths Brautjungfer sein", sagte sie, sah Josie entschlossen an und schnalzte mit der Zunge. „Es ist immerhin die Hochzeit deiner Schwester." Sie hielt einen Moment inne. „Und natürlich wirst du nicht deine schäbigen, alten Turnschuhe tragen."

„Das weiß ich!", blaffte Josie. „Ich werde ein *neues* Paar tragen." Sie blickte Elizabeth ernst an. „Du kannst dir auch aussuchen, welche Converse es werden. Es gibt sogar eine weiße Limited Edition mit ein wenig Glitzer …"

„Oh mein Gott!", rief Elizabeth und lief im Geschäft auf und ab. „Ich kann es nicht fassen, dass du das Ernst meinst. Du bist doch irre."

„Weil ich keine blutigen Füße haben will?", entgegnete Josie. „Ich verstehe dein Problem nicht. Es ist deine Hochzeit, da hast du doch bestimmt Besseres zu tun, als über meine Schuhe nachzudenken."

Elizabeth ließ sich auf das Sofa fallen. „Bitte trag diese Schuhe. Es ist nur für einen Tag. Trag einfach diese Schuhe!"

„Ich weiß gar nicht, warum ich überhaupt mitgekommen bin. Meine Meinung ist dir doch sowieso egal. Du hättest einfach ein Kleid und Schuhe für mich aussuchen sollen."

Die Suche nach einem Kleid war das erste Problem des Tages gewesen und hatte sich bereits als äußerst schwierig erwiesen. Dass es noch problematischer werden würde, Schuhe zu finden, hatte Elizabeth nun wirklich nicht erwartet.

„Das wäre vermutlich besser gewesen", stimmte sie ihrer Schwester zu und blickte wütend zu ihrer Mutter, die den Einkaufsbummel für die drei organisiert hatte.

„Kommt schon, meine Mädchen", sagte Susan beschwichtigend. „Ich dachte, es würde ein vergnüglicher Vormittag werden."

„Du steckst doch sowieso in der Midlife-Crisis", murmelte Josie.

Elizabeth richtete sich auf. „Was hast du gesagt?"

Josie setzte sich auf einen Stuhl und massierte verlegen ihre Füße. „Du und Phil, ihr seid doch schon seit einer Ewigkeit zusammen", sagte sie. „Und jetzt, nach all dieser Zeit, entschließt ihr euch zu heiraten? Das klingt doch nach einer Midlife-Crisis." Sie mied den direkten Blickkontakt mit Elizabeth und zog ihre Socken und Schuhe wieder an.

„Man heiratet doch nicht, wenn man eine Midlife-Crisis hat", entgegnete Elizabeth. Josie wusste immer, wie sie sie provozieren konnte, und Elizabeth war bewusst, dass sie mittlerweile gelernt haben sollte, sie zu ignorieren. Doch leider hatte sie das nicht. „Man kauft sich einen Sportwagen oder beginnt eine Affäre, aber man heiratet doch nicht! Und außerdem bedeutet *Midlife* Lebensmitte und so alt bin ich noch lange nicht. Wie soll ich dann eine Midlife-Crisis haben?"

Josie grinste boshaft. „Du bist vierunddreißig!"

„Genau. Das ist noch weit entfernt von der Lebensmitte."

„Du hältst dich doch nicht immer noch für ein junges Mädchen?", fragte Josie amüsiert.

„Natürlich nicht."

„Dann hast du zwei Möglichkeiten: Midlife-Crisis oder alt. Such es dir aus!"

Elizabeth schloss für einen Moment die Augen. „Kannst du ihr bitte sagen, dass sie Unsinn redet", sagte sie zu ihrer Mutter.

Deren Schweigen ging ihr auf die Nerven. Sie drehte sich wieder zu ihrer Schwester und funkelte sie an. „Ich habe keine Midlife-Crisis!", rief sie, ein wenig lauter, als sie es beabsichtigt hatte. Eine vorbeieilende Verkäuferin blieb abrupt stehen, setzte aber nach einem verdutzten Moment ihr professionelles Lächeln wieder auf und lief dann weiter.

„Außerdem gab es nie eine Verlobungsfeier", sagte Josie. „Du hast deine Verlobung nicht einmal bekanntgegeben. Das kann man doch kaum Ernst nehmen."

„Meine Verlobung bekanntgeben?", fragte Elizabeth. „Das macht doch heutzutage niemand mehr. Du wirst doch nicht erwarten, dass ich eine Anzeige in der Zeitung schalte?"

Josie starrte sie ungläubig an. „Natürlich nicht in der Zeitung. Ich meinte auf Facebook!"

„Warum sollte ich meine Verlobung auf Facebook bekanntgeben? Ich bin nie auf Facebook und weiß nicht einmal, wie man dort etwas bekanntgibt."

„Dann gib mir dein Handy", sagte Josie, die nun vor ihr stand.

„Nein!"

„Ach, komm schon. Lass mich zumindest deinen Beziehungsstatus ändern. Auf deinem Profil sieht es doch so aus, als würde der arme Phil gar nicht existieren."

„Also gut", gab Elizabeth schließlich nach und reichte ihr das Handy. „Aber kannst du dir dann bitte ein Paar Schuhe aussuchen, damit ich nach Hause gehen kann?"

Josie ignorierte sie und Elizabeth beobachtete nervös, wie ihre Schwester auf dem Bildschirm tippte.

„Gib es mir zurück", sagte Elizabeth.

„Gratulation zu deiner Verlobung!", bemerkte Josie sarkastisch, als sie das Handy in Elizabeths Schoß fallen ließ.

Susan seufzte schwer. „Warum müsst ihr euch ständig streiten? Ich wollte doch nur einen entspannten Vormittag mit meinen Mädchen verbringen."

„Nun, es war zauberhaft", sagte Josie und verdrehte die Augen, während sie sich mit den Fingern durch das hellbraune Haar fuhr und es zu einem Pferdeschwanz hochband. „Hat jemand etwas dagegen, wenn ich jetzt gehe?"

„Was ist mit den Schuhen?", fragte Elizabeth.

„Ist mir egal", sagte Josie. „Kauf die schrecklichen Dinger oder eben nicht. Wie auch immer. Es ist eh noch ein Jahr hin bis zu deiner Hochzeit."

„Neun Monate, um genau zu sein", entgegnete Elizabeth, als sich Josie zum Gehen wandte.

„Wie kommst du nach Hause?", rief Susan ihr hinterher.

Josie winkte ihnen über die Schulter zu. „Werde ich dann sehen."

„Ihr beide solltet euch mehr anstrengen, um miteinander auszukommen", bemerkte Susan, die mit Elizabeth alleine zurückgeblieben war.

„Wir kommen gut miteinander aus", sagte Elizabeth und schlenderte langsam durch das Geschäft. „Solange du uns nicht zwingst, Zeit miteinander zu verbringen."

„Ich weiß nicht, ob ihr überhaupt miteinander sprechen würdet, wenn ich euch beide nicht zusammenbringen würde."

„Keine Sorge, sie ruft mich schon an, wenn sie etwas von mir will. Wusstest du, dass ich ihrer Freundin ein Praktikum bei unserer Zeitschrift besorgt habe, nur damit Josie mich deshalb nicht mehr anruft?" Elizabeth war Chefredakteurin der Zeitschrift *MyStyle*. Es war eine verantwortungsvolle Position, in der sie die gesamte Herausgabe überwachte. Josies Freundin Emily war auf der Suche nach einem Praktikum gewesen, um etwas Arbeitserfahrung zu sammeln. Elizabeth war sich sicher gewesen, dass sie es bereuen würde, hatte aber schließlich nachgegeben, nur um Josies ständigen Anrufen Einhalt zu gebieten.

„Das habe ich gehört", sagte Susan und nahm die Sonnenbrille aus ihren Haaren, als sie hinaus auf die sonnige Oxford

Street traten. „Sie *sollte* dich auch anrufen, wenn sie etwas von dir will. Sie ist deine Schwester."

„Das ist aber auch schon der einzige Grund, aus dem sie mich anruft."

„Du verstehst aber schon, dass du diejenige bist, die keine Zeit für sie hat, und nicht anders herum?"

Elizabeth ignorierte die Bemerkung ihrer Mutter und hielt stattdessen nach einem Café Ausschau. Sie brauchte ganz dringend Koffein.

„Du arbeitest zu viel", fuhr Susan fort. „Das ist nicht gesund, du brauchst mehr Ausgleich in deinem Leben. Du solltest dir mehr Zeit für Freunde und die Familie nehmen."

„Mum!", rief Elizabeth. „Ich dachte, du wolltest einen entspannten Vormittag verbringen? Hör auf herumzunörgeln."

„Entschuldigung."

„Wie auch immer, ich fahre nächste Woche in den Urlaub. Eine ganze Woche ohne Arbeit."

„Ach genau, du fährst ja nach Devon. Wann geht's los?"

„Am Freitag."

„Gut. Es ist an der Zeit, dass du eine Pause machst."

Elizabeth nickte. Ihr letzter Urlaub war in der Tat schon Ewigkeiten her und das Cottage, das sie in Devon gebucht hatte, sah fantastisch aus. Es lag direkt an der Küste in einem kleinen Dorf nahe Salcombe. Ein bisschen Sonne, Strand und Meer würden Phil und ihr mit Sicherheit guttun und ein wenig gemeinsame Zeit konnte auch nicht schaden. Durch ihre anspruchsvollen Jobs war die Zeit zu zweit beschränkt und in den letzten Wochen war die Arbeit besonders hektisch gewesen.

Ja, ein bisschen Zeit mit Phil und ein Tapetenwechsel waren genau das, was sie brauchte. Sie konnte es kaum erwarten.

KAPITEL 2

Als sie nach Hause kam, saß Phil über seinen Laptop gebeugt in der Küche. Er murmelte ein Hallo, sah jedoch nicht auf. Als sie ihm einen Kuss auf die Wange gab, unternahm er einen halbherzigen Versuch, seine Aufmerksamkeit von seiner Arbeit wegzulenken, doch es reichte nur für ein Kopfnicken in ihre Richtung. Sein Blick blieb unverändert am Bildschirm kleben.

„Wie ist es beim Einkaufen gelaufen?“, fragte er, als sie sich auf den gegenüberliegenden Stuhl fallen ließ.

„So gut es beim Einkaufen mit meiner Schwester eben laufen kann.“

Er reagierte mit einem leisen Brummen. Elizabeth drückte von ihrer Seite aus sanft mit dem Finger gegen den Bildschirm des Laptops, bis er sich zu schließen begann. Doch Phil griff nach ihrer Hand, um sie davon abzuhalten. Sie lächelten einander an und endlich hörte Phil ihr zu.

„Josie besaß die Frechheit, mir zu sagen, ich wäre eine Frau mittleren Alters.“

„Wie kann sie es nur wagen?“, entgegnete er, verzog jedoch amüsiert den Mund. „Man muss sie einfach für ihren Mut bewundern. Ich würde mich nie trauen, so etwas zu sagen!“

„Du denkst also auch, dass ich bereits alt bin?“

„Als Teenies kann man uns nicht mehr bezeichnen“, antwortete er.

„Das gilt vielleicht für dich.“

Phil ging auf die vierzig zu und versprühte definitiv einen Hauch mittleren Alters. Aber Elizabeth war erst vierunddreißig und hatte sich selbst noch nie für alt gehalten. Das wäre ihr doch bestimmt nicht entgangen? Ein deprimierender Gedanke.

„Ich weiß nicht, warum du dich von ihr immer ärgern lässt“, sagte er.

„Sie denkt außerdem, dass wir nur heiraten, weil ich in einer Midlife-Crisis stecke.“

Phil wirkte amüsiert. „Sie weiß wirklich, wie sie dich auf die Palme bringen kann.“ Sein Blick schweifte zurück auf den Computer und Elizabeth versuchte es mit einer anderen Taktik: Sie ging zu ihm hinüber und setzte sich auf seinen Schoß.

„Es ist doch lächerlich, so etwas zu sagen.“

„Und trotzdem denkst du immer noch darüber nach?“

Elizabeth runzelte die Stirn. „Sie findet es verrückt, dass wir schon so lange zusammen sind und erst jetzt heiraten.“

„Das macht man halt so, irgendwann heiratet man.“

Sie zog ihre Augenbrauen nach oben. „Wie romantisch du doch bist!“

„Du weißt, was ich meine“, sagte er, als sie von seinem Schoß aufstand und zum Kühlschrank ging. „Wie das halt so ist, wenn man sich liebt …“

„Vermutlich.“ Sie schenkte sich ein Glas Orangensaft ein. „Ich überlasse dich dann mal deiner großen Liebe“, sagte sie und deutete mit dem Kopf auf den Laptop. „Ich habe das Gefühl, dass ich dich bei etwas gestört habe.“

„Tut mir leid.“ Er griff nach ihrer Hand und hielt sie zurück. „Dennis hat sich das Bein gebrochen. Er hatte gestern eine Operation, bei der er Schrauben eingesetzt bekam. Er ist deshalb für eine Weile außer Gefecht und ich muss Arbeit von ihm übernehmen. Ich fürchte, dass die nächste Woche ziemlich stressig wird, daher dachte ich, ich arbeite noch ein bisschen weiter."

Dennis war Phils Chef bei Taylor & West, einer Beratungsfirma für Finanzdienstleistungen, und sie wusste, dass Phil einspringen musste, wenn dieser ausfiel. „Das klingt nicht gut."

„Nein."

„Das wird unserem Urlaub doch nicht in die Quere kommen, hoffe ich?"

„Das denke ich nicht", sagte er. „Ich werde für das Büro erreichbar bleiben müssen, während wir weg sind, aber ansonsten sollte das kein Problem sein."

„Gut. Ich brauche wirklich mal eine Pause."

„Ja klar", sagte er. „Ich soll also wirklich glauben, dass du während unseres Urlaubes nicht arbeiten wirst?"

Ein Lächeln breitete sich langsam auf ihrem Gesicht aus. „Vielleicht checke ich ein, zwei Mal meine E-Mails."

„Und die restliche Zeit?"

„Ich freue mich einfach auf den Tapetenwechsel."

„Wir werden doch gar nicht weit weg sein. Warum fahren wir eigentlich nach Devon und nicht an einen exotischeren Ort?"

„Weil ich schöne Erinnerungen mit Devon verbinde und ich schon jahrelang nicht mehr dort war."

„Ich weiß", sagte er. „Ich ärgere dich doch nur. Ich kann es kaum erwarten." Er drückte noch einmal ihre Hand, bevor er sie losließ. Sie verstand es als Zeichen, ihn alleine zu lassen.

Sie ging nach oben ins Arbeitszimmer und holte ihren eigenen Laptop hervor. Mit ziemlicher Sicherheit würde sie Phil das verbleibende Wochenende über kaum zu Gesicht bekommen. Nicht, dass es ihr viel ausmachte, auch sie hatte noch Arbeit zu erledigen. Wie immer. Das alles könnte zwar bis Montag warten, aber sie schob nicht gerne Dinge auf die lange Bank. Wenn etwas erledigt werden musste, tat sie es. Das Problem dabei war allerdings, dass sie sich dadurch nur selten erholte.

Noch eine Woche, dann würde sie endlich abschalten können. Es würde ihr und Phil definitiv guttun, ein wenig Zeit zu zweit zu verbringen. Vielleicht konnten sie sogar wieder ein wenig Feuer zwischen ihnen entfachen. In letzter Zeit war davon in ihrer Beziehung nicht mehr viel zu spüren gewesen. Aber das war nach zehn gemeinsamen Jahren bestimmt normal.

Für einen Moment nagten Josies Worte wieder an ihr. Zehn Jahre und erst jetzt entschieden sie sich zu heiraten. Elizabeth war nicht einmal sicher, warum sie sich dazu entschlossen hatten. Es hatte keinen besonderen, romantischen Antrag gegeben. Sie waren auf einer Betriebsfeier gewesen und einige von Phils Arbeitskollegen hatten gescherzt, er solle sie doch endlich zu seiner rechtmäßigen Frau machen. Während der Taxifahrt nach Hause hatte er dann, von zu viel Wein angeheitert, vage angedeutet, dass sie beide vielleicht doch heiraten sollten. *Vielleicht sollten sie heiraten.* So viel zu seinem Antrag.

Sie hatte ebenso vage zugestimmt … und so hatten die Dinge ihren Lauf genommen.

KAPITEL 3

Das Wochenende verlief wie erwartet ereignislos. Phil sah kaum von seinem Laptop auf und die beiden gingen ihren Routinen nach, ohne den anderen wirklich zu bemerken. Die einzigen Ausnahmen waren kurze Gespräche darüber, was sie essen sollten. Ehe Elizabeth sich versah, war es Montagmorgen.

Den Zug von Oxford nach London zu nehmen, war zu jeder Zeit schrecklich, aber die Montagmorgen schienen noch ein wenig schlimmer zu sein. Auch die Sommermonate waren die Hölle: all diese verschwitzten Körper auf beengtem Raum. Manchmal nahm sie daher das Auto, aber die Fahrt war nervenaufreibend, weshalb sie meist darauf verzichtete. Der Zug war die minimal bessere Wahl.

Als sie schließlich in den Fahrstuhl zu den Büroräumlichkeiten der *MyStyle* trat, überprüfte sie kurz ihre Erscheinung in der verspiegelten Wand. Wie immer hielt sie ihr dichtes, braunes Haar streng mit einer Haarspange am Hinterkopf zurück. Sie schob sich eine verirrte Strähne aus dem Gesicht und fuhr sich mit den Fingern unter den Augen entlang, um zu prüfen, ob ihre Wimperntusche verschmiert war. Eilig legte sie noch eine Schicht ihres rubinroten Lippenstiftes auf, presste die Lippen zusammen und schon öffneten sich die Türen.

Vor ihr wuselte es wie in einem Ameisenhaufen. Elizabeth spürte die Energie, als sie aus dem Fahrstuhl stieg. Sogar zu so früher Stunde klingelten die Telefone und Finger tippten eilig auf den Tastaturen. Elizabeth hatte die Dynamik an diesem Ort immer schon gemocht und grüßte fröhlich die Kollegen, während sie durch das Großraumbüro schritt.

Als sie ihr Büro erreichte, sah sie ihre Chefin bereits auf sie warten. Karen war eine angsteinflößende Frau und an diesem Tag sah sie aus, als wollte sie Tacheles reden. Als Herausgeberin der Zeitschrift schmiss sie den Laden und das tat sie mit strenger Hand. Sie war eine gerechte und vernünftige Chefin, aber niemand, mit dem man sich anlegen wollte.

Als Elizabeth die Bürotür hinter sich zuzog, entspannten sich Karens Gesichtszüge und Schultern. Sie verwandelte sich in weniger als einer Sekunde von der Chefin zur besten Freundin.

„Wie war dein Wochenende?“, fragte sie.

Elizabeth setzte sich in ihren Drehstuhl. „Ich hab’s überlebt.“

„Habt ihr ein Kleid für Josie gefunden?“

„Ein Kleid schon, aber keine Schuhe!“

„Hat sie sich benommen?“

„Wir sprechen immer noch von Josie. Wenn es kein Drama gegeben hätte, hätte ich mir Sorgen gemacht. Sie nannte mich alt und will bei der Hochzeit Sportschuhe tragen.“

„Ich mag sie“, sagte Karen. „Sie ist so herrlich frech.“

„Sie hält mich für unvernünftig, nur weil ich möchte, dass sie elegante Schuhe trägt. Sie hasst alles, was auch nur annähernd feminin aussieht.“

„Man muss den kleinen Hippie einfach gernhaben. Aber sie hat recht. Warum soll sie etwas tragen, das unbequem ist?“

„Für meine Hochzeit könnte sie schon eine Ausnahme machen.“

„Sei doch froh, dass sie deine einzige Brautjungfer ist. Ich habe dir einen Gefallen getan, dein Angebot abzulehnen. Wenn du auch noch mein Outfit aussuchen würdest, hätten wir wirklich ein Problem.“

„Du kannst es dir noch immer anders überlegen", sagte Elizabeth hoffnungsvoll.

„Du weißt, was ich von der Institution Ehe halte. Ich werde kommen und euch zusehen. Ich werde viel trinken. Und ich beabsichtige, mir einen der ehrenwerten Junggesellen zu schnappen, aber mehr kannst du von mir nicht erwarten."

„Also gut", kicherte Elizabeth.

Sie wurden unterbrochen, als die Tür geöffnet wurde, was Karen sofort in den Chefinnenmodus wechseln ließ. Sie richtete sich auf und setzte einen ernsten Gesichtsausdruck auf. „Ruf Darcy an", sagte sie laut. „Finde heraus, was er denkt, wie …" Abrupt brach sie ab und wandte den Kopf in Richtung der jungen Frau in der Tür.

„Es tut mir leid", sagte diese und warf Elizabeth einen panischen Blick zu. „Ich wusste nicht, dass du in einer Besprechung bist. Hier ist dein Kaffee."

„Danke", sagte Elizabeth und griff nach der Tasse.

Die Frau blickte nervös zu Karen. „Möchten Sie auch etwas?"

Karen schüttelte nur den Kopf.

Die Wangen der Frau glühten feuerrot und sie ergriff eilig die Flucht.

„Ist das deine neue Praktikantin?", fragte Karen, die sich schon wieder entspannte, kaum hatte die Frau den Raum verlassen.

Elizabeth nickte. „Emily."

„Sie macht einen ziemlich eingeschüchterten Eindruck. Was machst du mit ihr? Hol dir deinen Kaffee gefälligst selbst, du faules Stück."

„Du bist doch die mit dem furchteinflößenden Blick!"

„Ich bin die Chefin. Ich muss mein Image der Überlegenheit pflegen. Was würde aus diesem Ort hier werden, wenn die Leute wüssten, wie ich wirklich bin? Glaubst du, sie würden mir noch Respekt entgegenbringen?" Sie zog die Augenbrauen nach oben. „Hast *du* denn noch Respekt vor mir?"

„Kein bisschen“, entgegnete Elizabeth fröhlich.

„Siehst du! Wie kam es denn dazu, dass du ein solches Mäuschen als Praktikantin hast?“

„Josie hat mich bekniet, sie zu nehmen.“

„Sie ist eine Freundin von Josie? Wie merkwürdig.“

„Sie haben sich beim Schauspielunterricht kennengelernt“, antwortete Elizabeth und schüttelte den Kopf. Schauspielunterricht war ihre Vorstellung von der Hölle. „Sie möchte Journalistin werden und braucht Arbeitserfahrung.“

„Nun, dann kümmere dich um das arme Kind und mache sie nicht zur Kaffeesklavin. Wir leben in einer Welt des Feminismus. Wenn du jemanden willst, der dir Kaffee bringt, hol dir gefälligst einen männlichen Praktikanten!“

„Ich werde ihr heute Vormittag eine Einführung in die Budgetplanung geben“, antwortete Elizabeth. „Sie wird sich schon bald wünschen, sie müsste mir nur Kaffee bringen.“ Elizabeth hatte ursprünglich Redakteurin werden wollen, um ihrer Obsession für korrekte Grammatik gerecht zu werden. Sie hatte nie erwartet, irgendwann die Chefredakteurin einer Zeitschrift zu sein und somit die meiste Zeit damit zu verbringen, Leute einzustellen oder Budgets, Zeitpläne und Fristen zu überwachen. Sie dachte oft daran, wie schön es wäre, einfach nur etwas zu lesen oder zu schreiben.

„Vielleicht ist sie ja verrückt genug, um Budgetplanung zu mögen“, sagte Karen.

„Ich werde es herausfinden, wenn du mich endlich meine Arbeit machen lässt.“

„Zuerst muss ich dir mein neues Top zeigen“, sagte Karen, stand auf und knöpfte ihren Blazer auf. „Was denkst du?“

Elizabeth grinste, als sie das enganliegende T-Shirt sah und insbesondere den Spruch, der auf ihren Brüsten prangte: *Do or do not. There is no try*.

„Trägst du das, um mich zu ärgern?“, fragte Elizabeth.

„Mir ist schon aufgefallen, dass es zwei deiner liebsten Dinge kombiniert.“

Genau genommen war es eine Kombination aus Elizabeths zwei persönlichen Ärgernissen: inspirierende Zitate und Text auf Kleidung. „Es ist lächerlich", sagte sie. „Wer hatte nur diese verrückte Idee, Text auf Kleidung zu packen? Wer will so etwas? Man liest ein Buch, eine Zeitschrift oder sonst irgendetwas. Aber man liest keine Kleidung!"

„Es gefällt dir also?", fragte Karen und knöpfte den Blazer wieder zu.

Elizabeth schüttelte den Kopf. „Woher stammt das Zitat?"

Karen verdrehte die Augen. „Vom Meister natürlich."

„Dem Meister?", fragte Elizabeth stirnrunzelnd, bevor es ihr dämmerte. „Du trägst ein Zitat von Joda auf deinem T-Shirt? Es ist wirklich ein Wunder, dass dir irgendjemand Respekt entgegenbringt. Das ist nicht besonders professionell."

„In welchem Zeitalter befinden wir uns denn?", rief Karen. „Wir können im Büro tragen, was wir wollen. Wie oft muss ich dir noch sagen, dass dein Kleidungsstil ein bisschen mehr Persönlichkeit vertragen könnte?"

„Irgendjemand hier muss sich doch angemessen anziehen!"

„Du bist manchmal wirklich langweilig", sagte Karen. „Aber egal, ich habe Wein in meinem Büro. Ich finde, wir sollten den Montagabenddrink wieder einführen."

„Wann haben wir eigentlich aufgehört, in Bars zu gehen?"

„Als wir alt geworden sind."

„Hör mir damit auf. Josie hat mir dazu schon genügend Kommentare reingedrückt."

Karen lächelte, doch das Lächeln verflog in dem Moment, als sie die Tür öffnete. Elizabeth amüsierte es, wie schnell sie sich in die strenge Herausgeberin verwandeln konnte.

Sie hoffte, selbst eines Tages Herausgeberin zu werden. Das war ihr Ziel. Karen war Mitte fünfzig und plante, früh in Rente zu gehen. Es war kein Geheimnis, dass Elizabeth auf ihren Job spekulierte. Sie fragte sich, ob sie eine ebenso strenge Chefin wie Karen sein würde oder ob sie einen entspannteren Weg finden würde. Karen witzelte gerne, dass Elizabeth sowieso die ganze Arbeit alleine machen würde, anstatt zu delegieren, und es somit egal wäre, was für eine Art Chefin sie wäre.

Elizabeth stand im Türrahmen ihres Büros und blickte durch das geschäftige Großraumbüro, bis sie Emily erblickte und zu sich winkte. Sie seufzte angesichts der Aufgabe, die vor ihr lag. Wenn sie erst einmal Chefin war, würde sie das Budget ganz bestimmt an jemand anderen delegieren.

KAPITEL 4

Elizabeth sah Phil in dieser Woche kaum. Es war nicht ungewöhnlich für ihn, dass er lange arbeitete, aber normalerweise kam es nicht jeden Tag vor. Es war bereits nach zehn Uhr, als er am Donnerstagabend nach Hause kam und neben Elizabeth auf das Sofa sank. Er legte seinen Kopf in ihren Schoß.

„Möglicherweise gibt es ein kleines Problem", sagte er, als sie ihm mit den Fingern durch das Haar fuhr.

„Was ist denn?"

„Claire wurde wegen Schwangerschaftskomplikationen krankgeschrieben."

„Geht es ihr denn gut?", fragte Elizabeth.

„Ich denke schon, aber ihr wurde bis zur Geburt Bettruhe verordnet …"

„Arme Claire."

„Ja." Er schwieg für einen Moment. „Sie sollte nächste Woche eine wichtige Präsentation für die Manager von Carlton & Croft halten. Jetzt muss ich mir überlegen, wie wir das lösen."

„Kannst du die Präsentation denn nicht verschieben?"

„Ich habe es versucht, aber der Kunde war nicht glücklich

darüber und der Termin ist im Vertrag festgeschrieben. Ich sitze also in der Klemme.“

„Jedenfalls kannst *du* sie nicht halten“, sagte sie und schob ihn von sich, als sie bemerkte, wohin die Unterhaltung führte. „Wir sind nächste Woche im Urlaub.“

„Ich weiß“, sagte er zögerlich. „Ich suche schon die ganze Zeit nach einer Lösung, aber ich bin der einzige im Büro, der den Kunden kennt.“ Er drückte sich zwei Finger gegen den Nasenrücken. „Es ist unser größter Kunde.“

„Ich weiß. Aber was ist mit unserem Urlaub?“

„Wir müssen ihn vielleicht verschieben …“

„Nein“, entgegnete Elizabeth. Bereits bei dem Gedanken daran zog sich ihr der Magen zusammen. „Wir wollten morgen fahren und ich brauche eine Pause! Ich habe mich so darauf gefreut und außerdem kann ich meinen Urlaub nicht so kurzfristig umplanen. Tu mir das bitte nicht an.“

„Mir macht das auch keinen Spaß“, entgegnete er. „Ich habe nicht darum gebeten.“

„Ich weiß“, sagte sie nun etwas sanfter. „Aber gibt es denn sonst wirklich niemanden, der das übernehmen kann?“

„Nein“, antwortete er genervt. „Glaubst du denn nicht, dass ich bereits jede erdenkliche Möglichkeit in Erwägung gezogen habe? Ich möchte auch gerne wegfahren, weißt du.“

„Wann ist denn die Präsentation? Vielleicht können wir zumindest eine halbe Woche wegfahren?“

„Das habe ich mir auch überlegt“, sagte er. „Sie ist am Mittwoch.“

„Dann können wir doch wie geplant morgen fahren und bis Dienstag bleiben.“

„Ich muss viel vorbereiten. Es wäre also besser, wenn wir am Mittwoch nach der Präsentation fahren.“

„Aber wir haben das Cottage nur bis Freitag. Das würde bedeuten, dass wir dort nur einen vollen Tag hätten! Das ist doch keine Auszeit. Wir würden mehr Zeit im Auto verbringen als in Devon.“

„Ich weiß. Ich bin selbst ratlos."

„Bedeutet das also, dass wir nicht fahren können?"

Er seufzte dramatisch, so als ob sie die ganze Sache für ihn noch schwerer machen würde. Für ihn war es vermutlich keine schwere Entscheidung. Er wäre der Held im Büro, wenn er seinen Urlaub stornierte, um einzuspringen. Bestimmt bedürfte es deutlich mehr Rückgrat, darauf zu bestehen, dass er wie geplant wegfuhr und sie die Sache irgendwie ohne ihn regelten. Aber was wäre, wenn Karen Elizabeth gebeten hätte, den Urlaub abzusagen, um einzuspringen? Sie nahm an, sie würde es wie Phil machen, daher konnte sie schwer wütend auf ihn sein. Wie dem auch war, ihr gefiel der Gedanke überhaupt nicht, so kurzfristig umzuplanen.

Sie funkelte ihn an. „Wir bekommen unser Geld nicht zurück, wenn wir so kurzfristig stornieren." Sie wusste, dass ihm das egal war. Er hatte sich nie um Geld gesorgt und hatte das auch nie gemusst. Aber ihr erschien es wie eine Verschwendung.

„Du kannst doch ohne mich fahren", sagte Phil. „Dann komme ich am Mittwoch nach der Präsentation nach."

„Was soll ich denn ganz alleine dort tun?", blaffte sie zurück.

„Vermutlich arbeiten." Er zog eine Augenbraue nach oben. „Du sagtest doch, du willst einen Tapetenwechsel."

„Ich hätte auch gerne ein wenig Zeit mit meinem Verlobten verbracht. In letzter Zeit haben wir gar nichts mehr gemeinsam unternommen."

„Ach komm schon, sei nicht so. Es ist doch nur diese eine Woche, in der es auf der Arbeit so hektisch ist."

„Nein, ist es nicht", entgegnete sie. „Wir sitzen abends vielleicht im gleichen Zimmer, aber wir haben beide unsere Köpfe hinter unseren Laptops versteckt."

„Das haben wir doch immer so gemacht. Deshalb passen wir auch so gut zusammen."

Sie runzelte die Stirn. Die Romantik zwischen ihnen war wirklich verflogen.

„Sieh mich nicht so an.“ Er zog sie an sich und gab ihr einen Kuss auf die Stirn. „Ich liebe dich.“

„Ich weiß“, seufzte sie. „Müssen wir unseren Urlaub wirklich stornieren?“

„Sagen wir doch einfach, wir verschieben ihn nur. Wir suchen einen neuen Termin und du hast noch mehr Zeit, dich darauf zu freuen.“

„Großartig“, sagte sie und versuchte, ebenfalls fröhlich zu klingen. Was brachte es schon, wütend zu sein? Es konnte nun auch nicht mehr geändert werden. „Was mache ich jetzt mit meiner Urlaubswoche?”

„Ich habe dir doch schon vorgeschlagen, dass du alleine fahren sollst. Die Meeresluft wird dir guttun. Oder bleib hier und kümmere dich um die Hochzeitsvorbereitungen. Das wäre doch sinnvoll.“

„Hochzeitsvorbereitungen sind nicht gerade Urlaub.“

„Willst du mir jetzt ein schlechtes Gewissen einreden?“

„Nein“, sagte sie und zwang sich zu einem Lächeln. „Mir wird schon etwas einfallen.“

KAPITEL 5

Elizabeth starrte gedankenverloren auf ihren Bildschirm, als Karen am nächsten Morgen in ihr Büro trat. Sie hatte bereits alles abgearbeitet, was sie vor ihrem Urlaub noch erledigen hatte wollen, und schlug nun die Zeit tot. Es gab natürlich immer etwas zu tun, aber sie konnte sich einfach nicht konzentrieren.

„Was machst du hier?“, fragte Karen.

„Ich habe mir nur einen halben Tag freigenommen. Ich bleibe nur bis Mittag.“

„Das weiß ich, aber ich habe dir doch gesagt, dass du heute nicht reinkommen musst. Wieso sollte man mit der Chefin befreundet sein, wenn man keine Vorteile daraus zieht? Du hättest zumindest von zuhause aus arbeiten und dir die Zugfahrt sparen können.“

Das war auch ihr Plan gewesen, aber als sie aufgewacht war, hatte sie den Drang verspürt, rauszugehen. Das war kein gutes Omen für ihre freie Woche. Aber faul zuhause herumzuliegen, war noch nie ihr Ding gewesen. Sie musste sich zusammennehmen, über Urlaub zu jammern war doch wirklich armselig. Es war doch nicht das Ende der Welt.

„Was ist los?“, fragte Karen.

„Wir fahren nicht nach Devon, die Reise ist abgesagt."

„Was?" Karen kam zu ihr herüber und setzte sich. „Warum?"

„Phil muss arbeiten."

Karens Augen funkelten wütend. „Ich hätte wissen müssen, dass es die Schuld dieses Idioten ist."

Es war wieder soweit. Karen war, was das Thema Männer anging, seit ihrer kürzlichen Scheidung ziemlich verbittert. Offenbar dachte sie, dass alle Männer Idioten waren, denen man nicht trauen konnte. Elizabeth wusste, dass es nur Nörgelei war, aber langsam begann es sie zu nerven.

„Nenn ihn bitte nicht so, das hilft mir auch nicht weiter. Es ist nicht seine Schuld, dass er arbeiten muss."

„Warum kann er dann nicht einfach seinen Laptop mitnehmen und von Devon aus arbeiten?"

„Er muss nächste Woche eine wichtige Präsentation halten."

„Ach komm schon, das kann bestimmt jemand anderes übernehmen."

„Es ist nicht seine Schuld", wiederholte Elizabeth und wusste selbst nicht, warum sie denn Drang verspürte, ihn zu verteidigen. „Sein Chef liegt im Krankenhaus und es sind noch mehr Kollegen ausgefallen."

„Ja, ja, wie auch immer", schnappte Karen. „Such nur Ausreden für ihn. Wenn er sich schon vor der Hochzeit so selbstsüchtig verhält, dann besteht keine Hoffnung für dich."

„Du munterst mich nicht gerade auf. Und wenn es anders herum wäre und ich arbeiten müsste, würde er es auch verstehen."

„Du würdest niemals von ihm verlangen, wegen deiner Arbeit auf eine Reise zu verzichten."

Elizabeth zog eine Augenbraue nach oben. „Wenn du im Krankenhaus wärst … ach, vergiss es. Es ist nicht wichtig. Außerdem hat er nicht von mir verlangt, die Reise zu stornieren, sondern meinte, ich solle alleine fahren."

„Hmmm", überlegte Karen. „Ein kleiner Trip ganz alleine. Das klingt doch nicht schlecht."

„Ich werde nicht alleine fahren."

„Warum denn nicht? Niemand, der dich nervt. Du kannst tun und lassen, was du willst. Also für mich klingt das himmlisch."

„Das ist doch verrückt. Was soll ich denn ganz alleine in Devon machen?"

„So wie ich dich kenne, wirst du arbeiten. Aber du kannst dich auch in die Sonne legen und am Strand spazieren gehen. Keine Ahnung, entspann dich einfach."

„Ich glaube, ich bleibe die Woche lieber zuhause."

„Nein!", befahl Karen. „Lass dir von diesem Idioten nicht deine Urlaubszeit stehlen."

„Phil ist kein Idiot!"

„Natürlich ist er das. Aber zumindest besitzt er den Anstand, dich alleine fahren zu lassen. Was du auch tun solltest."

„Ich bin nicht der Typ, der alleine wegfährt. Ich gehe gerne auswärts essen und das macht alleine keinen Spaß."

Karen verzog die Lippen. „Schade, dass eine von uns immer hier sein muss, sonst wäre ich mit dir gefahren."

„Ist schon in Ordnung. Ich werde mich eine Woche zuhause entspannen. Das ist doch auch was."

„Vermutlich", sagte Karen und ging zur Tür. „Mir wird hier ohne dich langweilig sein. Komm bei mir vorbei, bevor du fährst." Sie legte die Hand auf die Klinke und drehte sich noch einmal um. „Auch wenn es nicht helfen wird, ich denke immer noch, dass du fahren solltest."

„Ich werde darüber nachdenken", versprach Elizabeth.

Das tat sie auch. Der Gedanke nagte den ganzen Vormittag und auf dem Weg nach Hause an ihr. Sie hatte das Cottage noch nicht storniert, sodass ihr diese Möglichkeit noch immer offenstand. Aber die Vorstellung fühlte sich merkwürdig an. Wäre sie denn nicht einsam, in einem fremden Haus und ganz alleine? Außerdem war es immer noch eine Fahrt von vier Stunden, auch wenn Phil immer behauptete, es wäre ein Katzensprung. Das war lange, wenn man alleine unterwegs war. Was, wenn sie sich verfuhr? Oder eine Panne hatte?

Herrje, wann war sie eigentlich so ein Weichei geworden? Josie würde sie auslachen. Ihre Schwester war immer so abenteuerlustig und fuhr überall alleine hin. Sie hatte Elizabeth sogar einmal erzählt, dass sie gerne alleine etwas unternahm, weil es sich dann noch mehr nach Abenteuer anfühlte.

Zuhause angekommen machte sich Elizabeth eine Tasse Kaffee und ein Sandwich. Sie hatte am Vorabend schmollend ihren Koffer ausgepackt und würde also erneut packen müssen, sollte sie sich umentscheiden. Nein, das war doch verrückt, sie konnte doch nicht alleine fahren. Wieso dachte sie überhaupt darüber nach?

Ihr Handy piepste. Sie öffnete die Nachricht und sah eine E-Mail von Karen: *Hoffentlich erhalte ich gleich eine Abwesenheitsnotiz! Ich wette, du schaffst es nicht, diese Woche deine E-Mails kein einziges Mal zu checken …*

Elizabeth lachte, richtete eine Abwesenheitsnotiz für ihren E-Mail-Account ein und fragte sich, warum es eigentlich so komisch war, eine Woche freizunehmen. Bestimmt konnte sie eine Woche ohne Arbeit aushalten, ohne durchzudrehen.

Ohne weiter darüber nachzudenken, traf sie eine Entscheidung: keine E-Mails, keine Anrufe bei Karen und kein Gerede über Arbeit. Nichts. Diese Pause würde ihr guttun.

Sie schaffte es, sich für ein paar Stunden abzulenken: Sie putzte die Küche und sortierte eine Schublade voller sinnlosem Kram im Vorraum aus. Das hatte sie schon lange tun wollen. Gelangweilt zappte sie sich dann durch die Fernsehprogramme, fand aber im Freitagnachmittagsprogramm nichts, was sie interessierte. Als sie nach einer Zeitschrift griff, zögerte sie und fragte sich, ob das vielleicht schon als Arbeit zählte.

Zurück in der Küche klappte sie ihren Laptop auf und fuhr mit dem Cursor über einen Ordner, in dem sie Artikel gespeichert hatte, die ihr freie Journalisten angeboten hatten. Die hatte sie eigentlich nach ihrer Rückkehr aus Devon angehen wollen, aber das konnte sie doch auch jetzt tun.

Sie klappte eilig den Laptop wieder zu und seufzte. Wie

sollte sie das eine ganze Woche aushalten, wenn sie bereits nach ein paar Stunden hibbelig wurde? Eine neue E-Mail poppte auf ihrem Handy auf, dieses Mal aber auf ihrer privaten Adresse, sodass sie sie getrost öffnen konnte. Sie war von den Besitzern des Cottage, das sie in dem kleinen Ort Hope Cove in Devon reserviert hatte. Sie wünschten ihr einen schönen Aufenthalt und boten an, für Rückfragen jederzeit zur Verfügung zu stehen.

Vielleicht sollte sie doch alleine fahren. Immerhin hatten sie schon dafür bezahlt und die Vorstellung, eine ganze Woche alleine zuhause zu verbringen, war nicht besonders verlockend. Was konnte schon Schlimmes passieren? Sie konnte immer noch nach Hause fahren, wenn es ihr dort nicht gefiel. Für ein paar Augenblicke saß sie am Küchentisch, trommelte mit den Fingern auf ihrem Laptop, der sie regelrecht anzog und anbettelte, ihn zu öffnen und ein wenig zu arbeiten. Wie armselig …

Bevor sie es sich anders überlegen konnte, eilte sie nach oben, holte ihren Koffer wieder hervor und warf ihn auf das Bett. Sie packte ihn eilig und schleppte ihn die Treppe hinunter. Dann schickte sie eine Nachricht an Phil: *Ich fahre nach Devon. Wir telefonieren später. Kuss.*

KAPITEL 6

Für eine Weile hatte der Adrenalinrausch sie in seinem Bann. Sie konnte es nicht glauben, dass sie tatsächlich alleine aufgebrochen war. Während sie mit ihren Fingern auf dem Lenkrad trommelte, summte sie die Melodien aus dem Radio mit. Es fühlte sich definitiv wie ein Abenteuer an und sie grinste breit, als eine weitere Welle der Aufregung sie durchzog.

Als sich der Verkehr auf der M5 jedoch zu einem Stau verdichtete, ebbte die Aufregung ab. Zu spät hatte sie im Radio gehört, dass es wegen eines Unfalls zu einer Totalsperre gekommen war. Nach zehn Minuten bewegten sich die Autos jedoch wieder im Schritttempo weiter und eine weitere Stunde später kam sie an den Blaulichtern der Einsatzfahrzeuge und einem völlig zerstörten Kleinwagen vorbei. Danach konnte sie endlich wieder Gas geben und die Fahrt ging in moderatem Tempo weiter. Doch dann setzte Regen ein und erneut verlangsamte sich der Verkehr. Als sie drei Stunden nach Antritt ihrer Fahrt an einer Tankstelle Rast machte, hatte sie erst die Hälfte der Strecke geschafft. Sie trank ihren Raststätten-Kaffee und nahm ihr Telefon heraus, um Phil anzurufen.

„Bist du schon angekommen?“, fragte er.

„Nein. Der Verkehr ist fürchterlich.“

„An einem Freitagnachmittag loszufahren, war vermutlich eine schlechte Idee“, antwortete er.

Verdammter Besserwisser. „Es gab einen Unfall“, wehrte sie ab. „Und nun schüttet es wie aus Eimern. Ich habe gerade zum Tanken angehalten und trinke Kaffee.“

„Gut. Ich bin froh, dass du trotzdem gefahren bist. So brauche ich kein schlechtes Gewissen haben.“

„Das solltest du aber“, entgegnete sie. „Bislang ist es ein schrecklicher Trip.“

„Es wird besser werden, wenn du erst einmal dort bist. Ich bin mir sicher, es wird dir gefallen.“

„Vielleicht. Wie kommst du voran?“

„Ich bin über und über mit Arbeit eingedeckt“, sagte er. „Es ist das absolute Chaos.“

Vermutlich hätte sie mehr Mitleid haben sollen, aber das fiel ihr gerade schwer. Diese lächerlich lange Fahrt wäre viel einfacher gewesen, wäre er bei ihr. Die Entscheidung, alleine zu verreisen, erschien ihr jetzt schon als eine schlechte, aber sie bemühte sich, positiv zu bleiben. Und Phil hatte recht, wenn sie erst einmal das Cottage erreichte, würde es ihr viel bessergehen. Dann könnte sie sich entspannen.

„Du wirst das schon alles hinkriegen“, sagte sie. „Ich lass dich dann mal weiterarbeiten.“

„Schick mir eine SMS, wenn du angekommen bist.“

„Mach ich“, sagte sie, beendete den Anruf und war aus irgendeinem Grund wütend auf ihn. Vielleicht war ihre Wut ja auch nicht unbegründet. Vielleicht war er tatsächlich ein Idiot, wie Karen behauptete. Sie seufzte. Sie wusste, dass sie in Sachen Männer nicht auf Karen hören sollte. Außerdem war sie gar nicht wütend auf Phil, sondern vielmehr darüber, dass ihre Aufregung über die Reise nicht mehr als eine halbe Stunde angedauert hatte und sich nun bereits in Frust über den furchtbaren Trip umwandelte. Hoffentlich war das kein Vorbote für die restliche Woche.

Sie hatte keine Lust, gleich zurück zum Auto zu laufen und

so schlenderte sie durch den kleinen Laden der Tankstelle, während sie sich selbst Mut zusprach. Erst als sie den Motor startete, bemerkte sie, dass sie Hunger hatte. Sie hätte etwas essen sollen, aber das Angebot an der Tankstelle war überschaubar gewesen. So beschloss sie, ein wenig weiterzufahren und später erneut anzuhalten.

Je näher sie Hope Cove kam, desto schwerer wurden ihre Augen und ihr Körper war schon ganz steif und schmerzte von dem langen Sitzen. Als sie an Exeter vorbeikam, war es bereits dunkel und es war schwer, auf den unbekannten Straßen den richtigen Weg zu finden. So waren schließlich aus den erwarteten vier Stunden Fahrtzeit mehr als sieben geworden.

Sie hatte nichts mehr gefunden, wo sie zum Essen anhalten hätte können, aber ihre Stimmung hob sich, als sie endlich Hope Cove erreichte. Elizabeth war erschöpft und hungrig, aber der schwach beleuchtete kleine Ort versprühte einen Charme, der sie hoffen ließ. *Hope* Cove, eben.

Die Straßen waren eng und gesäumt von strahlend weißen Cottages mit säuberlich gedeckten Strohdächern. Als sie die Bucht erreichte, hielt sie an der Straße an und blickte aus dem Autofenster. Der Vollmond hing über dem Wasser und die Wellen funkelten herrlich im Mondschein. Was für ein Anblick! Sie konnte es kaum erwarten, alles bei Tageslicht zu sehen.

Sie fuhr weiter und fand bald darauf die schmale Nebenstraße, nach der sie suchte. In Schritttempo fuhr sie weiter und hielt nach ihrem Cottage Ausschau. Straßenlaternen gab es nur wenige. Als sie endlich ihre Unterkunft für die nächste Woche erblickte, wirkte diese nahezu gespenstisch, wie sie da so einsam in der Dunkelheit dastand. In der Nacht anzukommen war nicht wirklich ideal.

Die Besitzerin hatte ihr geschrieben, dass das Cottage unverschlossen sei und die Schlüssel auf dem Küchentisch lägen. Damals hatte sie das als romantisch und malerisch empfunden, doch sie hatte auch nicht damit gerechnet, mitten in der Nacht anzukommen. Nun fühlte sich das eher gefährlich und unverantwortlich an, schließlich könnte dort sonst noch jemand im Dunkeln auf sie warten.

Sie schob ihre Ängste beiseite und ging selbstbewusst auf die Vordertür zu. Sie war verschlossen. Die Panik kroch ihr langsam in den Nacken. Sie war müde und genervt. Das alles war einfach nur eine dumme Idee gewesen. Sie könnte jetzt zuhause in ihrem gemütlichen, warmen Bett liegen, nachdem sie zuvor ein leckeres Abendessen gegessen hätte.

Sie machte schließlich die Taschenlampe auf ihrem Handy an und ging zur Hinterseite des Hauses. Glücklicherweise war die Hintertür offen und die Schlüssel lagen wie erwartet auf dem Küchentisch. Sie musste die Anweisungen der Besitzerin falsch verstanden haben.

Im Wohnzimmer war alles in Ordnung, ja, es war sogar gemütlicher, als sie erwartet hatte. Es gab einen Kamin und der Raum war mit klassischen Eichenmöbeln eingerichtet. Sie konnte ihr Glück kaum fassen, als sie sogar einige Lebensmittel im Kühlschrank fand. Während sie am Küchentisch saß und das abgepackte Hühnchensandwich aß, das sie gefunden hatte, nahm sie sich vor, den Besitzern zu schreiben und sich für ihre Mühe zu bedanken. Es waren die kleinen Dinge, die den Unterschied ausmachten, dachte sie. Nach dem Essen war sie bereits deutlich positiver gestimmt.

Sie schickte Phil noch eine kurze SMS, um ihm zu sagen, dass sie gut angekommen war, und ließ sich dann erschöpft ins Bett fallen. Sie war gerade eingedöst, als sie etwas hochschrecken ließ. Ein Geräusch. Unsicher, ob sie sich nicht verhört hatte, wartete sie ab.

Alte Häuser machten nun einmal Geräusche, sagte sie sich und versuchte, ihren Gedanken Einhalt zu gebieten, die bereits in alle Richtungen galoppieren wollten. Dennoch war sie beunruhigt und es dauerte eine Weile, bis sie schließlich einschlief.

KAPITEL 7

Als sie am nächsten Morgen aufwachte, vernahm sie in ihrem Dämmerzustand das Geräusch von fließendem Wasser in der Ferne. Irgendwie kam ihr im halbwachen Zustand der Gedanke, dass sie gestern Abend wohl vergessen hatte, den Wasserhahn abzudrehen. Das Bett war jedoch so herrlich groß und gemütlich, dass sie es erst gar nicht verlassen wollte. Schließlich zwang sie das stete Geräusch aber doch, aufzustehen.

Seltsamerweise war das ganze Badezimmer voller Dampf und die Dusche lief. Sie konnte sie doch gar nicht laufen haben lassen, dachte Elizabeth, denn sie hatte sie ja gar nicht benutzt. Als sie den Duschvorhang zur Seite zog, schrie sie beim Anblick eines nackten Mannes laut auf. Einen Moment lang starrte sie ihn nur fassungslos an.

„Was soll das?", schrie er und zog den Duschvorhang wieder zurück. Elizabeth trat einen Schritt zurück und fand noch immer keine Worte. Warum war ein Mann in ihrem Haus? Ein nackter Mann. Ein sehr nackter Mann.

Das Wasser wurde abgedreht und ein gebräunter Unterarm griff hinter dem Duschvorhang hervor nach einem Handtuch.

Während er aus der Dusche trat, funkelte er sie wütend an. „Was machst du in meinem Haus? Wer bist du?“

„Ich …“ Sie hielt inne. Er fingerte noch immer an dem Handtuch herum, das ihn nur dürftig bedeckte. „Es tut mir leid“, sagte sie und blickte hinauf an die Decke. „Ich habe das Cottage für eine Woche gemietet und bin gestern Abend angekommen. Wer bist du?“

„Ich bin Max“, sagte er. „Das Cottage wird nicht vermietet. Warst du die ganze Nacht über hier?“

„Ja.“ Sie blinzelte, um sicherzugehen, dass das Handtuch nun an seinem Platz war. „Es tut mir leid“, wiederholte sie, deutete vage in Richtung des Handtuchs und errötete. „Ich habe eine E-Mail mit der Bestätigung, dass ich das Cottage gemietet habe.“

„Das denke ich nicht“, antwortete er ruhig, aber beharrlich.

„Doch, ich werde es dir zeigen.“ Sie lief in das Schlafzimmer, holte ihr Handy und öffnete die E-Mail. „Siehst du?“, sagte sie und hielt ihm das Handy entgegen. Er griff danach und überflog die Nachricht, wobei sich seine Züge langsam entspannten. Als er sie ansah, funkelten seine eisblauen Augen amüsiert. „Nun, Elizabeth Beaumont, es sieht so aus, als hättest du das Seaview Cottage für eine Woche gebucht.“

„Das habe ich ja gesagt“, antwortete sie und holte sich das Handy zurück. „Und ich weiß, dass ich mich mit dem Datum nicht geirrt habe.“

„Du hast das falsche Cottage erwischt.“

„Nein! Das geht doch gar nicht!“

„Das ist das Sea*side* Cottage.“

Sie hielt sich erschrocken die Hand vor den Mund. „Oh mein Gott.“

„Das Sea*view* Cottage liegt nebenan.“

„Aber die Tür war unversperrt“, antwortete sie eilig. „Und die Schlüssel lagen wie vereinbart auf dem Küchentisch.“

„Dort habe ich sie ja auch hingelegt“, sagte er. „Hope Cove ist nicht unbedingt ein Ort, an dem sich die Leute groß darum kümmern, die Türen abzusperren. Auch wenn ich das vielleicht noch einmal überdenken sollte."

„Es tut mir so leid." Mit einem Schlag wurde ihr bewusst, was sie getan hatte. „Wie peinlich! Ich kann nicht fassen, dass ich hier übernachtet und dich dann auch noch in der Dusche angeschrien habe." Sie errötete erneut. „Es tut mir unendlich leid."

„Ist ja nichts passiert." Seine Augen funkelten erneut, als er sich ein Lachen abrang. „Ich werde mir dann mal was anziehen ..."

„Klar, natürlich." Sie drehte sich um und knallte mit ganzer Wucht gegen die Wand. Und sie hatte gedacht, die Situation könne nicht noch peinlicher werden. „Ich werde meine Sachen packen."

Sie eilte in das Schlafzimmer, zog sich an, warf ihre Habseligkeiten zurück in den Koffer und machte rasch das Bett. An der Treppe traf sie auf Max, der aus einem anderen Schlafzimmer trat und nun in Jeans und T-Shirt gekleidet war. Er rubbelte sich das dunkelblonde Haar mit einem Handtuch trocken und zupfte es mit den Händen zurecht.

„Es tut mir so leid", wiederholte sie und fürchtete, sie würde angesichts dieser Demütigung sogleich in Tränen ausbrechen.

„Mach dir nichts draus, wirklich." Er nahm ihren Koffer und trug ihn die Treppe hinunter.

Elizabeth folgte ihm. „Das passiert vermutlich öfters?", fragte sie hoffnungsvoll.

„Soweit ich mich erinnern kann, war das das erste Mal." Seine Augen funkelten vor Vergnügen. „Das Seaview Cottage liegt ein wenig zurückgesetzt von der Straße, daher ist es ein bisschen schwerer zu finden."

„Wer hatte denn die tolle Idee, den beiden Häusern so ähnliche Namen zu geben?", sagte Elizabeth.

Daraufhin sah er sie für einen Augenblick zu lange an. Sie fühlte sich unbehaglich.

„Komm mit", sagte er und bedeutete ihr, ihm zu folgen.

Zögerlich ging sie hinter ihm durch die Küche und hinaus in den hinteren Garten. Er war ein wenig überwuchert, hatte aber eine schöne Größe und grenzte an eine hohe Hecke.

„Wohin gehen wir?"

„Wirst du gleich sehen."

Sie folgte ihm in die hintere Ecke des Gartens. Dort befand sich eine Tür in der Hecke, die sie erst jetzt bemerkte, als sie direkt davor standen. Sie war grün gestrichen und verschwand beinahe im Gebüsch. Max öffnete sie und ließ sie hindurchtreten.

Sie standen nun auf dem Küstenpfad. Unter ihren Schuhen knirschte eine Mischung aus Sand und Kies. Vor ihr führten ein paar Steinstufen und ein unebener Pfad zu einer kleinen, sandigen Bucht, hinter der sich das Meer zu einem allmächtigen, atemberaubenden Bild ausbreitete.

„Wow", flüsterte sie. „Das ist …" Es kam nicht oft vor, dass Elizabeth die Worte fehlten, aber dieser Ausblick war so fantastisch, dass es schwierig war, ihn angemessen zu beschreiben. „Es ist …" Sie ließ den Blick über das Ufer schweifen und sog die herrliche Mischung aus Salz und Seetang ein, die in der Luft lag. Entlang des Pfades wuchsen Wildblumen, deren sanfte Schönheit mit der rauen See und den Felsen entlang der sandigen Bucht in Widerspruch zu stehen schien.

Mit offenem Mund stand sie da, bis sie bemerkte, dass Max sie beobachtete. „Wow", wiederholte sie und lächelte. Es war zwecklos, weiter nach sinnvollen Worten zu suchen.

„Kein schlechter Anblick, nicht wahr?", sagte Max und der Flüsterton in seiner Stimme ließ sie zusammenfahren. Er stand ganz nahe bei ihr.

Sie war völlig gefesselt von dem Bild, das sich ihr bot. „Es ist atemberaubend."

„Dieser Pfad hier führt ins Dorf", sagte er. „Entlang des Weges liegen ein paar Häuser, aber er ist recht ruhig."

Die salzige Luft füllte ihre Lunge und der Klang der Wellen, die sanft am Ufer brachen, trieb dahin wie Musik. „Ich fühle mich, als hätte ich gerade die Tür nach Narnia geöffnet. Es ist magisch."

„Das ist der beste Ausblick der Welt", sagte Max. „Meiner Meinung nach zumindest." Er ging an ihr vorbei in Richtung des Strandes und sah dann zurück. „Dort ist übrigens dein Cottage", sagte er und deutete auf ein Haus auf der rechten Seite, das teilweise von Bäumen bedeckt war. „Jetzt verstehst du wahrscheinlich, wie die beiden zu ihren Namen gekommen sind."

„Seaview und Seaside. Die Namen sind wirklich passend." Ohne darüber nachzudenken, folgte sie ihm, zog ihre Schuhe aus und trat in den Sand. „Wie in einem Märchen." Sie drehte sich im Kreis und sog die Umgebung auf. Es war ein herrlicher Ort für eine Auszeit.

Für einen Moment standen sie schweigend nebeneinander, dann legte sich ein Lächeln auf Max' Lippen. „Bereit für den Umzug, Goldlöckchen?"

Elizabeth konnte nicht anders als zu lachen.

KAPITEL 8

Sie gingen zurück in die Küche, als die Vordertür aufgerissen wurde und ein junger Mann hereinstürmte. Er hatte dieselben auffallend blauen Augen wie Max und sah nicht älter als zwanzig aus.

„Hi", grinste er, als er Max erblickte. Dann sah er zu Elizabeth und runzelte verwirrt die Stirn. Sein Blick wanderte weiter zu dem Koffer im Vorraum. „Ach herrje, tut mir leid. Ich wusste nicht, dass du mit jemandem hier bist. Oma sagte mir, ich solle über das Wochenende herfahren, um dir zu helfen. Wie blöd."

„So ist es nicht", sagte Max lächelnd.

„Nein, nein", bekräftigte Elizabeth beschämt. „Ich bin nicht jemand. Also, ich meine, ich bin natürlich schon jemand. Aber nicht …" Sie deutete mit dem Finger zwischen sich und Max hin und her. Sie fühlte sich wie ein Vollidiot. Wann war sie zu einem stammelnden Dummkopf geworden?

„Das ist Elizabeth", sagte Max ruhig. „Elizabeth, das ist mein Neffe Conor."

Sie schüttelte Conors Hand, der noch immer verwirrt schien.

„Elizabeth wohnt nebenan", erklärte Max. „Sie hat sich im Haus geirrt."

„Oh, gut", sagte Conor erleichtert.

„Vielen Dank aber auch“, sagte Max und gab Conor einen freundschaftlichen Klaps auf die Schulter, „dass du glaubst, dass ich Jessica betrüge. Schön zu wissen, dass du so viel von mir hältst.“

„Es tut mir leid“, antwortete Conor verlegen.

„Ich geh dann mal besser“, sagte Elizabeth und griff nach ihrem Koffer.

„Brauchst du Hilfe?“, fragte Max, als sie sich mit dem Ding hinausmühte.

„Nein, danke, alles gut.“ Sie blickte die Straße auf und ab, in dem Versuch, sich zu orientieren.

Max zeigte in eine Richtung. „Die Einfahrt ist dort ein Stück weiter unten.“

„Danke“, antwortete sie. „Und entschuldige noch mal.“

„Kein Problem.“ Er schloss langsam die Tür. „Schönen Aufenthalt.“

Der Koffer ratterte, als sie ihn über die unebene Straße zog. Bald darauf fand sie die Einfahrt, die deutlich als Seaview Cottage ausgeschildert war. Wie hatte sie das nur übersehen können?

Der erste Blick ins Cottage war enttäuschend. Nicht, dass es Anlass zur Beschwerde gegeben hätte: Das Haus war sauber und funktional eingerichtet, aber es versprühte nicht den Charme des Cottage nebenan.

Nachdem sie ihren Koffer nach oben gehievt und ein wenig ausgepackt hatte, zog sie ihr Telefon heraus und rief Phil an.

„Wie ist das Cottage?“, fragte er.

„Es ist sehr schön“, sagte sie und entschied, die kleine Verwechslung besser nicht zu erwähnen. Sie genierte sich schon genug und brauchte nicht auch noch Phil, der sie damit aufzog. Besser gesagt würde er sie gar nicht damit aufziehen, sondern ihr viel mehr eine Predigt über ihre persönliche Sicherheit halten. Das konnte sie ebenso wenig gebrauchen.

„Ich habe mir überlegt“, begann er, „dass ich doch morgen für einen Tag zu dir runterfahren könnte.“

„Wirklich?“, fragte sie überrascht. Er war in den letzten Wochen beruflich so stark eingespannt gewesen, dass sie davon ausgegangen war, dass eine Fahrt nach Devon das letzte wäre, worauf er an einem freien Tag Lust hatte.

„Ich habe ein schlechtes Gewissen, weil du dort ganz alleine bist“, sagte er. „Und ich weiß, dass ich dir in letzter Zeit nicht viel Aufmerksamkeit geschenkt habe.“

„Ist schon gut“, antwortete sie. „Ich verstehe das.“ Tief im Herzen tat sie das wirklich. Ihr eigener Job konnte ebenfalls sehr anspruchsvoll sein, was aber nicht bedeutete, dass sie wegen dieser Situation nicht verärgert sein durfte.

„Soll ich also für den Tag runterkommen?“

„Dir ist aber bewusst, dass die Fahrt vier Stunden dauert und das auch nur, wenn kein Verkehr ist?“

„Du weißt, ich liebe dich so sehr, dass ich es tun würde …“

Sie kicherte. „Ich weiß aber auch, wie schnell du beim Fahren die Nerven verlierst.“

Es entstand eine Pause und sie erkannte, dass er mit seinem Angebot nur sein schlechtes Gewissen lindern wollte. Er erwartete im Grunde von ihr, dass sie sein Angebot ausschlug und wenn sie ehrlich war, wollte sie auch gar nicht, dass er kam. „Ich weiß genau, wie das dann abläuft. Du kommst schlecht gelaunt an, wirst dich wegen der Arbeit stressen und alle zwei Minuten auf dein Handy schauen. Nach einer Stunde wirst du anfangen darüber nachzugrübeln, wie lange wohl die Heimfahrt dauern würde. Und dann, nach einer weiteren Stunde, würdest du wieder fahren …“

„Aber ich würde es für dich tun!“

„Du bietest mir also zwei Stunden mit einem grummeligen Verlobten?“

„Du brauchst nur Ja zu sagen.“

„Ich verzichte, danke“, sagte sie. „Du solltest zuhause bleiben und dich entspannen.“

„Ich liebe dich!“, sagte er frech.

„Ich dich auch", antwortete sie. „Ich gehe jetzt mal die Gegend erkunden. Wir hören uns später."

Sie legte auf und sah sich erneut im Cottage um. Es war einfach gehalten, aber der Ausblick von den oberen Fenstern war magisch. Sie hätte den ganzen Tag lang vor dem Fenster sitzen und das Meer beobachten können. Was sie für eine Weile auch tat und dabei ganz auf die Zeit vergaß, bis ihr Magen sich mit einem hungrigen Knurren zu Wort meldete.

Sie ging in die Küche und öffnete den Kühlschrank. Er war natürlich leer, erinnerte sie aber an das Sandwich, das sie am gestrigen Abend im Seaside Cottage gegessen hatte. Max' Sandwich.

Sie grinste und griff erneut zum Telefon.

„Du wirst nie erraten, was passiert ist", sagte sie, nachdem sie Karen berichtet hatte, dass sie nun doch ohne Phil gefahren war. „Ich habe heute Morgen einen nackten Mann in der Dusche überrascht."

„Was? Was für eine Art Urlaub ist das? Wo bist du bitte?"

„Du wirst es nicht glauben", sagte Elizabeth. „Ich habe mich im Cottage geirrt. Ich habe die ganze Nacht im falschen Bett geschlafen und habe dann heute Morgen einen Mann in seiner Dusche überrascht."

„Oh mein Gott."

„Ich weiß. Was für ein Start in den Urlaub." Josie hatte recht gehabt, dass man alleine mehr Abenteuer erlebte. Das wäre nie passiert, wäre sie mit Phil gefahren.

„Über was für einen Anblick sprechen wir hier? Verschrumpelter alter Mann oder heißer, knackiger Typ?"

„Der Anblick war nicht schlecht", murmelte Elizabeth und errötete beim Gedanken daran.

„Sehr gut!", meinte Karen. „Ich habe dir ja gesagt, dass es dir alleine gut gehen wird. Seid ihr danach ins Bett gestiegen und habt jetzt eine heiße Urlaubsaffäre begonnen?"

„Nein!", rief Elizabeth. „Sag doch so etwas nicht. Ich habe

meine Sachen gepackt und bin schnell davon. Es war furchtbar, ich habe mich noch nie so geschämt."

„Du hast dich doch gefragt, was du die ganze Woche alleine machen sollst", gab Karen zurück. „Eine Affäre würde dich beschäftigen."

Elizabeth war an Karens eigenen Sinn für Humor gewohnt. „Ich habe an etwas weniger Unmoralisches gedacht!"

„Also gut", sagte Karen. „Dann arbeitest du eben, wie ursprünglich geplant. Ich halte das zwar für armselig, aber …"

„Ich werde nicht arbeiten", unterbrach sie Elizabeth. „Deshalb bin ich schlussendlich auch gefahren. Ich habe deine E-Mail gelesen und daraufhin beschlossen, dass ich Abstand von der Arbeit nehmen werde. Das würde zuhause allerdings nur schwer funktionieren, deshalb dachte ich, ich lenke mich mit der Reise nach Devon ab."

„Du wirst es trotzdem nicht schaffen", hielt Karen dagegen. „Sobald du auflegst, wirst du deinen Laptop herausholen."

„Ich habe meinen Laptop nicht mitgenommen", grinste Elizabeth.

„Verdammt! Okay, dann dein Handy. Keine Chance, dass du eine Woche lang nicht arbeitest. Du bist ein Workaholic und das weißt du genauso gut wie ich."

„Vielleicht. Deshalb werde ich jetzt einen kalten Entzug machen."

„Ich gebe dir einen Tag."

„Ich schaffe eine Woche, du wirst schon sehen."

KAPITEL 9

Der Spaziergang nach Hope Cove war wunderschön. Elizabeth nahm den Küstenpfad und staunte bei jedem Schritt über den Ausblick. Nach zehn Minuten stetigen Aufstiegs erreichte sie den höchsten Punkt und verweilte dort für einen Augenblick, um auf das Meer hinauszusehen.

Von hier aus konnte sie auch das Dorf sehen, an das ein schmaler Streifen aus goldenem Sand anschloss und vor dem unzählige kleine Boote in der Bucht ankerten. Elizabeth erinnerte sich daran, eine Geschichte über Schmuggler in der Gegend gelesen zu haben, und konnte sich die versteckte Geheimbucht an diesem Ort wunderbar vorstellen.

Der Wind blies Elizabeth immer wieder starke Böen ins Gesicht und zwang sie schlussendlich, ihren Weg fortzusetzen. Das Kreischen der Möwen und das Krachen der Wellen an den Felsen dominierten die konstante Geräuschkulisse. Als sie den Strand erreichte, konnte sie nicht widerstehen, ihre Schuhe auszuziehen und am Wasser entlang zu wandern. Das kühle Meerwasser, das ihre Füße umspielte, war einfach herrlich.

Ein paar Fischer standen auf einer Gruppe entlegener Felsen-links von ihr, aber sie hatte dennoch das Gefühl, alleine zu sein. Ihr Magen knurrte erneut und erinnerte sie an ihr Vorhaben,

Essen zu besorgen. Als sie in das Dorf hinaufging, wunderte sie sich, wie sie sich am Strand alleine gefühlt haben konnte. Autos rollten durch die engen Gassen und es waren nicht wenige Menschen unterwegs. Die Wellen und die Möwen mussten alle anderen Geräusche übertönt haben.

Sie erblickte ein Café mit einigen Tischen davor und ging direkt darauf zu. Ein junger Mann stand in der Tür und plauderte mit einer älteren Frau mit Schürze. Er trug ein marineblaues Poloshirt mit dem Logo der Royal National Lifeboat Institution, der britischen Seenotrettung. Elizabeth war schon immer von Rettungsbooten und den Freiwilligen, die damit aufs Meer hinausfuhren, fasziniert gewesen. Sie nahm sich vor, während ihres Aufenthalts bei der Rettungsstation vorbeizugehen und eine Spende abzugeben.

Sie lächelten ihr zu, als sie sich setzte und Elizabeth bemühte sich, etwas von ihrer Unterhaltung zu verstehen. Sie sprachen mit breitem Devoner Akzent und Elizabeth konnte ihnen nur schwer folgen, als sie über das Wetter und die Zahl der erwarteten Touristen sprachen. Nach ein paar Minuten ging der Mann und die Frau kam zu Elizabeth herüber.

„Tut mir leid“, sagte sie und ihr Akzent verblasste mit einem Mal. „Wenn ich ins Plaudern komme, kann ich kaum mehr aufhören. Haben Sie schon einen Blick in die Karte geworfen?“

„Ja“, lächelte Elizabeth. „Ich habe mich gefragt, ob es sehr schlimm wäre, wenn ich Scones zum Frühstück nähme.“

„Scones gehen immer“, sagte die Frau freudig. „Mit Marmelade und Clotted Cream startet man gestärkt in den Tag.“

„Das klingt wirklich gut. Aber ich glaube, ich lasse mir das doch für einen Nachmittagstee offen. Für den Moment nehme ich erst einmal einen Toast und Kaffee.“

„Auch eine gute Wahl. Kommt sofort.“

Während sie wartete, beobachtete Elizabeth vergnügt das Treiben um sie herum. Beinahe jeder, der an ihr vorbeiging, grüßte sie in irgendeiner Form: vom einfachen Nicken bis hin zu einem geflöteten „Guten Morgen“ war alles dabei.

„Verbringen Sie Ihren Urlaub hier?", fragte die Dame, als sie Elizabeths Frühstück servierte.

Elizabeth nickte. „Ich wohne für eine Woche im Seaview Cottage."

„Was halten Sie von unserem kleinen Örtchen?"

„Es ist wunderschön. Ich könnte die ganze Woche hier sitzen und den Ausblick genießen."

„Das können Sie gerne tun", kicherte die Frau. „Und falls Sie den Ausblick mit nach Hause nehmen wollen, gibt es um die Ecke ein Geschäft, das wunderschöne Bilder verkauft. Allesamt von einheimischen Künstlern gemalt."

„Wirklich?"

„Die Hope Cove Gallery", antwortete sie stolz. „Gehen Sie einfach die Straße entlang bis hinauf zur Bootsrampe. Sie können sie nicht verpassen."

Damit stand auch der nächste Halt auf Elizabeths morgendlicher Erkundungstour fest. Nach ihrem Frühstück machte sie sich umgehend auf die Suche nach der Galerie, die unübersehbar am Ende einer Reihe kunterbunt bemalter Cottages lag.

Schon beim Eintreten wusste Elizabeth, dass sie hier fündig werden würde, und fühlte sich wieder wie ein Kind, als sie versuchte, alle Eindrücke mit weitaufgerissenen Augen einzusaugen.

Der Mann hinter der Theke nickte ihr lächelnd zu. „Geben Sie Bescheid, wenn Sie Hilfe brauchen."

„Danke", antwortete Elizabeth und trat nach vorne, um eine Wand voller atemberaubender Bilder zu begutachten. Sie fand einige Ausblicke, die sie bereits wiedererkannte. Sofort stach ihr ein Aquarell ins Auge, das dieselbe Szenerie zeigte, die sie während des Frühstücks beobachtet hatte. Auf dem Bild sah sie die Boote sich in den Wellen wiegen, genauso wie sie es in natura getan hatten.

Das Geschäft war klein, aber vollgepackt mit Schätzen, angefangen von einfachen, bemalten Steinen bis hin zu Spiegeln mit Rahmen aus Treibholz. Für jeden war etwas dabei. Elizabeth hatte sich bereits entschieden, dass sie ein Bild mit nach Hause nehmen wollte, überlegte aber lange, wo sie es aufhängen sollte. Phil und sie waren Minimalisten, was das Dekor anging, und sie konnte sich einfach keines der Bilder in ihrem Haus vorstellen.

Sie riss sich aus ihren Gedanken, sie würde später schon einen Platz dafür finden. Ihre Augen kehrten immer wieder zu dem herrlichen Aquarell zurück und sie wusste, dass sie es haben musste. Für gewöhnlich neigte sie nicht zu Impulskäufen, aber sie war einfach nur glücklich, als sie ihre Kreditkarte über die Theke reichte. Das gerahmte Bild war jedoch zu groß, um es zu tragen, daher vereinbarte sie, es später mit dem Auto abzuholen.

Glücklich verließ sie die Hope Cove Gallery und schlenderte den Weg zurück, den sie gekommen war. Das Postamt war zugleich ein kleiner Lebensmittelladen und so machte sie dort Halt, um etwas zu essen zu kaufen. Am Strand hatten sich mittlerweile einige Menschen niedergelassen, die den schönen Sommertag genossen, und Gelächter und Geplauder lag in der Luft, als sie an ihnen vorbeiging, um zum Küstenpfad zu gelangen.

Ihr Haar war vom Wind zerzaust, als sie das Cottage erreichte. Sie bürstete es und machte sich zurecht, bevor sie ihre Einkäufe auspackte. Ein Lächeln zeichnete sich auf ihrem Gesicht ab, als sie ein Hühnchensandwich aus der Tüte zog. Sie musste sich bei Max dafür entschuldigen, dass sie sein Sandwich gegessen und in seinem Cottage übernachtet hatte.

Im hinteren Teil des Gartens fand sie eine Lücke in der Hecke, die zum Grundstück nebenan führte. Sie hörte Max und Connor, die sich draußen unterhielten, und folgte ihren Stimmen. Erst als sie gerade schon grüßen wollte, bemerkte sie, dass die beiden sich stritten. Oder zumindest debattierten. Es ging scheinbar um Fenster. Sie machte gerade kehrt, als Conor sie erblickte.

„Was denkst du?“, fragte er.

Sprach er mit ihr? Instinktiv drehte sie sich wieder zurück. „Wie bitte?"

„Tut mir leid", sagte er. „Ich dachte, du hättest uns gehört. Wir könnten eine zweite Meinung gebrauchen."

„Lass sie in Ruhe", befahl Max. „Sie ist im Urlaub. Tut mir leid", sagte er zu ihr.

„Schon gut", antwortete sie. „Eigentlich wollte ich nur schnell dein Sandwich ersetzen." Sie hielt es ihm hin und fühlte sich wie ein Vollidiotin.

„Das brauchst du doch nicht", sagte Max.

„Ich nehme es", entgegnete Conor und griff danach. Dann bedeutete er Elizabeth, ihnen in den Garten zu folgen. „Komm mal kurz mit und hilf uns, das zu klären."

Sie quetschte sich durch die Hecke und stand nun auf ihrer Seite.

„Tut mir leid wegen Conor", sagte Max. Er saß in einem Gartenstuhl und blickte seinen Neffen leicht verärgert an.

„Was denkst du über die Fenster, Lizzie?", fragte Conor.

„Elizabeth, bitte."

„Wirklich? Du wirkst mir eher wie eine Lizzie. Egal, also die Fenster."

Sie sah etwas verwirrt auf das Cottage. „Ähm ..."

„Stell dir vor, du würdest es gerne kaufen", sagte Conor. „Was würdest du von den Fenstern halten? Ganz ehrlich."

„Du verkaufst?", fragte sie an Max gerichtet.

„Es ist nicht mein Haus", antwortete dieser. „Es gehört meiner Mutter. Sie möchte es verkaufen und wir sollen es auf Vordermann bringen, bevor es auf den Markt kommt."

„Verstehe."

„Also, was denkst du über die Fenster?", fragte nun auch Max.

„Nun", sagte sie, ging hinüber zum Küchenfenster und fragte sich, wie ehrlich sie sein sollte. „Die Farbe bröckelt bereits ab." Ohne nachzudenken, fuhr sie mit dem Finger unter ein Stück abgelöster weißer Farbe und zog es ohne Mühe vom Holz ab. „Tut mir leid“, sagte sie rasch.

„Ganz genau!“, rief Conor.

„Aber würde es dich davon abhalten, das Haus zu kaufen?“, fragte Max.

„Nein, ich denke nicht. Es scheint, als könnte man das schnell in Ordnung bringen.“

„Ja“, rief Conor aufgeregt. „Es ist ganz einfach!“

„Das ist auf keinen Fall in nur einem Tag erledigt.“ Max blickte Conor ernst an. „Ich werde jetzt nicht anfangen, die Fensterrahmen zu streichen.“

„Aber ich habe schon alles gekauft. Oma hat gesagt …“

„Ich weiß, was sie gesagt hat! Sie wollte es mir auch schon einreden, aber ich habe ihr bereits erklärt, dass ich das nicht tun werde. Und wie Lizzie schon sagte, wird so ein bisschen bröckelige Farbe niemanden davon abhalten, das Haus zu kaufen. Man kann die Rahmen ganz einfach selbst streichen.“

„Elizabeth“, sagte sie.

„Tut mir leid.“ Jedoch schien er eher amüsiert als dass es ihm leidtat.

Sie hielt seinem Blick für einen Moment lang stand und trat dann ein paar Schritte zurück, um die Fenster zu inspizieren. „Die neuen Eigentümer werden sie vielleicht violett streichen“, überlegte sie.

Max starrte sie an „Was?“

„Das Weiß ist wunderschön“, sagte sie. „Aber was, wenn jemand käme und beschließen würde, dass, wenn die Fenster schon gestrichen werden müssten, sie sie genauso gut in ihrer Lieblingsfarbe streichen könnten… und das könnte Violett sein.“ Nun sah auch Conor verwirrt drein.

„Hast du irgendetwas gegen Violett?“, fragte Max.

„Nein“, sagte sie und verzog ihre Mundwinkel zu einem Lächeln. „Ich denke nur, dass das Weiß zu dem Haus passt. Ich meinte einfach eine andere Farbe … die neuen Eigentümer könnten jede beliebige Farbe nehmen und es wäre wirklich schade, wenn die Fenster letztlich violett wären."

„Oder grün", sagte Conor und stieg nun in das Spiel ein. „Sie könnten sie in Grün streichen! Wenn die Fenster aber frisch gestrichen sind, wird niemand darüber nachdenken, die Farbe zu ändern."

Max ging an das Fenster und zog ein weiteres Stück Farbe ab. Er schüttelte den Kopf. „Es genügt nicht, nur ein wenig frische Farbe darüber zu pinseln", sagte er. „Wir müssten die Farbe zuerst abschmirgeln. Und wenn wir die Fenster malen, müssten wir die Türen auch gleich mitmachen. Die müssen aber mindestens zweimal gestrichen werden."

„Aber sie wären dann nicht violett", sagte Elizabeth.

Max hatte ihr Grinsen gesehen. „Okay", sagte er und scheuchte sie mit einer Handbewegung fort. „Zurück durch die Hecke mit dir. Du hilfst uns hier nicht. Tschüss, Lizzie!"

„Elizabeth!", rief sie, grinste aber, als sie zurück in ihren Garten schlüpfte. Als sie sich umdrehte, bemerkte sie, dass Max sie beobachtete. Er formte mit seinem Mund ein sarkastisches „Danke", als Conor zu einem weiteren Argument ansetzte.

Im Garten des Seaview Cottage standen ein Tisch und Stühle neben einem Liegestuhl aus Plastik. Elizabeth wischte einmal den Staub ab, bevor sie sich setzte und die Sonne sowie die sanfte Brise auf ihrem Gesicht genoss. Für eine Weile drangen Max' und Conors' Stimmen herüber, dann wurde es leise. Plötzlich überkam sie wie aus dem Nichts der Drang, nach ihrem Handy zu greifen und ihre E-Mails zu checken, und sie konnte ihm nur schwer widerstehen.

Entschlossen, nicht kleinbeizugeben, zog sie ihren Badeanzug an und ging hinunter an den Strand, um eine Runde zu schwimmen. Als sie eine Stunde später zurückkehrte, hörte sie erneut Stimmen durch die Hecke. Sie blickte hindurch und sah Max und Conor an den Fenstern arbeiten und das schlechte

Gewissen nagte an ihr. Es war offenbar mehr Arbeit als Conor gedacht hatte und sie hatte sich nur deshalb in die Diskussion eingemischt, weil sie es witzig gefunden hatte, sich auf Conors Seite zu stellen, der ganz offensichtlich im Unrecht war.

Allerdings wäre es wirklich eine Schande, wenn die Fenster in einer anderen Farbe gestrichen werden würden. Das kleine Cottage war wunderschön und die weißen Fensterrahmen passten ausgezeichnet dazu. Sie hatte vermutlich das Richtige getan, entschied sie.

KAPITEL 10

Nach der Erkundungstour und ihrem Abstecher an den Strand war Elizabeth erschöpft. Ihre Haut spannte von zu viel Sonne, als sie sich am Abend mit einem Buch zurückzog. Als ihre Augen schwer wurden, gab sie auf und ging schlafen.

Da sie es nicht gewohnt war, so früh ins Bett zu gehen, wachte sie am nächsten Morgen viel zu früh auf. Es war noch nicht einmal hell draußen und so drehte sie sich um, um noch eine Weile weiterzuschlafen. Aber dann kam ihr ein Gedanke.

Sie zog Jeans und Pulli an und ging in die Küche, um sich eine Tasse Kaffee zu kochen. Dann ging sie mit dem Getränk in der Hand hinaus.

Sie erreichte den Strand, als die Sonne gerade begann, sich am Horizont abzuzeichnen. Elizabeth setzte sich in den Sand, um ihr dabei zuzusehen. Nur ein paar Minuten später wurde die Stille unterbrochen.

„Morgen."

Die Stimme war sanft, ließ sie jedoch trotzdem zusammenzucken.

„Tut mir leid", sagte Max. „Ich wollte dich nicht erschrecken."

„Schon gut“, keuchte Elizabeth mit einer Hand an der Brust. „Du hast mir gerade eben mal zehn Lebensjahre geklaut!“

Er stand über ihr. „Du hast mir meinen Sonnenaufgangsplatz geklaut.“

„Habe ich das?“, fragte sie mit einem Grinsen. „Also gut, ich teile meinen Kaffee mit dir, wenn du deinen Platz mit mir teilst …“

„Na dann.“ Er setzte sich neben sie in den Sand. „Kaffee ist eine gute Idee.“

„Er ist noch heiß“, sagte sie, hielt ihm die Tasse hin und bemerkte erst in diesem Moment, was für eine merkwürdige Situation das doch war. Normalerweise teilte sie ihre Getränke nicht mit Menschen, die sie kaum kannte.

„Kann ich dich was Persönliches fragen?“, sagte sie, als er die Tasse nahm.

Er sah sie amüsiert an. „Du dringst offenbar gerne in die Privatsphäre anderer ein.“

„Es tut mir leid! Du könntest recht haben, aber das Problem besteht erst seit kurzem. Ansonsten verhalte ich mich angemessen.“

„Du wirkst tatsächlich wie jemand, der sich gerne vornehm gibt“, stimmte er ihr zu. „Aber dann schleichst du dich in Häuser und mischst dich in die Unterhaltungen anderer Leute ein.“ Er gab ihr die Tasse zurück. „Und du teilst deinen Kaffee. Das ist alles sehr verwirrend.“

„Hey, Conor hat mich nach meiner Meinung gefragt.“ Sie beobachtete das Farbenspiel am Morgenhimmel. „Aber vielleicht hast du recht. Vielleicht sollte ich einfach …“ Sie fuhr sich mit zwei Fingern über ihre Lippen, als ob sie einen Reißverschluss schließen würde, und schwieg.

„Du kannst genauso gut einfach deine Frage stellen. Sonst werde ich mich ewig fragen, was es gewesen wäre.“

„Ich habe mich gefragt, warum deine Mutter das Haus verkaufen will. Es ist so schön. Ich kann mir nicht vorstellen, dass irgendjemand es jemals hergeben möchte.“

„Ich glaube nicht, dass sie das unbedingt will", sagte Max. „Es war unser Ferienhaus, als ich noch ein Kind war. Später hat Mum es vermietet, aber das ist jetzt zu viel Arbeit für sie. Sie ist in ein Heim gezogen."

„Tut mir leid …"

„Oh nein, so ist es nicht. Es ist alles andere als traurig." Ein Lächeln breitete sich auf seinem Gesicht aus, während er den Wellen dabei zusah, wie sie sich langsam an den Strand bewegten. „Henley House ist ziemlich luxuriös. Das ist auch ein Grund, warum sie das Haus verkauft. Sie braucht das Geld, um das Heim zu bezahlen."

„Henley House? Das klingt aber pompös."

„Das ist es auch", antwortete er. „Sie war einsam und fürchtete sich nach einem Sturz davor, weiterhin alleine zu leben. Eine ihrer Freundinnen war zuvor schon nach Henley House gezogen und schwärmte davon. Ich glaube, Mum war ein wenig eifersüchtig. Wie dem auch sei, sie hat dort viele Freunde gefunden und amüsiert sich königlich."

„Sie klingt wie eine charakterstarke Frau."

„Das ist sie."

Sie saßen ein paar Minuten schweigend nebeneinander und genossen den beeindruckenden Sonnenaufgang. Es war ein herrlicher Ort. An Max' Stelle würde sie das Cottage selbst kaufen.

„Warum kaufst du es nicht?", fragte sie ohne nachzudenken. „Ganz offensichtlich hängst du sehr daran." Sie senkte beschämt den Blick. Wie kam sie dazu, anzunehmen, er könne sich das Cottage ohne weiteres leisten? In ihrem Kopf erschien ein Bild von Josie, die sie dafür tadelte, ein Snob zu sein.

Als sie zu Max blickte, wirkte er tief in Gedanken versunken.

„Ich hätte nicht fragen sollen", sagte sie rasch. „Es geht mich nichts an. Es kostet vermutlich ein kleines Vermögen ..."

„Darum geht es nicht", sagte er. „Ich habe tatsächlich darüber nachgedacht, es zu kaufen. Es überrascht mich nur, dass du davon ausgehst, dass ich daran hänge. Ich dachte nicht, dass es so offensichtlich wäre."

„Wer würde das nicht tun?", erwiderte sie sanft. „Wäre dem nicht so, würdest du dich nicht über die Farbe der Fensterrahmen sorgen."

„Die Fenster sind mir egal", sagte er. „Aber ich fand, es könnte ein lustiges Projekt mit Conor werden. Außerdem ist es eine gute Ausrede, um etwas länger zu bleiben."

Nun klang er traurig und sie fühlte sich verantwortlich. „Tut mir leid, ich wollte nicht neugierig sein."

„Schon gut. Es macht mich ein wenig wehmütig, dass das Haus verkauft wird, das ist alles."

„Du kannst immer noch zurückkehren. Vielleicht vermieten die neuen Besitzer es …"

„Ich weiß. Aber es wäre nicht dasselbe."

Instinktiv streckte Elizabeth ihre Hand aus und legte sie über die seine. Ihr Herzschlag erhöhte sich sofort und sie drückte seine Hand kurz, bevor sie sie wieder losließ. Ihr Problem mit der Privatsphäre schien überhandzunehmen.

„Ich sollte mich wohl an die Fenster machen", sagte er und stand auf. „Ich habe heute viel zu tun … dank dir."

„Sorry …"

„Du hast gesehen, wie einfach man die Farbe mit dem Finger abziehen konnte?", fragte er.

Sie nickte.

„Das täuscht. An den meisten Stellen geht die Farbe nicht so einfach ab."

„Wenn du versuchst, mir ein schlechtes Gewissen zu machen, warst du erfolgreich!"

„Das war keine Absicht." Er lächelte, als er davonging. „Wirklich."

KAPITEL 11

Nachdem sie den Sonnenaufgang beobachtet hatte, nahm Elizabeth eine Dusche, frühstückte und brach dann zu einem Spaziergang entlang des Küstenpfades auf, dieses Mal jedoch in die entgegengesetzte Richtung des Dorfes. Es war noch früh und alles war friedlich. Die einzigen Menschen, auf die sie traf, waren ein paar Hundebesitzer und eine Gruppe Wanderer. Es war so aufregend, alles zu erkunden und es erinnerte sie erneut an Josies Theorie, dass sich alleine alles mehr wie ein Abenteuer anfühlte. Es stimmte.

Sie hatte ihr Handtuch und den Badeanzug mitgenommen, da sie im Internet gelesen hatte, dass sich in der Nähe einige schöne Strände befanden. Doch diese waren deutlich belebter als der Küstenpfad und nachdem sie ein paar Stunden in South Milton Sands in der Sonne gelegen hatte, fühlte sie sich angesichts der Menschenscharen um sie herum leicht beengt.

Es war ein wunderschöner langer Sandstreifen und der große Parkplatz mit allen möglichen Einrichtungen und Annehmlichkeiten machte den Strand zu einem beliebten Ausflugsziel. Es gab sogar ein kleines Geschäft, das Wassersportausrüstung verlieh. Ein paar Menschen amüsierten sich mit Kajaks, Surfboards und Stand-up-Paddleboards im Wasser.

Für eine Weile war es unterhaltsam, dem Treiben zuzusehen, aber schon bald sehnte sich Elizabeth nach der Ruhe und der Stille in ihrem Cottage. Sie verließ den Strand gegen Mittag, nachdem sie sich im belebten Beachside Café mit Limo und einem Sandwich eingedeckt hatte. Im Café war es so voll gewesen, dass sie es vorgezogen hatte, ihren Proviant mitzunehmen und an der ersten Bank zu verzehren, die sie auf ihrem Weg fand. Von dort aus hatte sie noch einmal den Blick über die Bucht genossen.

Zurück in ihrem Cottage richtete sie sich gemütlich in ihrem Liegestuhl ein und lauschte für eine Weile den gedämpften Stimmen von Max und Conor aus dem Nachbargarten, die irgendwann ebenfalls verstummten.

„Pssst!"

Sie sprang erschrocken hoch, als Conor in der Hecke erschien.

„Ich werde dir ein Geheimnis verraten …", flüsterte er hörbar laut und sah sich gespielt dramatisch um. „Ich glaube nicht, dass wir die Fenster heute fertigbekommen werden." Er zog eine Grimasse und sie konnte nicht anders, als zu lachen.

„Wer hätte das gedacht!", antwortete sie ebenso dramatisch. Sie ging zur Hecke und blickte an ihm vorbei zum Haus hinüber. Die Fensterrahmen waren von der Farbe befreit, aber die Tür war noch unverändert weiß. „Wo ist Max?"

„Arbeitet an der Vorderseite", sagte Conor und schwieg dann kurz. „Kannst du werfen?"

Sie runzelte die Stirn. „Wie bitte?"

„In der Hütte dort ist ein Kricketset", sagte er und ging ohne ihre Antwort abzuwarten in Richtung der Gartenlaube davon. Eine Minute später kehrte er mit Schläger und Ball zurück. „Kannst du mir ein paar Bälle zuwerfen?"

„Was ist mit den Fenstern?"

Er grinste schelmisch. „Ich werde in die andere Richtung zielen."

„Das habe ich nicht gemeint!"

Conor winkte ab. „Ist schon gut. Komm! Max wird gar nicht bemerken, dass ich weg bin."

„Also gut", sagte sie und folgte ihm durch den Garten.

Wieder einmal hielt sie inne und bestaunte den Ausblick, als sie durch das Tor in der Hecke trat. Er hatte etwas Magisches an sich. Sie fragte sich, wie lange es noch dauern würde, bis sie sich daran gewöhnt hatte.

Am Strand war es böig und die Möwen zogen Kreise über ihren Köpfen und kreischten von Zeit zu Zeit. Elizabeth zog ihre Schuhe aus und stellte sich Conor gegenüber auf, der auf ihren Wurf wartete. Der Schläger traf mit einem lauten Krachen auf den Ball, der sogleich dicht an Elizabeth vorbeiflog und im Sand landete. Sie eilte ihm durch den Sand hinterher und kam einen Augenblick später atemlos zurück, ihre Wangen glühend vor Anstrengung und von dem Wind. Sie fühlte sich fantastisch.

„Bereit", rief Conor fröhlich und wartete auf den nächsten Wurf. Dieses Mal lief er dem Ball selbst nach.

Max kam eine halbe Stunde später an den Strand, als Elizabeth mit den Füßen im Wasser stand und mit den Wellen spielte. Instinktiv drehte sie sich um und erwischte ihn dabei, wie er sie vom oberen Ende des Strandes aus beobachtete. Er lächelte und ging auf sie zu, während sie sich fragte, wie lange er dort schon gestanden hatte. Conor lag im Sand, die Arme hinter seinem Kopf verschränkt, und blickte hinauf in den glitzernden Sonnenschein.

„Conor hat ein Kricketset gefunden", gestand Elizabeth, als Max sie erreichte. Der Wind erwischte ihr Haar und blies ihr ein paar Strähnen ins Gesicht, die sie eilig zurückschob.

„Ich hätte wissen müssen, dass du auf Ärger aus bist, als du in mein Haus eingedrungen bist. Jetzt bringst du auch noch meinen Neffen auf Abwege!"

„Das Kricket war seine Idee", beharrte sie.

„Natürlich war es das! Wie ist das Wasser?"

„Herrlich. Vielleicht werde ich später meinen Badeanzug holen und schwimmen gehen.“

„Ich habe meine Badehose vergessen“, sagte er. „Aber das Wasser sieht sehr verlockend aus.“

„Wenn du gleich reinspringen willst, lass dich von mir nicht aufhalten“, sagte sie. „Ich habe dich immerhin schon nackt gesehen!“

Woah! Woher kam das denn? Also wirklich, Elizabeth! Grenzen und so!

Seine Mundwinkel zuckten. Er sah erst zwischen dem Wasser und Elizabeth hin und her und zog dann sein T-Shirt aus und warf es ihr zu.

„Das war ein Witz“, sagte sie rasch und befürchtete bereits, er würde sich ganz ausziehen.

Er öffnete seine Jeans und zog sie aus, sodass er nur noch in Boxershorts gekleidet vor ihr stand und ihr tief in die Augen blickte. „Das ist alles, was du heute von mir zu sehen bekommst. Ich weiß, dass du gerne gaffst.“

„Ich habe nie gegafft!“, verteidigte sie sich beschämt.

„Und ob du das hast.“ Er grinste, als er ins Wasser ging. „Ich hab’s genau gesehen.“

Als er in das Wasser eintauchte, ließ sich Elizabeth mit einem dümmlichen Grinsen im Gesicht in den Sand sinken. Ohne darüber nachzudenken, hob sie Max’ T-Shirt an ihr Gesicht. Sein Duft erfüllte all ihre Sinne und löste ein aufgeregtes Flattern in ihr aus. Wie dämlich. Sie legte das T-Shirt neben sich in den Sand und beobachtete, wie Max mit kräftigen, athletischen Bewegungen seine Bahnen im Wasser zog.

Sie widerstand der Versuchung, es ihm gleichzutun.

KAPITEL 12

Conor saß neben Elizabeth, als Max zurückkehrte. Er stand triefend nass über ihnen und funkelte Conor an. „Die Malerarbeiten sind also fast fertig?“, fragte er.

„Ach, ich bin mir sicher, dass du das morgen fertigbekommst“, antwortete Conor mit einem schelmischen Grinsen.

Max zog eine Augenbraue nach oben. „Ich glaube mich daran zu erinnern, dass du dich für morgen krankmelden wolltest, wenn wir es heute nicht schaffen.“

Conor erschrak. „Das kann ich nicht tun. Dad würde mich umbringen. Du weißt doch, wie es ist … du kannst dich nicht krankmelden in einer Kanzlei, in der Kranksein kein ausreichender Grund ist, um nicht zur Arbeit zu erscheinen. Ich müsste schon ein Bein verloren haben, um vielleicht einen Tag zuhause bleiben zu können!“

„Wo arbeitest du denn?“, fragte Elizabeth.

„Ich helfe den Sommer über in der Kanzlei aus, in der auch mein Vater arbeitet. Der spaßloseste Job der Welt, wirklich. Als ich einmal irgendein wichtiges Dokument verloren habe, taten die so, als würde die Welt untergehen. Ich dachte, Dad würde mich enterben.“

„Was ist passiert?“, fragte Max, als er sich neben Conor setzte.

„Ich hatte es im Kopierer liegenlassen! Krise abgewendet. Aber die machten ein Riesendrama draus und sprechen wahrscheinlich noch in ein paar Jahren darüber.“

„Wenn es so schlimm ist, warum willst du dich dann nicht krankmelden?“, fragte Max.

„Es sind nur noch ein paar Wochen“, sagte Conor ausweichend und mied den Augenkontakt mit ihm.

„Ganz genau. Was sollen sie denn schon tun? Dich feuern? Es ist doch nur ein Ferienjob.“

„Das ist aber ein ganz erwachsener Rat, Onkel Max. Solltest du nicht mit gutem Beispiel vorangehen? Mir einen Vortrag über Verantwortungsbewusstsein und Verlässlichkeit halten?“

Max schwieg und blickte Conor stattdessen nur an.

„Also gut!“, gestand dieser. „Wenn ich den ganzen Sommer über durchhalte, bekomme ich von Dad ein kleines Geschenk.“ Bei dem Wort ‚Geschenk‘ malte er Anführungszeichen in die Luft.

Max lächelte wissend. „Er wird dir also ein Auto kaufen?“

„Ja“, gestand Conor verlegen. Er sah von Max zu Elizabeth. „Verurteile mich nicht. Ich habe es mir verdient!“

„Dann werde ich wohl alleine malen müssen“, sagte Max.

„Wie lange wirst du hier sein?“, fragte Elizabeth.

Er zuckte mit den Schultern. „Bis die Fenster fertig sind.“ Er schnitt eine Grimasse, bevor er sich wieder an Elizabeth wandte. „Ich muss diese Woche nicht arbeiten und bin daher recht flexibel.“

„Was arbeitest du?“, fragte sie.

„Er war früher einmal ein Spitzenanwalt“, antwortete Conor für Max, dabei funkelten seine Augen schelmisch. „Aber das gab er alles auf, um in einem Kosmetikladen zu arbeiten. Offenbar bemerkt dort niemand, ob er überhaupt zur Arbeit kommt oder nicht.“

Max lachte. Er schien an die Neckereien gewöhnt zu sein.

„Das stimmt so nicht. Ich arbeite für eine Kosmetikfirma und jeder denkt, das sei ein Scherz."

„Aber du warst früher Anwalt?", fragte Elizabeth, die versuchte, der Unterhaltung zu folgen.

„Ja", sagte Conor. „Er und Dad arbeiteten in derselben Kanzlei. Zwei Spitzenanwälte auf dem Weg zur Weltherrschaft! Aber dann, eines Tages, schmiss Max alles hin, um in einem Kosmetikladen …"

„Ich bin immer noch Anwalt", warf Max ein. „Aber eben für eine Kosmetikfirma."

„Egal, vermies mir meine Geschichte nicht", sagte Conor, winkte ab und lehnte sich näher an Elizabeth. „Er brachte Schande über die Familie. Wir schämen uns sehr für ihn und es ist wirklich schwer für mich, ihn als meinen Onkel anzunehmen." Er grinste boshaft. „Würdest du nicht reich heiraten, hätten wir dich enterben müssen."

„Ich heirate nicht reich!"

„Sie fährt einen Porsche", entgegnete Conor und zwinkerte Elizabeth zu.

„Den sie sich hart erarbeitet hat", konterte Max.

„Ja klar … alles Papas Geld!"

„Solltest du nicht besser ein paar Fensterläden abschmirgeln?"

Conor stand auf und legte Max den Arm über die Schulter. „Weißt du eigentlich, dass ich dich als Kosmetiker viel lieber mag?" Dann lief er über den Strand davon.

Max grinste. „Ich bin kein Kosmetiker."

„Schade", sagte Elizabeth. „Ich dachte, du könntest mir ein Umstyling verpassen."

„Das würdest du nicht wollen." Er schüttelte amüsiert den Kopf. „Ich muss wieder an die Arbeit. Schönen Nachmittag."

„Danke", rief sie ihm hinterher. Die darauffolgende Stille fühlte sich für einen Moment eigenartig an. Max und Conor waren angenehme Zeitgenossen und Elizabeth genoss das Gezanke zwischen den beiden. Sie wurde unruhig und machte sich auf den Weg zurück zum Cottage. Dort rief sie Phil an und war enttäuscht, als er nicht ranging.

Draußen im Garten drang Gelächter vom Seaside Cottage herüber und sie ließ sich dazu verleiten, durch die Hecke zu schielen. Da sie Max und Conor nicht sehen konnte, nahm sie an, dass sie an der Vorderseite des Hauses arbeiteten. Sie griff erneut nach ihrem Handy, starrte auf den Bildschirm und fragte sich dann, warum sie es überhaupt in die Hand genommen hatte. Ihre E-Mails zu checken war bereits zu einem Automatismus geworden. Sie grummelte mit sich selbst und legte es beiseite.

Ohne weiter darüber nachzudenken, trat sie entschlossen durch die Hecke hinüber zum Seaside Cottage und ging um das Haus herum.

„Hi", sagte sie und fühlte sich plötzlich eigenartig.

Conor und Max hielten mitten im Gespräch inne.

„Hi", sagte Max.

„Entschuldigt die Störung", sagte sie. „Es klingt vielleicht ein bisschen merkwürdig … aber ich habe mich gefragt, ob ich euch helfen kann."

Max lächelte sie erstaunt an. „Das musst du nicht, du bist auf Urlaub."

„Ja …", antwortete sie nur und fragte sich, was sie sagen sollte, um weniger verrückt zu klingen. Was tat sie hier bloß? Sie hatte sich plötzlich nach Gesellschaft gesehnt und bot nun ihre Hilfe bei Malerarbeiten an. Hatte sie komplett den Verstand verloren?

Conor steckte ihr ein Stück Schmirgelpapier in die Hand. „Die Farbe geht meist recht gut ab", sagte er. „Aber da sind ein paar störrische Flecken, die sich einfach nicht lösen wollen. Die Panele der Tür haben auch so kleine Rillen, die echt mühselig sind." Er zeigte darauf und schob sie spielerisch in die Richtung.

Max fing sie ab und nahm ihr das Papier wieder aus der Hand. „Du musst uns wirklich nicht helfen. Als ich sagte, ich würde es nicht schaffen, habe ich nur Witze gemacht. Ich bin die ganze Woche hier und habe genug Zeit."

„Ich weiß“, sagte sie und wurde plötzlich emotional. „Ich wollte eigentlich mit meinem Verlobten kommen, aber er musste kurzfristig wegen der Arbeit absagen. Und jetzt weiß ich nicht, was ich mit mir anfangen soll.“ Das stimmte nicht ganz. Bislang war sie überrascht, wie einfach es war, sich alleine die Zeit zu vertreiben – und wie angenehm. Ihr stand vielmehr der Sinn nach Gesellschaft und Conor und Max waren einfach unterhaltsam.

Ein ungemütliches Schweigen entstand, bis Conor schließlich die Stille durchbrach. „Was für ein Idiot.“

„Mir ist dazu auch so einiges eingefallen“, sagte sie. „Aber was sollte ich schon tun? Ich hatte die Wahl, alleine zu fahren oder gar nicht.“

„Nun, ich bin froh, dass du gekommen bist“, sagte Conor.

„Ich auch“, bekräftigte Max und gab ihr das Schmirgelpapier zurück. „Wir brauchen jede Hilfe, die wir kriegen können.“

„Danke“, flüsterte sie und machte sich an die Arbeit.

Schon bald bemerkte sie, dass Conor recht gehabt hatte: Die meiste Farbe ging einfach ab, aber ein paar winzige Flecken waren hartnäckig.

„Ich werde jetzt ehrlich sein“, sagte Conor, der die Leiter für Max hielt, während dieser die oberen Fenster bearbeitete. „Ich dachte, es wäre einfacher.“

„Das habe ich dir versucht zu erklären“, rief Max von oben.

„Wir werden das schon schaffen“, antwortete Conor, schüttelte jedoch den Kopf in Elizabeths Richtung.

Einige Stunden später war Elizabeth müde, ihre Glieder schmerzten und sie fragte sich, warum in aller Welt sie den Nachmittag damit verbracht hatte, Fensterrahmen abzuschmirgeln. Dieser Urlaub stellte sich als äußerst merkwürdig heraus. Als sie endlich die ganze Farbe abgelöst hatten, standen sie beisammen und betrachteten ihr Werk. Trotz der Schmerzen und der Blasen an ihren Händen verspürte Elizabeth ein starkes Erfolgserlebnis.

„Ich muss ganz dringend unter die Dusche“, sagte sie,

lächelte den Männern zu und ging in Richtung ihres Cottage. „Danke, dass ihr mich unterhalten habt.“

„Wir grillen unten am Strand, bevor ich fahre“, sagte Conor. „Iss doch mit uns.“

„Ich habe mich schon genug aufgedrängt. Aber danke für das Angebot.“

„Du drängst dich nicht auf“, entgegnete Max. „Wir haben mehr als genug zu essen und schulden dir was für deine Hilfe.“

Sie wollte erneut abwehren, aber Conor unterbrach sie: „Hör auf zu diskutieren! Geh dich duschen und komm dann an den Strand.“

„Okay“, sagte sie und salutierte zum Spaß, bevor sie davoneilte.

KAPITEL 13

Elizabeths Telefon klingelte, als sie gerade aus der Dusche stieg. Sie ging ran und Phils Stimme ertönte.

„Wie läuft's?", fragte er.

„Ähm … alles okay. Ich kann nicht klagen." Sie überlegte kurz, ob sie ihm weiterhin ein schlechtes Gewissen machen sollte, aber das erschien ihr kindisch. „Die Sonne scheint und der Strand ist fantastisch. Du verpasst etwas."

„Ich wäre auch lieber bei dir", verteidigte er sich. „Ich bin nicht froh darüber, arbeiten zu müssen."

„Ich weiß, tut mir leid. Ich habe es nicht so gemeint."

„Mir tut es leid", entgegnete er. „Ich bin einfach gestresst und könnte eine Pause vertragen."

„Schon bald geht's auf Hochzeitsreise", erinnerte sie ihn freudig. Sie würden für zehn Tage nach Italien fahren und hatten eine Mischung aus Strandtagen und Sightseeing geplant.

„Ich kann es kaum erwarten", antwortete er. „Was hast du heute gemacht?"

„Nicht viel eigentlich", sagte sie zögerlich. Es wäre schwierig gewesen, ihm zu erklären, warum sie den ganzen Nachmittag über mit Max und Conor Farbe abgeschmirgelt hatte. Was würde Phil denken? „Ich bin faul im Garten und am Strand gelegen.“

„Schön, dass du dich erholst und dir eine echte Auszeit nimmst.“

„Ich habe nicht einmal meine E-Mails von der Arbeit gecheckt“, sagte sie stolz.

„Es ist noch immer Wochenende“, erinnerte er sie. „Reden wir morgen noch einmal und schauen dann, ob du durchhältst.“

„Ich werde die ganze Woche nicht arbeiten.“

„Keine Chance, dass du eine Woche durchhältst, ohne deine Mails zu checken.“

„Das kann ich“, beharrte sie. „Ich weiß nicht, warum das jeder für unmöglich hält. Karen glaubt ebenso wenig, dass ich das schaffe.“

„Wir werden ja sehen“, erwiderte er heiter.

„Ich werde jetzt zu Abend essen“, sagte sie. „Ich bin am Verhungern. Rufst du mich morgen an?“

„Klar“, meinte er und sagte ihr vor dem Auflegen noch, dass er sie liebte.

Das schlechte Gewissen nagte an ihr, weil sie ihm nichts von ihrer Abendplanung verraten hatte. Er würde es bestimmt komisch finden, dass sie sich mit den Nachbarn angefreundet hatte und sich mit ihnen zum Grillen traf. Natürlich hätte sie es ihm gesagt, würde sie sich mit zwei Frauen treffen. Aber über diese Konstellation wäre er mit Sicherheit nur wenig begeistert gewesen. Es war doch nur ein Abendessen, sagte sie sich, und wenn Phil sie nicht hängen gelassen hätte, wäre es erst gar nicht so weit gekommen. Es war also eigentlich alles seine Schuld.

Sie zog sich eilig an und steckte ihr Haar hoch. Als sie sich setzte, um etwas Make-up aufzutragen, hielt sie inne und fragte sich, warum sie sich die Mühe machte. Die Sonne hatte ihr eine gesunde Farbe verliehen und sie würde nur am Strand sitzen. Sie würde heute darauf verzichten, entschied sie und fühlte sich rundum wohl dabei.

Als sie sich auf den Weg zum Strand machte, war es früher Abend. Conor stand bereits über einem Einweggrill. Max reichte Elizabeth ein Bier, als sie sich neben ihn in den Sand setzte.

„Brauchst du Hilfe?“, fragte Max Conor.

„Nö.“

„Sicher? Ich kann keine Lebensmittelvergiftung gebrauchen.“

Conor warf Max einen müden Blick zu. „Ich schaffe es gerade noch, einen Grill anzuzünden, danke.“

„Wollte nur fragen!“

Conors Handy klingelte und er runzelte die Stirn, als er es aus seiner Hosentasche zog. „Dad“, sagte er und sah zu Max. „Er wird wissen wollen, wann ich nach Hause komme und mich daran erinnern, dass ich morgen arbeiten muss. Als ob ich das vergessen könnte!“

„Geh ran“, sagte Max. „Sonst ruft er nur mich an.“

Conor entfernte sich ein wenig, um den Anruf entgegenzunehmen, sodass nur ein paar gedämpfte Worte zu ihnen drangen.

„Ich vermute, dein Bruder ist ein wenig älter als du?“, fragte Elizabeth.

Max nickte. „Zwölf Jahre trennen uns.“

„Versteht ihr euch gut?“

„Nein. Aber nicht wegen des Altersunterschiedes.“ Nun mischte sich ein amüsierter Unterton in seine Stimme. „Sondern, weil er ein eingebildeter Fatzke ist.“

Sie lächelte. „Conor scheint ein guter Junge zu sein.“

„Er ist großartig, aber sein Vater ist zu streng mit ihm. Conor wird schon bald nichts mehr mit ihm zu tun haben wollen.“

„Das wäre schade.“

„Ja. Mein Bruder sieht tendenziell das Schlechte in den Menschen.“ Er brach ab. „Entschuldige, Familienprobleme.“

„Alle Familien haben Probleme“, sagte sie. „Ich habe eine kleine Schwester, die acht Jahre jünger ist als ich und wir kommen überhaupt nicht miteinander klar. Sie ist allerdings alles andere als hochnäsig, sondern wild und verrückt. Josie treibt mich in den Wahnsinn."

„Sie klingt lustig", sagte Max. Sein Blick blieb einen Augenblick zu lange auf ihr hängen.

Elizabeth lachte. „Ich halte sie für meinen Gegenpol. Was das wohl über mich sagt!"

„Du wirkst recht umgänglich", entgegnete Max. „Du schließt schnell Freundschaften ..."

„Ich bin nur übertrieben höflich", sagte sie. „Immer, wenn ich versehentlich in die Häuser anderer Menschen einbreche, versuche ich nett zu ihnen zu sein. Dann bekomme ich nicht so viele Schwierigkeiten."

„Das kommt also regelmäßig vor?", fragte er. „Bist du sowas wie eine professionelle Hausbesetzerin?"

„Mein Geheimnis ist also gelüftet", sagte sie lachend.

Conor kehrte zurück und sah verärgert aus. „Er nervt so", brummte er und legte die Patties auf den Grill. „Er hat mir, warum auch immer, einen Vortrag über Pünktlichkeit gehalten. Dabei war ich noch nie zu spät bei der Arbeit. Ich kann es kaum erwarten, bis ich dort fertig bin. Noch ein paar Wochen, dann habe ich meine Freiheit zurück."

„Du wirst also nicht als Anwalt Karriere machen?", fragte Elizabeth.

„Gott nein", entgegnete Conor. „Ich habe einen Job in einer Bar in Aussicht und dann werde ich schon sehen, wie es weitergeht. Ich will irgendetwas finden, das Spaß macht."

Er plauderte weiter und beschwerte sich über seinen Vater, während er sich gleichzeitig um den Grill kümmerte. Dabei unterhielt er sie mit Geschichten von der Arbeit in der Kanzlei.

„James und ich haben nicht viel gemeinsam", erzählte Max Elizabeth, als Conor ihnen jeweils einen Burger servierte.

„Überhaupt nicht", bestätigte Conor. „Sie sind das komplette Gegenteil voneinander. Dad ist der langweiligste Typ auf dem ganzen Planeten."

Max' Gesicht erhellte sich. „Das ist ein Kompliment! Das macht mich doch zum coolsten Typen auf dem ganzen Planeten."

Conor stöhnte. „Niemand sagt heute noch, dass er cool ist. Das ist ziemlich uncool!"

„Jetzt lass mich hier nicht alt aussehen", sagte Max.

„Das bist du aber!", entgegnete Conor frech.

„Hör nicht auf ihn", sagte Max leise zu Elizabeth. „Ich bin dreiunddreißig, das ist doch nicht alt."

„Überhaupt nicht", sagte Elizabeth und dachte an Josie, die sie als alt bezeichnet hatte. Max war definitiv nicht alt und sie war nur ein Jahr älter als er, also konnte sie auch nicht alt sein … oder? Warum dachte sie überhaupt darüber nach? Sie widmete sich ihrem Burger.

Max und Conor aßen ebenso schweigend und Elizabeth war froh, dass sie sie dazu überredet hatten, mitzukommen. Es war viel schöner, als alleine zu essen.

„Ich sollte wohl besser fahren", sagte Conor genervt, als sie fertig gegessen hatten.

Elizabeth stand auf, um sich zu verabschieden. Sie hatte ihn überraschend liebgewonnen, dafür, dass sie ihn erst ein paar Tage kannte. „Danke für das Essen."

Zu ihrer Überraschung umarmte er sie herzlich. „Gern geschehen und danke für deine Hilfe mit den Fenstern." Er wandte seinen Blick nicht von ihr ab, nachdem er sie losgelassen hatte. „Ich bin froh, dass dein Freund arbeiten musste! Es war schön, dich hier zu haben."

„Danke", sagte sie verlegen, setzte sich dann und nahm ihr Bier, während er Max umarmte.

„Fahr vorsichtig", sagte Max. „Und gib Bescheid, sobald du zuhause angekommen bist."

Conor klopfte ihm auf den Rücken. „Ja, Boss!"

„Danke für deine Hilfe", rief Max ihm hinterher, als er den Strand hochlief.

„Er liegt dir sehr am Herzen, nicht wahr?", sagte Elizabeth, als er wieder neben ihr saß. „Du willst wissen, dass er sicher angekommen ist.“

Max nahm einen Schluck Bier. „Er ist immer noch mein kleiner Neffe. Ich kann nicht fassen, dass er schon Auto fahren darf. Wie ist das passiert?“

„Vielleicht wirst du ja doch alt?“, neckte sie ihn.

„Sicher nicht!“

Sie verfielen in ein angenehmes Schweigen und beobachteten für eine Weile die Wellen. Als die Sonne langsam unterging, wurde die Luft kühler.

„Ist dir kalt?“, fragte Max, als sie ihre Knie an sich heranzog.

„Ein bisschen.“

„Bleibst du noch für ein Bier, wenn ich uns ein Feuer anzünde?“

Sie zögerte. Sollte sie wirklich Zeit alleine mit Max verbringen? Es wäre aber schade, den Sonnenuntergang am Strand zu verpassen, und wenn Max auch hier war, war das ja kaum ihre Schuld. Sie wusste nicht, warum sie sich vor sich selbst rechtfertigte. Es war ja nicht so, als ob sie etwas Falsches machen würde. Es war nur ein Bier mit einem neuen Freund. In herrlicher Umgebung … mit einem romantischen Feuer. Herrgott, sie dachte wirklich zu viel nach.

„Das klingt gut“, sagte sie schließlich. „Ich könnte auch einen Pulli holen, wenn …“

Aber Max war bereits aufgestanden und offenbar entschlossen, ein Feuer zu machen. Er brauchte nicht lange, um genug Brennholz zu sammeln und als die Sonne hinter dem Horizont verschwunden war, strahlte das Feuer bereits eine schöne Wärme aus.

Sie wusste nicht warum, aber die Stimmung zwischen ihnen hatte sich verändert. Vielleicht war es, weil Conor fehlte, oder wegen der romantischen Atmosphäre … auf alle Fälle verstärkte sich das Gefühl immer mehr, dass sie nicht mit Max hier sitzen sollte. Es fühlte sich zu intim an. Das Problem war jedoch, dass es ihr zu gut gefiel, als dass sie sich von der Stelle bewegen wollte.

Max griff während sie plauderten beiläufig nach einem Ast und schrieb *Lizzie* in den Sand.

Sie runzelte die Stirn. „Ich habe dir doch gesagt, dass ich Elizabeth heiße."

„Ich wette, deine Schwester nennt dich nicht Elizabeth."

„Nein", sagte sie und war überrascht, dass er das erraten hatte. „Sie nennt mich Liz." Die Röte stieg ihr in die Wangen, als sie fortfuhr. „Sie sagte einmal, ich wäre zu spießig für eine Lizzie, würde aber als Liz oder Beth durchgehen."

„Beth ist zu brav für dich", sagte Max und unterstrich die Buchstaben im Sand. „Lizzie passt gut zu dir."

„Dann habe ich ja Glück gehabt", schmunzelte sie. „Mit Max kann man wohl nicht viel anfangen?"

Er lachte über ihre Wortwahl. „Nicht besonders viel, nein."

Sie wandte ihren Blick von seinen stechenden Augen ab und ließ ihn stattdessen über die friedliche Umgebung streifen. Das silberne Mondlicht hüpfte über das Wasser und ließ es funkeln. Sie legte sich in den Sand zurück und blickte zu den Sternen hinauf.

„Das mache ich sonst nie", sagte sie. „Einfach unter dem Sternenhimmel sitzen und den Moment genießen."

„Es ist sehr besonders hier."

„Ich sollte das definitiv öfter machen", murmelte sie.

Sie lag für eine Weile da und beobachtete die Sterne, bis sie schließlich widerwillig entschied, dass sie wohl besser ins Bett gehen sollte.

Nachdem Max das Feuer mit Sand gelöscht hatte, versanken sie in der Dunkelheit. Der Mondschein spendete nicht viel Licht, sodass Elizabeth über den Strand stolperte.

„Hier", sagte Max, kam näher und bot ihr seinen Arm an.

Mit seiner Hilfe erreichten sie ihr Cottage schnell.

„Danke", sagte sie, schaltete das Küchenlicht an und blieb in der Hintertür stehen.

„Kein Problem“, antwortete er. „Ich wollte sichergehen, dass du das richtige Haus findest.“

Gegen ihren Willen musste sie lachen.

„Was hältst du von dem Haus?“, fragte Max und blickte über ihre Schulter in das Cottage.

„Es ist okay.“

„Du klingst unbeeindruckt.“

„Dein Cottage ist schöner, das ist alles.“

„Ich werde heute Abend wohl besser die Türen verschließen. Ich habe Angst, dass du dich wieder reinschleichst.“

„Ich verspreche, es nicht zu tun.“ Sie wollte ihm gerade eine gute Nacht wünschen, als sie einen merkwürdigen Blick an ihm bemerkte. „Was?“, fragte sie.

„Nichts“, sagte er, wirkte aber verlegen und beinahe ertappt. „Ich denke nur die ganze Zeit, dass wir uns schon einmal begegnet sind.“

Sie runzelte die Stirn. „Das glaube ich nicht.“

„Sind wir auch nicht. Es ist mehr so eine Art Déjà Vu.“ Er schwieg für einen Moment. „Klinge ich gerade unheimlich?“

„Ein bisschen“, lachte sie.

„Tut mir leid!“ Er trat zurück. „Ich schiebe es auf das Bier. Danke für deine Hilfe heute.“

„Gern geschehen.“

Sie sah ihm nach, wie er durch die Hecke und aus ihrem Blickfeld verschwand. Sie verharrte für einen Moment an dieser Stelle und dachte über seine Worte nach.

Es war nicht wirklich ein Déjà Vu, aber sie fühlte in der Tat eine merkwürdige Verbindung zu ihm.

KAPITEL 14

Elizabeth lag noch im Bett, als Karen sie am Montagmorgen anrief.

„Tu mir bitte einen Riesengefallen", sagte Karen und klang gestresst. „Ich habe dir ein E-Mail von Heidi weitergeleitet. Lies es doch schnell und sag mir, was du denkst. Bei mir im Büro bricht gerade die Welt zusammen."

„Nein!", sagte Elizabeth. „Darauf falle ich nicht herein. Ich habe dir gesagt, dass ich diese Woche nicht arbeite."

„Ich kann nicht glauben, dass du es tatsächlich durchziehst."

„Es ist erst Montagmorgen. Das ist noch keine große Leistung."

„Ich weiß, aber du hältst normalerweise nicht einmal ein Wochenende ohne Arbeit durch, deshalb überrascht es mich. Sollte ich mir Sorgen machen?"

„Nein, es geht mir gut."

„Wunderbar. Allerdings habe ich wirklich ein Problem mit Heidi. Sie hat am Freitag die Horoskope geschickt. Du solltest sie sehen, sie werden von Monat zu Monat schlimmer."

„Du brauchst gar nicht erst anzufangen", sagte Elizabeth. „Ich habe dir gesagt, ich arbeite nicht."

„Also gut", gab sich Karen geschlagen. „Kannst du mir

wenigstens als Freundin zuhören, während ich meinem Ärger Luft mache?“

„Schieß los …“

„Sie hat mir für Zwilling drei Wörter geschickt. Drei Wörter! *Sieh nicht zurück.* Das ist doch unheimlich! Für Fische hat sie hingegen einen langen Aufsatz darüber geschrieben, dass die Sonne in der Venus steht und Mars auf Jupiter oder was weiß ich. Das ist doch alles Schrott! Aber sie glaubt tatsächlich an das Zeug. Ich muss heute mit ihr sprechen.“

„Tu das nicht“, sagte Elizabeth und starrte an die Decke. „Ich kümmere mich darum, wenn ich zurück bin. Dir fehlt bei Heidi manchmal das Feingefühl.“

„Das stimmt. Ich warte auf dich, du kannst besser mit Menschen. Dein Taktgefühl und deine Diplomatie waren auch der Grund, warum ich dich eingestellt habe.“

„Neben meinen vielen weiteren Stärken und Qualifikationen, nehme ich an.“

„Möglich, aber vor allem, weil du wie jemand schienst, der mit mir Wein in meinem Büro trinkt.“

„Ein häufig unterschätztes Thema in Vorstellungsgesprächen!“

Sie lachten. Karen war der Hauptgrund, warum sie ihren Job so mochte. Sie konnte schrecklich ernst sein, wenn sie musste – vor allem vor einem nahenden Redaktionsschluss – aber man hatte auch viel Spaß mit ihr.

„Wie ist der Urlaub?“

„Ganz okay“, sagte Elizabeth. „Ehrlich gesagt ein bisschen merkwürdig.“

„Hast du noch mehr nackte Männer in der Dusche gesehen?“

„Nein. Aber ich sehe den nackten Duschtypen noch oft. Angezogen natürlich, aber wir laufen uns immer wieder über den Weg.“

„Grinst du etwa?“, fragte Karen misstrauisch.

„Nein!“ Das war eine Lüge, aber woher wusste Karen das?

Konnte sie es aus ihrer Stimme heraushören? Und warum grinste sie überhaupt?

„Hängst du mit dem heißen Typen ab, um dich an Phil dafür zu rächen, dass er dich versetzt hat?“

„Nein“, entgegnete Elizabeth schnell. „Und er ist nicht heiß.“ Sie überlegte. Das war eine weitere Lüge. „Ich räche mich nicht an Phil. Ich bin auch gar nicht mehr sauer auf ihn.“

„Nein, natürlich würdest du so etwas nie tun.“

„Was soll das jetzt heißen?“

„Beruhige dich, ich ziehe dich nur auf. Unser kleiner Gutmensch würde nie etwas Unanständiges machen.“

„Ich bin kein Gutmensch.“

„Doch, das bist du, aber egal. Ich muss weiterarbeiten. Genieß es und trag endlich mal dein Haar offen.“

„Wie bitte?“

„Wie lange kennen wir uns jetzt schon? Zehn Jahre? Trotzdem habe ich dich noch nie mit offenen Haaren gesehen.“

„Ich dachte, du wolltest sagen, ich wäre verklemmt.“

„Das auch. Vielleicht hängt das ja zusammen.“

Elizabeth trug ihr Haar immer sorgfältig nach oben gesteckt, so, wie sie es am liebsten mochte. Sie war geneigt zu erwähnen, dass sie gestern Abend kein Make-up getragen hatte, aber als ihre Gedanken zu dem Abend mit Max am Strand zurückkehrten, erkannte sie, dass sie diese Unterhaltung mit Karen nicht führen wollte.

„Lass mich in Ruhe“, sagte sie. „Ich gehe wieder schlafen.“

„Wir hören uns“, beendete Karen den Anruf.

Aber Elizabeth konnte nicht mehr einschlafen und brach deshalb nach einem schnellen Frühstück, bestehend aus Kaffee und Toast, zu einem Spaziergang auf. Sie blieb viele Male stehen, um die Aussicht zu bewundern. Nach einer Stunde erreichte sie einen Golfplatz. Er war herrlich gelegen und das Clubhaus war direkt auf einer hohen Klippe erbaut worden. Ein Kellner deckte die Tische auf der Terrasse und legte gerade die reinweißen Tischdecken aus.

Das war der Grund, weshalb sie nicht gerne alleine war. Vor ihr lag so ein schöner Ort, aber sie würde keinesfalls alleine in ein schickes Restaurant essen gehen. Sie überlegte für einen Moment. Sie könnte ein Buch mitnehmen und die Umgebung und das Essen genießen. Es könnte Spaß machen und sie könnte sich mit den Kellnern unterhalten und vorgeben, dass sie ständig alleine aß. Das wäre auch genau das, was Josie tun würde – wenn sie sich solche Restaurants leisten könnte. Aber Elizabeth konnte das nicht, sie würde sich nur unwohl fühlen und das Essen eilig hinter sich bringen.

Als sie gegen Mittag ins Cottage zurückkehrte, nahm sie sich ein Sandwich und überlegte, was sie den restlichen Tag über machen konnte. Sie wollte gerade ihren Bikini anziehen, als sie Max erblickte. Getrieben von der Sehnsucht nach Gesellschaft ging sie zur Hecke und wollte schon hindurchtreten, als sie innehielt. Was machte sie nur? Der arme Kerl wollte wahrscheinlich seine Ruhe haben und sie tauchte ständig in seinem Garten auf. Was stimmte nicht mit ihr, dass sie nicht einmal einen Tag alleine sein konnte? Sie trat ein paar Schritte zurück, hielt dann aber wieder inne und überlegte. Sie könnte schnell Hallo sagen. Daran war nichts Verwerfliches.

„Hallo!“, rief sie. Er drehte sich mit einem Pinsel in der Hand um.

„Hi!“, sagte er. „Wie geht’s?“

„Gut, danke. Sieht so aus, als ob du wieder fleißig am Arbeiten wärst.“

„Das Böse schläft nie“, schmunzelte er. „Was hast du so gemacht?“

„Ich war spazieren. Hinauf zum Golfplatz und wieder zurück.“

„Es ist schön dort oben und das Essen ist auch gut.“

Sie nickte nur, denn ihr Mund war unerklärlich trocken. Ihr Blick wanderte zu dem Pinsel. „Ich könnte dir helfen, wenn du willst.“

„Nein“, entgegnete er rasch. „Du bist auf Urlaub.“

Sie verzog den Mund. „Mir hat es gestern Spaß gemacht, euch zu helfen.“

„Du bist eventuell ein bisschen verrückt, weißt du das?“

„Der Gedanke kam mir bereits.“

Sie standen einander gegenüber und blickten sich tief in die Augen. Elizabeth biss sich auf die Unterlippe und trat zurück. „Es tut mir leid“, sagte sie. „Ich werde aufhören, ständig in deinen Garten zu spazieren, versprochen. Ich wollte sowieso schwimmen gehen … ich dachte nur … ich weiß nicht.“ Warum verhielt sie sich so komisch? Sie drehte sich von ihm weg und fiel dabei beinahe über ihre eigenen Füße. „Ciao!“

„Lizzie!“, rief er, als sie schon beinahe ihr Cottage erreicht hatte. Sie hielt inne. „Sorry, Elizabeth.“

„Ja?“

„Ich könnte jemanden brauchen, der die Leiter hält …, wenn es dir wirklich nichts ausmacht?“

„Das tut es nicht“, sagte sie. „Ich ziehe mich um und komme rüber.“

In ihrem Schlafzimmer angekommen, bemerkte sie, dass sie gar nicht wusste, in welche Klamotten sie eigentlich wechseln wollte. Sie hatte offenbar vergessen, Malerkleidung einzupacken.

KAPITEL 15

Sie entschied sich schließlich für knielange Shorts und ein einfaches T-Shirt mit V-Ausschnitt. Nicht gerade Malerklamotten, aber zumindest ein Outfit, bei dem es sie wenig kümmerte, ob es beim Streichen Schaden nahm.

Zurück im Nachbargarten reichte Max ihr einen Pinsel. „Heute kein Striptease, das wird dich bestimmt freuen zu hören."

„Ist das ein Versprechen?", fragte sie frech.

Sie begannen mit dem Streichen der unteren Fenster an der Vorderseite des Hauses, dann hielt Elizabeth die Leiter, während Max mit den oberen Geschossen begann. Als ihr das Halten langweilig wurde, tauschten sie die Plätze.

„Sei vorsichtig", sagte Max, als sie sich gefährlich weit über die Leiter hinauslehnte, um die oberste Ecke des Fensters zu erreichen.

„Bin ich doch."

„Nicht wirklich", entgegnete er.

Sie blickte zu ihm hinab. „Ich bin wirklich vorsichtig."

„Lass uns nochmal tauschen."

„Es geht mir gut hier oben", beharrte sie und reckte sich erneut zur Seite.

„Aber ich komme besser an die Stellen als du."

„Schon fertig!“ Sie streckte ihren Arm aus und lehnte sich von der Leiter weg. „Tada!“

„Bitte halte dich gut fest.“

Auf ihrem Weg nach unten blieb sie in der Hälfte stehen und rüttelte an der Leiter.

„Das ist nicht lustig“, sagte er. „Du wirst nicht mehr auf diese Leiter steigen.“

„Ich verstehe schon. Als Anwalt machst du dir bestimmt Sorgen, dass ich mir ein Bein breche und dich dann verklage!“

„Nein.“ Er hielt ihr seine Hand hin, als sie beinahe den Boden erreicht hatte. „Ich mache mir Sorgen, dass du dir ein Bein brichst.“

Sie sah die Besorgnis in seinem Blick und bereute ihre Neckereien. „Wie geht es nun weiter?“, fragte sie. „Machen wir uns an die Fenster an der Rückseite?“

Er nickte. „Lass uns für eine Weile auf festem Boden bleiben.“

Die Sonne schien auf sie herab, während sie die Fenster an der Hinterseite strichen. Die Stimmung war entspannt. Elizabeth summte die Lieder mit, die das Küchenradio spielte. Hätte ihr vor einer Woche jemand gesagt, dass sie während ihres Urlaubes die Fenster des Nachbarhauses streichen würde, hätte sie das ordentlich abgeschreckt, aber nun genoss sie es, mal plaudernd, mal schweigend vor sich hinzuarbeiten und bemerkte gar nicht, dass die Zeit wie im Flug verging.

Max sah konzentriert drein, als er den letzten Fensterrahmen strich. Elizabeth war gerade mit dem Fenster nebenan fertiggeworden. Sie beobachtete Max. Seine ausgewaschene Jeans war mit Farbflecken übersät und staubig. Sein dunkles T-Shirt klebte an seinem gut geformten Körper und seine Armmuskeln zeichneten sich bei jedem Arbeitsschritt deutlich ab.

„Alles okay?“, fragte er.

Sie wandte ihren Blick ab. „Ich habe mir gerade gedacht, dass es Zeit für ein Bier wäre.“ Sie legte ihren Pinsel zur Seite und wischte sich die Hände an ihrer Hose ab. „Ich hol uns welches.“

Der Spaziergang entlang des Küstenpfades war berauschend. Die Meeresbrise erfasste ihr Haar, zog Strähnen aus der Haarspange und ließ sie durch die Luft wirbeln. Ihre Arme schmerzten vom Streichen, aber sie verspürte ein herrliches Erfolgsgefühl.

An der Kaimauer in Hope Cove blickte sie hinaus über die Bucht. Ein paar Kinder spielten im Sand Fußball. Möwen kreischten, Boote wogen im Wasser, Wellen brachen und fluffige Wolken zogen über den strahlend blauen Himmel. Das Bild war perfekt und zog Elizabeth ganz in seinen Bann. Es erinnerte sie daran, dass sie noch ihr Bild in der Galerie abholen musste.

Als sie gerade in das kleine Geschäft treten wollte, ließ eine Stimme sie innehalten. Sie blickte sich um und sah die ältere Dame mit der Schürze vor dem Café stehen.

„Wann kommen Sie denn zum Nachmittagstee?“, rief sie fröhlich.

„Morgen!”, rief Elizabeth zurück. „Ich habe es mir fest vorgenommen.“

Das Dorf war wirklich bezaubernd und so fühlte sie sich herrlich entspannt während sie ihren Einkauf erledigte.

„Sind Sie gerade am Renovieren?“, fragte die Kassiererin, als sie ihren Einkauf bezahlte.

Elizabeth, die in einen Tagtraum versunken war, schreckte verwirrt auf.

„Nebenberuflich bin ich Detektivin“, sagte die Frau fröhlich und sah an Elizabeth hinab. Erst da bemerkte diese, dass ihre Shorts über und über mit weißer Farbe gesprenkelt war. „Ach herrje“, sagte sie verlegen. „Ja, wir renovieren ein wenig.“

„Das Seaside Cottage?“

„Ja“, antwortete sie. „Woher wissen Sie das?“

„Gut geraten! Ein wirklich schönes Haus. Wie kommen Sie voran?“

„Gut“, antwortete Elizabeth. „Wir streichen gerade die Fensterrahmen … und mich, offensichtlich.“

„Wie geht es Charlotte? Ich habe sie schon lange nicht mehr gesehen.“

„Charlotte?“, wiederholte Elizabeth fragend.

Die Kassiererin sah sie verwundert an. „Die Besitzerin.“

„Ach natürlich! Ich kenne nur ihren Sohn, Max. Eigentlich bin ich nur …“ Sie brach ab. Es war zu kompliziert. „Egal, Max sagte, es gehe ihr gut.“

„Schön zu hören.“ Die Kassiererin blickte zu der Kundin, die hinter Elizabeth wartete. „Viel Erfolg beim Renovieren.“

Elizabeth nahm ihre Einkaufstüte. „Danke.“

Draußen betrachtete sie ihr Spiegelbild in der Fensterfront des Ladens. Nicht nur ihre Klamotten waren mit Farbe übersät, sondern auch ihr Gesicht und ihre Haare. Für einen Moment betrachtete sie sich entsetzt, dann entspannten sich ihre Züge und sie machte sich auf den Rückweg.

„Du hättest es mir ruhig sagen können“, schalt sie Max, als sie zurückkehrte.

„Was denn?“

„Dass ich über und über mit Farbe beschmiert bin!“

Er lächelte und wischte ihr dann mit dem Daumen über die Wange. Die Farbe ging nicht ab, aber er versuchte dennoch, einen anderen Tupfer von ihrem Stirnansatz zu streichen.

Als sich ihre Blicke trafen, ließ er seine Hand sinken. „Du könntest eine Dusche gebrauchen“, sagte er und trat ein paar Schritte zurück.

„Ich kann nicht glauben, dass ich so in den Laden gegangen bin“, sagte sie.

„Es ist doch nur Farbe.“

„Ich weiß, aber ich sehe schrecklich aus. Meine Schwester wäre stolz auf mich.“ Eine Pause entstand. „Was?“, fragte sie beim Anblick von Max’ Grinsen.

„Nichts“, antwortete er. „Es scheint nur so, als hättest du ein Problem mit deiner Schwester.“

„Das habe ich! Josie würde sich auch an einem ganz normalen Tag so anziehen.“

„Und das nervt dich?“

„Nein.“ Elizabeth schüttelte den Kopf, denn sie wusste nicht, wie sie ihre Schwester erklären sollte. „Es ist nicht *eine* Sache, die mich an ihr nervt. Es ist einfach *alles*.“

Max nickte zögerlich.

„Ich habe Bier gekauft“, sagte Elizabeth in einem Versuch, das Thema zu wechseln. „Und Abendessen.“

„Du kochst für mich?“

„Na ja, ich habe fertiges Hühnchen und Salat gekauft“, sagte sie, reichte ihm ein Bier und setzte sich an den verwitterten Gartentisch. „Wenn du das Kochen nennst.“

„Für einen Moment dachte ich, du würdest mir ein Gourmetgericht auftischen.“

„Ich bin im Urlaub, ich will nicht kochen.“ Tatsächlich kochte sie nur selten, es war einfach noch nie ihr Ding gewesen. „Oder hattest du andere Pläne für das Abendessen? Ich kann …“

„Nein“, unterbrach er sie. „Hühnchen ist klasse.“ Er sah zu, wie sie am Etikett ihrer Bierflasche zupfte.

„Was?“, fragte sie.

„Trinkst du normalerweise Bier?“

Sie dachte ungewöhnlich lange über seine Frage nach.

„Du wirkst nur eher wie eine Weintrinkerin, das ist alles …“

Er hatte recht, sie trank zuhause kaum Bier. Phil war ein Weinkenner mit einer ansehnlichen Sammlung an hervorragenden Weinen, zumindest, wenn man ihn fragte. Sie hatte immer gerne Wein mit ihm getrunken.

„Bier ist erfrischend“, wich sie der Frage aus. „Ich mags.“

Er nickte und sagte nichts weiter.

Das Abendessen war entspannt und angenehm. Max erzählte ihr von all seinen Missetaten, die er als Kind während der Sommermonate im Seaside Cottage angestellt hatte, und Elizabeth erzählte ihm von den Urlauben mit ihren Eltern und ihrer Schwester in Frankreich.

Sie strahlte, während sie sich daran erinnerte, wie sie Josie in einem Landhaus, das ihre Eltern einmal gemietet hatten, in einen alten Schrank eingeschlossen hatte. Die Erinnerung daran ließ sie so sehr lachen, dass sie die Geschichte kaum zu Ende erzählen konnte. „Ich habe ordentlich Ärger bekommen“, sagte sie. „Aber die eine halbe Stunde Ruhe war es wert gewesen.“

Max saß ihr mit ausgestreckten Beinen gegenüber und beobachtete sie. Sie blickte verlegen zur Seite.

Die Zeit war schon wieder verflogen. Sie sah hinauf in den schönen, von Sternen erleuchteten Himmel und fragte sich, wie die Sonne hatte untergehen können, ohne dass sie es bemerkt hatte.

„Ich gehe besser ins Bett“, sagte sie. „Du hast mich ganz schön ausgelaugt mit all dem Streichen.“

„Du hast dich freiwillig gemeldet. Gib nicht mir die Schuld.“

Sie lächelte, als sie aufstand und ihm eine gute Nacht wünschte.

KAPITEL 16

Für gewöhnlich war Elizabeths Schlaf unruhig. Sie drehte und wälzte sich meist stundenlang und stand immer früh auf. Irgendetwas ging ihr stets durch den Kopf und so fiel es ihr meist schwer, abzuschalten und einzuschlafen. In Hope Cove verfiel sie jedoch Abend für Abend sofort in einen tiefen und friedlichen Schlaf. Es schien beinahe so, als bräuchte sie umso mehr Schlaf, je mehr sie davon bekam. Das Bett war so gemütlich, dass es ihr am nächsten Morgen äußerst schwerfiel, es zu verlassen.

Sie rief Phil an und aktivierte den Lautsprecher, während sie sich anzog.

„Alles okay?“, fragte er.

„Du hast gestern nicht angerufen“, sagte sie. Nicht, dass es ihr etwas ausgemacht hätte, es war ihr nur gerade aufgefallen.

„Tut mir leid, die Arbeit nimmt mich gerade voll ein.“

„Schon gut. Du klingst gestresst … sollen wir uns später unterhalten?“

„Wenn es dir nichts ausmacht? Ich bin gerade mitten in einer Sache.“

„Schon in Ordnung.“ Es war ihr genau genommen egal, denn das bedeutete, dass sie noch schneller hinaus in die Sonne kam.

„Ich rufe dich heute Abend an“, bemerkte er abwesend. „Versprochen!“

Sie legte auf und machte sich fröhlich auf den Weg nach draußen. Max trank einen Kaffee im Garten. Er wirkte entspannt und erfrischt, als er ihr über die Hecke hinweg zuwinkte.

„Ich dachte, du bist schon fleißig am Arbeiten“, sagte Elizabeth und ging zu ihm hinüber.

„Ich bin gerade erst aufgewacht.“

„Ich auch. Ich könnte eine ganze Woche durchschlafen und das, wo ich normalerweise schon beim Morgengrauen wach bin. Keine Ahnung, was hier so anders ist.“

„Das ist die Meeresluft“, erklärte er. „Aber schön, dass du gut geschlafen hast. Du bist heute mit dem Leiterhalten dran.“

„Ach so?“, fragte sie. „Hast du schon vergessen, dass ich im Urlaub bin?“

„Ich weiß. Das sage ich dir die ganze Zeit, aber du scheinst gerne zu arbeiten und daher tue ich dir wohl einen Gefallen.“

Betrog sie sich selbst, wenn sie die eine Art von Arbeit lediglich durch eine andere ersetzte? Aber in Grunde machte das Streichen viel zu viel Spaß, als dass es als Arbeit bezeichnet werden könnte. Max zu helfen, hatte sie definitiv von ihrer Schreibtischarbeit abgelenkt und sie war stolz darauf, dass sie ihre E-Mails noch immer nicht gelesen hatte. Es kam ihr somit sehr gelegen, ihm erneut zur Hand zu gehen. Eigentlich hatte sie vorgehabt, heute Morgen zur Galerie zu fahren und ihr Bild abzuholen, um anschließend einen Scone im Dorf zu essen, aber das konnte warten.

„Okay“, stimmte sie zu. „Ich frühstücke noch schnell etwas, dann komme ich.“

„Danke!“, rief er ihr auf dem Weg in die Küche hinterher.

„Könntest du das Halten etwas ernster nehmen?“, rief Max später von der Leiter herab. Sie hatte lediglich einen Arm locker auf eine Sprosse gelegt, während sie tief in einen Tagtraum versunken war.

„Ich habe sie“, sagte sie, richtete sich auf und legte beide Hände an die Leiter.

„Ich fühle mich nicht besonders sicher.“

„Ich hätte dich warnen sollen, denn ich bin nicht besonders stark. Wenn die Leiter also ins Fallen gerät, gibt es wahrscheinlich wenig, das ich tun kann.“

Er grinste. „Jetzt fühle ich mich schon viel sicherer. Aber du verstehst schon, dass du die Leiter halten sollst, damit sie gar nicht erst umfällt?“

„Ach, genau.“

Die Leiter klapperte, als er zurück nach unten kletterte. Er stellte sie an das nächste Fenster. „Vielleicht solltest du besser malen. Ich fühle mich nicht sicher, wenn du die Leiter hältst.“

„Es gab keinen Grund zur Sorge. Wenn du heruntergefallen wärst, hätte ich den Notarzt gerufen. Ich hätte sogar dein Händchen gehalten, bis er gekommen wäre.“

„Gut zu wissen“, entgegnete er trocken. „Willst du streichen?“

Sie zögerte, dann nahm sie ihm die Dose mit der Farbe ab. Sie war neu angebrochen und daher noch recht schwer, weshalb sie sie beinahe fallen ließ, als ihre Muskeln unter dem Gewicht nachgaben. Der wahre Grund, warum sie die Sache mit der Leiter so locker angegangen war, waren nämlich ihre schmerzenden Arme. Sie konnte sie kaum höher als an ihre Hüfte heben. Das Streichen am gestrigen Tag hatte einen bösen Muskelkater verursacht. Sie war so viel körperliche Arbeit nicht gewohnt. Aber sie wollte sich nicht beschweren, denn sie hatte Angst, dass Max sie nicht mehr helfen lassen würde, wenn sie etwas sagte.

Es tat furchtbar weh, die Farbe die Leiter hochzutragen, und sie war froh, als sie den Tiegel an dem Haken aufhängen konnte, der an einer Seite der Leiter angebracht war. Ohne diese kluge Vorrichtung hätte sie es nie geschafft, weiter zu streichen. Ihre

Muskeln schrien bei jedem Pinselstrich, aber sie biss die Zähne zusammen und zog es durch.

„Sieh mal an, wer nur eine Hand an der Leiter hat“, bemerkte sie, als sie auf Max hinunterblickte.

„Keine Sorge“, rief er zu ihr hinauf. „Die Leiter wird schon nicht umfallen. Aber du vielleicht, wenn du noch einmal wie Catwoman herumturnst.“

„Du würdest mich aber fangen?“

„Das bezweifle ich“, neckte er sie. „Ich würde rasch aus dem Weg gehen.“

„Danke!“

„Keine Angst, ich würde deine Hand halten, bis der Notarzt kommt.“

Sie kletterte die Leiter hinab. „Ich glaube, das ist die Hauptaufgabe des Leiterhalters.“ Zurück am Boden massierte sie ihren rechten Bizeps. „Sind wir fertig?“, fragte sie hoffnungsvoll.

„Noch nicht ganz“, antwortete er. „Aber wenn du genug hast …“

„Schon gut“, sagte sie. „War nur ein Scherz. Aber ich werde für eine Weile die Leiter halten. Mein Streicharm schmerzt ein wenig.“ Das war vermutlich die größte Untertreibung aller Zeiten. Jede noch so kleine Bewegung verursachte einen stechenden Schmerz in ihrem Arm. Aber sie wollte bei Max bleiben.

Max strich die verbliebenen Fenster des oberen Stockwerks, während sie vorgab, die Leiter ordentlich festzuhalten. Als er schließlich zum letzten Mal herunterstieg, war sein T-Shirt mit Schweiß getränkt. Er rollte seine Schultern und streckte seinen Nacken.

„Okay“, sagte er und ließ sich in einen Sessel fallen. „Ich bin erledigt. Ich glaube, ich werde eine Runde schwimmen gehen. Kommst du mit?“

„Nein, schon gut“, sagte sie. „Ich fange mit den Fenstern im Erdgeschoss an.“ In Wahrheit klang eine Runde schwimmen herrlich, aber es meldete sich erneut das schlechte Gewissen, weil sie so viel Zeit mit Max verbrachte. Ihm beim Streichen zu helfen, war eine Sache, aber nur in ihren Bikini gekleidet mit ihm abzuhängen, eine ganz andere. Sie fragte sich, wie sie sich fühlen würde, wenn Phil mit einer anderen Frau im Meer herumplantschen würde. Nicht, dass sie plantschen würde, klar. Aber trotzdem.

Sie griff nach einem Pinsel und begann mit den unteren Fenstern. Sie versuchte es mit der linken Hand, um ihrem rechten Arm ein wenig Ruhe zu gönnen. Als Max zurückkehrte, lag sein T-Shirt über seiner Schulter und das Meerwasser tropfte von seinem durchtrainierten Oberkörper. Er griff ebenfalls nach einem Pinsel und begann mit der Arbeit am Fenster nebenan.

Trotz der schmerzenden Muskeln genoss sie das Streichen. Es fühlte sich therapeutisch an. Sie lächelte Max flüchtig zu, sah dann aber sofort wieder weg, denn sie wagte es nicht, länger auf seinen nackten Oberkörper zu starren.

Sie kamen gut voran und unterbrachen die Arbeit nur für ein schnelles Mittagessen: Hühnchensandwiches aus den Resten des gestrigen Abendessens. Es war später Nachmittag, als sie endlich die Arbeit niederlegten.

„Geschafft“, sagte Max. „Und ich finde, das Resultat kann sich sehen lassen.“

Elizabeth wischte sich die Hände an ihren Shorts ab und schob sich eine Haarsträhne hinter das Ohr zurück. „Ich hoffe, den neuen Besitzern gefällt das Weiß.“ Sie verspürte ein eigenartiges Gefühl der Traurigkeit, als sie fertig waren. Das Streichen war unterhaltsam gewesen und sie hätte ruhig noch einen Tag damit zubringen können. Obwohl, wenn sie so darüber nachdachte, würde sie wohl ihre Arme für die nächsten ein, zwei Tage nicht hochheben können, geschweige denn, etwas streichen. Außerdem hatte sie noch einiges zu erkunden.

„Na komm“, sagte Max. „Ich lade dich zum Abendessen ein.“

„Oh“, rief sie überrascht. „Dann muss ich aber erst duschen.“

„Keine Sorge, wir gehen nirgendwo hin, wo du schick

aussehen musst.“ Schelm lag in seinem Blick, als er durch den Garten vorausschritt und sich kurz zu ihr umdrehte, um zu sehen, ob sie ihm folgte.

„Okay“, willigte sie ein.

„Du wirst dir dort nicht komisch vorkommen, das verspreche ich dir.“

Sie wusste, dass sie einige Farbflecken im Gesicht hatte und noch mehr in ihren Haaren, aber sie entschied, dass es vermutlich egal war.

In Hope Cove angekommen, wartete sie an der Kaimauer, wie Max sie angewiesen hatte. Fünf Minuten später kam er zurück und reichte ihr ein Tablett mit Fish & Chips, dann setzte er sich neben sie auf die Mauer.

„Das beste Abendessen weit und breit“, sagte er. „Und du bist dafür definitiv nicht falsch angezogen.“

Sie nahm die Holzgabel vom Tablett und bediente sich. „Das ist wundervoll, danke.“

„Gerne“, sagte er. „Danke für deine Hilfe mit dem Haus.“

„Ich denke, ich sollte dir danken. Es hat unglaublich viel Spaß gemacht. Ich wusste gar nicht, wie dringend ich Abstand vom Alltag brauchte.“

„Ich auch“, bemerkte er nachdenklich.

„Ich habe den ganzen Tag lang nicht auf mein Handy gesehen“, sagte sie überrascht, als ihr das in diesem Moment auffiel. „Phil meinte, ich würde es nicht aushalten, meine E-Mails nicht zu checken.“

„Warum solltest du auch, wenn du auf Urlaub bist?“

„Es ist nicht immer leicht, abzuschalten.“

„Ach“, sagte er. „Du bist also eine von denen.“

„Von welchen?“

„Von denen, die glauben, die Firma geht ohne sie den Bach runter. Was arbeitest du überhaupt?“

„Ich bin Chefredakteurin bei einer Zeitschrift“, erklärte sie ihm.

„Dann verstehe ich es natürlich. Wenn du zu lange fort bist, hätten die Leute keine Zeitschrift mehr zu lesen. Schrecklich!"

„Sehr witzig", entgegnete sie und steckte sich eine Pommes in den Mund. „Ich kann nicht glauben, wie sich diese Woche entwickelt hat. Ist es nicht verrückt, dass wir uns gerade erst kennengelernt haben und ich dir schon geholfen habe, das Haus zu streichen?"

Er schüttelte den Kopf und schluckte einen Bissen. „Ich finde das gar nicht verrückt. Es fühlt sich an, als ob ich dich schon ewig kennen würde." Er sah sie für einen Moment eindringlich an, dann aß er weiter.

Elizabeths Appetit war mit einem Mal verschwunden. Sie lenkte ihre Aufmerksamkeit auf die Wellen, die sich in Richtung Küste bewegten, während sie darauf wartete, bis sich ihr Herzschlag wieder normalisierte.

Als Phil sie an diesem Abend anrief und sich nach ihrem Tag erkundigte, ertappte sie sich dabei, wie sie die Dinge verschwieg, die zu schwierig zu erklären gewesen wären: Max und das Streichen des Nachbarhauses. Stattdessen sagte sie, dass sie in der Sonne gelegen hatte, zum Dorf spaziert war und Fish & Chips zum Abendessen gehabt hatte. Das war ja auch keine Lüge.

Als sie schließlich von Gewissensbissen geplagt ins Bett ging, sagte sie sich, dass es doch ganz harmlos und keine große Sache war, dass sie Phil nicht die ganze Wahrheit erzählt hatte.

Sie waren mit dem Streichen sowieso fertig, sodass sie keine Zeit mehr mit Max verbringen würde.

KAPITEL 17

Elizabeth strahlte, als Max am nächsten Morgen an ihrem Küchenfenster stand. „Sag mir jetzt nicht, dass die Wände gestrichen werden müssen!"

„Nein", sagte er. „Ich verspreche dir, keine Arbeit mehr für dich."

„Puh!"

„Ich wollte fragen, ob ich dich später zum Mittagessen ausführen kann? Zu einem richtigen Mittagessen, keine Pommes auf einer Mauer."

„Ähm …"

„Ich wollte mich angemessen für deine Hilfe bedanken."

„Das brauchst du nicht", lehnte sie ab. „Ich habe gerne geholfen."

Er lehnte sich gegen den Türrahmen. „Du würdest mir einen Gefallen tun. Das Restaurant am Golfclub hat tolles Essen, aber ich esse nicht gerne alleine auswärts."

Sie sah zum Fenster hinaus, als ob sie dort etwas gesehen hätte, nur um Zeit zu schinden. Sollte sie wirklich mit einem anderen Mann zum Mittagessen gehen?

„Das Essen dort ist fantastisch", sagte Max. „Wir könnten auch auf die Driving Range, wenn du magst. Ich bin mir nicht sicher, ob ich eine Runde Golf schaffe, aber gegen ein paar Abschläge hätte ich nichts."

Eine leise Stimme in ihrem Kopf ermahnte sie, nein zu sagen. Sie war verlobt und es war wirklich nicht in Ordnung, dass sie so viel Zeit mit Max verbrachte. Aber es war schwer, seiner angenehmen Gesellschaft zu widerstehen.

„Ein Mittagessen klingt gut", sagte sie und ignorierte die Stimme in ihrem Kopf. „Aber die Driving Range lasse ich lieber aus. Ich bin eher so der Typ Minigolf."

„Das stimmt sicher nicht. Ich wette, du hast einen ganzen Schrank voller schicker Golfer-Outfits und würdest mich am Green ordentlich bloßstellen."

„Das würde ich nicht", versicherte sie ihm fröhlich.

„Ich weiß nicht, ob ich dir glauben kann! Egal, ich muss noch etwas erledigen. Ist es okay, wenn wir etwas später essen? Wir könnten hinaufspazieren."

„Klingt gut."

Die hartnäckige Stimme in Elizabeths Kopf beharrte darauf, dass sie mit einem attraktiven Mann, der nicht ihr Verlobter war, keinen Spaziergang unternehmen und kein Mittagessen einnehmen sollte. Aber sie sagte sich erneut, dass alles ganz harmlos war. Max wollte sich nur bedanken und so musste keiner von ihnen alleine essen. Sie waren beide in festen Händen, also bestand kein Grund zur Sorge. Ganz bestimmt nicht.

Sie wiederholte in Gedanken immer noch dieselben Worte, als sie in das Dorf fuhr, um ihr schönes Gemälde aus der Galerie abzuholen und sich eine Tasse Tee und einen üppig mit Erdbeermarmelade und Clotted Cream bestrichenen Scone zu genehmigen. Sie plauderte fröhlich mit ihrer neuen Freundin aus dem Café, die, wie sie erfuhr, die Besitzerin war und Verity hieß. Es war ein weiterer herrlicher Vormittag und Elizabeth staunte zum wiederholten Male darüber, wie warmherzig und freundlich die Menschen in Hope Cove waren.

„Bist du dir sicher, dass du nicht noch eine Stunde auf die Driving Range willst?“, fragte Max, als sie das Clubhaus erreichten.

„Lieber nicht.“

„Bitte …“ Er zog einen Schmollmund. „Ich habe schon ewig keine Bälle mehr geschlagen. Es wird lustig werden, versprochen.“

Es war schwer, seinen großen, blauen Augen zu widerstehen. „Also gut. Aber wir nehmen den kleinsten Eimer Bälle. Ich bin hungrig!“

Die Driving Rage war bis auf einen älteren Herrn am anderen Ende unbesucht. Elizabeth rollte mit den Augen, als Max ihr Tipps geben wollte. Sie nahm ein 9er-Eisen, ging an ihm vorbei und legte den Ball auf den Abschlag. Ihr Schwung war perfekt: Er begann in den Hüften und zog sich durch bis hinauf in ihre Schultern, die Ausholbewegung makellos. Der Schläger traf präzise auf den Ball und schlug ihn weit hinaus in das Grün.

„Da sieh einer an“, rief Max überrascht. „Anfängerglück?“

Elizabeth konnte sich ein Grinsen nicht verkneifen. Er hatte recht gehabt mit den Golfer-Outfits: Sie hatte gleich mehrere davon. Phil hatte zu Beginn ihrer Beziehung vorgeschlagen, dass sie das Golfen lernte, damit sie ein gemeinsames Hobby hatten. Sie hatte sich als Naturtalent herausgestellt und es ärgerte Phil, dass sie schon nach ein paar Monaten besser gewesen war als er, obwohl er schon seit seiner Kindheit spielte. Er nahm das Golfen furchtbar ernst. Elizabeth mochte den Sport wegen der frischen Luft und weil es gesellig war, Phil hingegen suchte den Wettstreit.

„Warum wolltest du nicht spielen?“, fragte Max. „Wolltest du mein Ego nicht kränken?“

„Das ist es nicht“, sagte sie und zuckte zusammen, als sie den Schläger zur Seite stellte. „Meine Arme tun furchtbar weh vom Streichen. Ich hatte Angst, ich könnte nicht einmal Messer und Gabel halten, geschweige denn einen Golfschläger."

„Warum hast du nichts gesagt?"

„Ich wollte kein Jammerlappen sein!" Sie rollte ihre Schultern, um die Spannung ein wenig zu lösen. „Ich werde dir zusehen."

„Du könntest *mir* ein paar Tipps geben", sagte er schelmisch.

„Ich glaube eher, du wolltest angeben!" Sie gab ihm einen Knuff in die Seite, als sie an ihm vorbeiging. „Und jetzt ist es dir peinlich, dass ich besser bin als du."

„Wer sagt denn, dass du besser bist als ich?"

„Na dann los. Zeig mir, was du kannst!"

Auch er spielte gut. Nach den ersten Bällen entspannte er sich und vergaß, dass er eine Zuschauerin hatte. Seine Schwünge waren mühelos. Elizabeth genoss es, ihm zuzusehen und vergaß sogar, wie hungrig sie war, bis sie die Schläger zurückgaben und zum Restaurant gingen.

Die Terrasse des Restaurants bot einen fantastischen Blick über den Golfplatz auf der einen und den Ärmelkanal auf der anderen Seite. Es war offenbar ein beliebter Ort, denn fast alle Tische waren belegt. Sie wurden an ihren Platz geführt und studierten für einige Minuten die Speisekarten, bevor sie ihre Bestellungen aufgaben.

Als ihre Getränke serviert wurden, stießen sie an und plauderten. Nachdem sie Max auf der Driving Range gesehen hatte, hielt Elizabeth ihn und sich selbst für ebenbürtige Golfspieler. Vor ihrem geistigen Auge flackerte ein Bild von einem entspannten Tag auf dem Golfplatz mit ihm auf. Es fühlte sich an, als würden die Bilder einer alten Filmrolle vor ihr ablaufen. Doch das würde natürlich nie passieren. Es war bereits Mittwoch und schon bald würde sie in ihr echtes Leben zurückkehren.

„Was ist los?", fragte Max, als das Essen serviert wurde.

Sie lächelte rasch. „Nichts, es ist alles gut."

„Du bist eine schreckliche Lügnerin", sagte Max. „Es beschäftigt dich doch etwas."

Sie schüttelte den Kopf. „Es ist wirklich alles gut."

„Du lügst mich heute oft an."

„Wann habe ich dich denn angelogen?"

Er steckte sich einen Bissen Lamm in den Mund und kaute langsam, während er sie amüsiert betrachtete. Als er schließlich schluckte, sagte er: „Typ Minigolf."

Sie wollte protestieren, brach dann aber in Gelächter aus. „Okay, das war vielleicht eine Lüge. Aber eine Notlüge!"

„Du hast noch nie im Leben Minigolf gespielt, stimmt's?"

„Nein", antwortete sie wahrheitsgetreu.

„Ich werde dir vermutlich nie wieder etwas glauben."

Elizabeths Lachen verebbte. Sie musste immer wieder daran denken, dass sie schon bald wieder zuhause wäre und nicht mehr mit Max herumalbern würde. Alleine nach Devon zu fahren, hatte ihr so viel Angst bereitet, und nun fürchtete sie sich davor, dass die Zeit zu schnell verging. Sie lenkte ihre Aufmerksamkeit auf das Essen und versuchte, nicht daran zu denken.

„Spielst du oft?", fragte sie ein paar Minuten später, als sie einige Golfer in der Entfernung über den Fairway gehen sah.

„Nein", antwortete er. „Ich habe früher mit meinem Vater gespielt, aber er starb vor ein paar Jahren."

„Tut mir leid", sagte sie mitfühlend.

Ihre Blicke trafen sich und er lächelte. „Danke. Wir standen uns sehr nahe. Und all meine liebsten Erinnerungen mit ihm scheinen aus den Aufenthalten in Hope Cove zu stammen. Ich wünschte, Mum würde das Cottage nicht verkaufen."

„Das muss schwer für dich sein." Erneut fragte sie sich, warum er es nicht selbst kaufte. Er hatte ihre Frage damals nicht beantwortet, aber etwas sagte ihr, dass sie das Thema nicht weiter verfolgen sollte.

Er richtete sich auf. „Tut mir leid, ich bin nicht gerade die fröhlichste Begleitung heute."

„Das macht nichts." Sie genoss es, mehr über ihn zu erfahren.

. . .

Ihre Schultern berührten sich regelmäßig, als sie über den engen Pfad zurück nach Hause gingen. Die Unterhaltung war seicht und sogar ein wenig albern. Elizabeth konnte sich nicht erinnern, in letzter Zeit je so viel gelacht zu haben. Sie hielten in South Milton Sands, um Eis zu kaufen. Der Strand war überfüllt, was an einem solch schönen Tag in den Schulferien kein Wunder war.

Als sie endlich die kleine Bucht erreichten, die Elizabeth bereits für die ihre hielt, hing die Sonne schon über dem Horizont. Der Pfad führte an dieser Stelle hinunter in Richtung des kleinen Strands und sie mussten auf ihre Schritte achten.

„Das Wasser sieht fantastisch aus“, sagte Elizabeth.

„Das tut es“, meinte Max. „Sollen wir noch schwimmen gehen?“

Sie blickte hinaus auf das ruhige Wasser und war äußerst angetan.

„Ich hole nur schnell mein Badezeug“, sagte sie.

Ihr Handy läutete fünf Minuten später, als sie gerade in ihrem Bikini aus der Hintertür trat. Es war Phil. Seine Präsentation war vorbei und er hoffentlich entspannter. Sie griff nach dem Telefon, dann zögerte sie. Eilig legte sie es zurück auf den Küchentisch, ließ es klingeln und ging hinaus.

KAPITEL 18

Elizabeth zitterte, als sie langsam durch das Wasser watete und ihren Mut sammelte, um endlich einzutauchen. Ihr Atem stockte, als das kalte Wasser sie umhüllte und ihr Körper brauchte einen Moment, sich an die Temperatur zu gewöhnen.

„Nach ein paar Minuten wird es besser", versicherte Max ihr. Er tauchte unter und sie folgte ihm, als er weiter hinausschwamm. „Das tut deinen schmerzenden Muskeln mit Sicherheit gut", sagte er, als er wieder auftauchte. „Ich kann es nicht glauben, dass du mir eingeredet hast, die Fenster zu streichen."

„Das war nicht ich! Das war Conors Idee."

„Aber du hast ihn unterstützt!"

„Es war einfach lustig." Sie schwamm um ihn herum. „Und es hat dir doch Spaß gemacht, gib es zu!"

Er richtete sich im Wasser auf. Sie waren recht weit hinausgeschwommen, aber das Wasser reichte ihm dennoch erst bis zur Brust. „Na gut, es war lustig. Ich bin froh, dass du mir geholfen hast."

Ihr Herzschlag beschleunigte sich, als er sie ansah. Seine Augen waren so blau, dass es schwer war, ihren Blick abzuwenden. „Sind die Sonnenuntergänge hier immer so schön?", fragte sie, um das Thema zu wechseln. Als sie sich ebenfalls aufstellte, landete ihr linker Fuß auf einer zerbrochenen Muschel und sie hüpfte auf einem Bein, bis Max seinen Arm ausstreckte und sie stützte. Sie hielt sich an ihm fest, während sie nach unten griff, um die Muschel von ihrem Fuß zu entfernen. Erst als sie ihr Gleichgewicht wiedergefunden hatte, bemerkte sie, wie nahe sie beieinanderstanden, und trat schnell zur Seite.

„Es ist wirklich atemberaubend“, rief sie ihm zu, während sie davonschwamm und erneut den Sonnenuntergang betrachtete. Irgendetwas hatte sie ja sagen müssen, um die Spannung zu lösen. In diesem Moment, mit seiner Hand auf ihrem Arm, hätte sie sich nichts sehnlicher gewünscht, als ihn zu küssen. Genau das war auch der Grund, warum sie Vorbehalte gegen das Mittagessen mit ihm gehabt hatte: Sie verbrachte einfach zu gern Zeit mit ihm.

Wie in aller Welt hatte sie sich selbst einreden können, dass es in Ordnung war, beinahe ihren gesamten Urlaub mit ihm zu verbringen? Mit ihm im Sonnenuntergang zu schwimmen? Was war nur über sie gekommen? Sie hatte sich doch immer so unter Kontrolle, handelte stets rational und vernünftig. Aber seit ihrer Ankunft in Hope Cove war sie alles andere als das.

Sie schwammen noch eine Weile, bis Elizabeth zu zittern begann und Max darauf bestand, dass sie hinausgingen und sich wärmten. „Das Handtuch war eine großartige Idee“, sagte Max, als Elizabeth sich in das ihre wickelte. „Du hättest mir eines mitnehmen können.“

„Du bist doch schon ein großer Junge“, sagte sie. „Du kannst dich um dich selbst kümmern.“ Sie zuckte angesichts ihrer Wortwahl, immerhin stand er gerade nur mit seinen nassen Boxershorts bekleidet vor ihr. Er grinste zwar bestimmt gerade, dennoch vermied sie tunlichst den Blickkontakt mit ihm. Wie war sie denn auf diesen Gedanken gekommen? Es war doch nur eine harmlose Bemerkung. Sie verlor langsam die Orientierung.

Rasch gingen sie den Strand hinauf, verlangsamten jedoch ihre Schritte, als sie den Pfad erreichten.

„Ich werde ein Feuer anzünden, wenn du noch für einen Drink rüberkommen möchtest", sagte Max.

„Klingt gut." Genau genommen klang es herrlich, auch wenn sie wusste, dass sie eigentlich ablehnen sollte. Es war definitiv nicht angemessen, den Abend mit ihm vor einem romantischen Feuer zu verbringen.

„Ich hüpfe unter die Dusche, dann komme ich rüber", sagte sie nach einem kurzen Moment des Zögerns.

Die warme Dusche war herrlich und als sie herausstieg, schlüpfte sie gleich in ihren Pyjama. Sie war wieder zu Sinnen gekommen. Sie konnte nicht ins Seaside Cottage hinübergehen. Irgendetwas hatte sich verändert und es fühlte sich nicht richtig an. Sie konnte nicht so viel Zeit mit Max verbringen, wenn sie mit Phil verlobt war.

Phil! Erst jetzt erinnerte sie sich an seinen Anruf, den sie ignoriert hatte, und fühlte sich schrecklich! Sie hatte nicht abgenommen, weil sie bei Max gewesen war. Was war nur los mit ihr?

Phil ging gleich nach dem ersten Klingeln ran.

„Tut mir leid", sagte sie. „Ich war am Strand und habe deinen Anruf erst jetzt gesehen."

„Kein Problem, ich bin noch nicht lange zuhause."

„Wie lief die Präsentation?"

„Gut", sagte er. „Ich denke, es wird jetzt ruhiger und nächste Woche wird hoffentlich entspannter. Ich bin froh, dass das jetzt vorbei ist. Wann kommst du zurück? Freitag? Ich habe mir überlegt hinunterzufahren, aber ich muss morgen noch ein paar Dinge im Büro erledigen."

„Schon gut." Sie zögerte. „Ich habe mir sogar überlegt, früher heimzufahren. Würdest du mit mir zu Abend essen, falls ich morgen komme?" Das wäre das Vernünftigste: zu ihrem Verlobten heimzufahren, wo sie auch hingehörte.

„Vermutlich", antwortete er. „Aber wegen mir brauchst du dich nicht zu beeilen. Wir können auch am Freitag essen gehen."

„Der Verkehr wird am Freitag vermutlich die Hölle sein“, versuchte sie sich selbst zu überzeugen.

„Dann komm morgen.“

„Ich denke, das werde ich auch. Übrigens wirst du stolz auf mich sein. Ich habe nicht einmal meine E-Mails gecheckt.“

„Wow“, sagte er. „Das ist beeindruckend. Was lenkt dich denn so von der Arbeit ab?“ Er klang unbekümmert und heiter, aber die Frage beunruhigte Elizabeth und sie spürte das schlechte Gewissen in ihr aufsteigen.

„Nur der Strand und die Sonne“, antwortete sie rasch.

„Ich wette, es gibt kein Internet“, meinte Phil. „Willst du deshalb früher nach Hause?“

„Ich will dich sehen“, sagte sie grimmiger als sie es beabsichtigt hatte. „Aber wenn du mich nur aufziehst, ist es mir auch egal.“

„Sei nicht eingeschnappt, ich will dich auch sehen. Komm morgen nach Hause.“

„Ich gebe dir Bescheid, wenn ich losfahre.“

Damit wünschten sie einander eine gute Nacht und legten auf.

Sie sah hinaus durch das Fenster und in den Garten des Seaside Cottage. Ein Leuchten drang durch das Fenster des Wohnzimmers und sie stellte sich das Feuer vor … und Max. Sie überlegte, ob sie hinübergehen sollte. Immerhin hatte sie zugesagt und Max würde auf sie warten. Stattdessen griff sie jedoch erneut zum Telefon und rief Karen an.

„Ich brauche jetzt die vernünftige Karen“, sagte sie ernst.

„Okay“, antwortete diese. „Was ist los?“

„Der Typ von nebenan“, gestand Elizabeth. „Max. Ich stehe auf ihn.“

Sie hatte es gesagt. Nun war es ausgesprochen. Sie hatte das Problem identifiziert und übernahm wieder die Kontrolle.

„Ich weiß nicht, was ich tun soll.“

„Herrje, willst du wirklich vernünftige Ratschläge …“

„Bitte“, sagte Elizabeth.

„Also gut. Ich vermute mal, du solltest dich von ihm fernhalten." Es schwang zwar hörbar ein Augenrollen mit, aber ansonsten war es genau das, was Elizabeth hören musste.

„Es ist so schwierig. Ich sage mir ständig, dass alles ganz harmlos ist, aber ich habe mich definitiv in ihn verguckt. Er hat mich auf einen Drink in sein Cottage eingeladen, aber ich kann doch nicht wirklich hingehen."

„Auf einen Drink, bei sich?"

„Ja, wir waren während des Sonnenuntergangs schwimmen und dann ist er zu sich und hat ein Feuer angemacht. Er hat mich eingeladen, rüberzukommen."

Gelächter drang durch die Leitung. „Oh mein Gott", kreischte Karen. „Ich dachte, das wäre nur ein harmloser Flirt. Aber Schwimmen im Sonnenuntergang? Drinks am Kaminfeuer? Nein, du kannst da nicht hingehen. Und das ist meine aufrichtige Meinung. Ich sage das nicht nur, weil du mich gebeten hast, vernünftig zu sein."

„Wirklich?"

„Mit wem spreche ich gerade?", fragte Karen. „Das bist doch nicht du! Geh nicht hin! Drinks am Kaminfeuer nach Schwimmen im Sonnenuntergang endet so ziemlich immer in Sex und du bist keine Fremdgeherin."

„Ich werde nicht mit ihm schlafen. Es ist nur ein Drink."

„Also gut. Aber dann ruf bitte Phil an und frag ihn nach seiner Meinung, bevor du hinübergehst. Denn wenn es so harmlos ist, hat er bestimmt nichts dagegen."

Elizabeth rieb sich die Augen. Karen hatte recht.

„Das ist etwas, was *ich* tun würde", fuhr Karen fort, „aber nicht du. Und ich bin geschieden, nur so nebenbei als Hinweis, wie solche Dinge enden."

Elizabeth wusste, wie sehr Karen unter ihrer Scheidung gelitten hatte und dass sie niemals jemandem raten würde, ihre Beziehung aufs Spiel zu setzen.

„Ich weiß, ich weiß. Ich mag ihn einfach. Und es ist so

schön, mit jemandem Zeit zu verbringen, der nicht ständig auf sein Handy oder seinen Laptop starrt."

„Aber nur, weil er versucht, dich ins Bett zu kriegen."

„Das ist es nicht. Er ist ein guter Kerl und er hat eine Freundin. Ich glaube, sie sind auch verlobt." Das hatte sie aus Conors Bemerkungen herausgehört, aber sie hatte nicht gefragt.

„Wirklich?", fragte Karen. „Halte dich trotzdem fern. Es klingt so, als würde er ebenfalls auf dich stehen."

„Glaubst du?"

„Ach herrje, du magst ihn ja wirklich."

„Nein", entgegnete Elizabeth. „Ich liebe Phil. Das ist nur eine Krise."

Ach herrje, steckte sie etwa wirklich in einer Midlife-Crisis und war drauf und dran, eine Affäre mit einem jüngeren Mann einzugehen? Aber sie trennte nur ein Jahr und somit fiel er doch bestimmt nicht in die Kategorie jüngerer Mann. Und es war keine Affäre!

„Ich werde nach Hause fahren. Zu Phil. Um meinen Kopf wieder freizubekommen."

„Das klingt nach einer guten Idee", sagte Karen. „Halte dich von diesem Max fern. Am Ende wirst du nur verletzt werden."

„Danke", sagte Elizabeth. Es war ein kluger Rat, um den sie nicht einmal bitten hätte sollen. Sie ließ sich auf das Bett fallen, als sie den Anruf beendete.

Zum ersten Mal seit ihrer Ankunft in Hope Cove konnte sie nicht sofort einschlafen. Ihre Gedanken kreisten stundenlang, bis sie endlich Schlaf fand.

KAPITEL 19

Sie hatte gehofft, an ihrem letzten Tag in Hope Cove noch einmal den Sonnenaufgang zu sehen, aber nachdem sie so spät eingeschlafen war, wachte Elizabeth erst mitten am Vormittag auf. Sie packte ihre Tasche und ging dann hinüber, um sich von Max zu verabschieden. Sie wollte es kurz und schmerzlos machen und dann losfahren.

Hatte sie sich wirklich in ihn verguckt? Wahrscheinlich waren es nur das schöne Mittagessen und das romantische Schwimmen gewesen, die diese Gefühle in ihr ausgelöst hatten. Sie würde sich von ihm verabschieden und zu Phil zurückfahren. Es bestand kein Grund zur Beunruhigung. Sie war cool und sie war ruhig. Sie würde sich einfach nur verabschieden.

Er war gerade beim Kaffeekochen und lächelte, als sie ihren Kopf durch die Tür steckte.

„Guten Morgen", sagte er. „Gut geschlafen?"

„Ja. Ich wollte mich nach dem Duschen nur eine Minute ausruhen und bin eingeschlafen, weil ich so müde war."

Sie hatte den Eindruck, dass er ihr das nicht abkaufte. Es entstand eine unangenehme Stille, bevor sie beide gleichzeitig sprachen.

„Tut mir leid", sagte Elizabeth. „Du zuerst."

„Ich wollte nur sagen, dass du mich gerade noch erwischt hast. Ich wollte einen Ausflug machen, nachdem die Malerarbeiten beendet sind.“

Das war ihr Stichwort, um ihre Abreise anzukündigen. Sie musste sich nur verabschieden, ihm alles Gute wünschen und losfahren. Aber ihr Gehirn und ihr Mund wollten einfach nicht kooperieren.

„Du könntest mitkommen, wenn du möchtest“, sagte er. Etwas Verletzliches lag in seinen Augen und er ruderte sofort zurück. „Aber du hast vermutlich schon Pläne. Ich habe dich schon genug in Anspruch genommen …“

„Nein“, platzte es aus ihr heraus. „Ich würde gerne mitkommen. Ich dachte nur, du möchtest vielleicht mal ein bisschen alleine sein.“

Er hielt ihr eine Tasse Kaffee hin. „Nicht wirklich.“

„Wo fahren wir hin?“, fragte sie. Ihre Finger berührten sich für einen Moment, als sie die Tasse entgegennahm.

„Du wirst schon sehen. Ich muss noch schnell duschen.“

„Ich mag keine Überraschungen!“, rief sie ihm von der Neugier gepackt hinterher.

Die kurvigen Straßen schlängelten sich durch die Landschaft und Elizabeth sah hinaus auf die grünen Wiesen, die nur durch brüchige alte Steinmauern abgetrennt waren. Sie kamen an Bauernhöfen und ein paar Dörfern vorbei, bevor sie eine Weile an einem dichten Waldgebiet entlangfuhren. Elizabeth blickte in die dicht beieinanderstehenden Bäume.

„Wohin fährst du mich?“, fragte sie nach einer halben Stunde.

Ein Schelm lag in Max’ Augen. „Wir besuchen meinen Hund.“

„Du hast einen Hund?“

„So ungefähr“, antwortete er.

„Wie kannst du ungefähr einen Hund haben?“

Er antwortete nicht, sondern parkte stattdessen das Auto vor einem Holztor. Dahinter lag eine lange Einfahrt, die zu einem alten, steinernen Hof führte. Rauch drang aus dem Kamin. Auf einem Schild neben dem Tor stand: *Oakbrook Farm – Hundepension.*

„Da wären wir“, sagte Max.

„Du hast also wirklich einen Hund?“

„Nein. Nicht wirklich.“ Er lachte, als er Elizabeths fragenden Gesichtsausdruck sah. „Ich wollte immer einen Hund haben. Als Kind bettelte ich meine Eltern stundenlang an, aber meine Mutter war nicht zu überzeugen, weshalb mein Dad mich immer hierhergebracht hat. Ich hatte immer einen Lieblingshund und erzählte allen, dass es meiner war, er aber auf einer Farm lebte. Ich habe damals nicht verstanden, dass die Leute mich deshalb so mitleidig ansahen, weil sie glaubten, der Hund sei gestorben und meine Eltern hätten mir das Märchen von der Farm aufgetischt. Aber ich war wirklich davon überzeugt, dass ich einen Hund hatte, der auf einer Farm lebt.“

„Und du kommst immer noch her?“

„Ja!“

„Aber du bist doch ein erwachsener Mann! Warum holst du dir nicht einfach einen Hund, wenn du so gerne einen haben möchtest?“

Es dämmerte ihr, als Max die Stirn runzelte. „Ich darf immer noch keinen haben“, sagte er und rollte mit den Augen. „Komm mit.“

Die indirekte Erwähnung seiner Freundin schnürte Elizabeth die Brust zu. Gleichzeitig erinnerte sie sich daran, dass sie Phil nicht geschrieben und ihm über ihre Pläne Bescheid gegeben hatte. Aber er würde sie vor heute Abend sowieso nicht zurück erwarten. Sie würde später losfahren und ihm dann eine Nachricht schicken.

Ein Hund bellte, als sie die lange Einfahrt hinaufgingen und eine Gestalt erschien an der Tür, als sie sich näherten.

„Ich sollte dich vorwarnen, die Besitzerinnen sind ein wenig exzentrisch“, sagte Max. „Sie gehören übrigens zur Familie, es sind meine Tante und ihre Lebenspartnerin. Darum komme ich immer noch her.“

Drei Hunde sprangen freudig auf sie zu. Ein schöner Golden Retriever erreichte sie als erstes, verpasste es, rechtzeitig anzuhalten und lief gegen Max' Bein.

„Hallo Charlie!“, sagte er und beugte sich nach unten, um den freudigen Hund zu streicheln. Zwei kleinere Hunde kamen sogleich hinterher und buhlten um Max' Aufmerksamkeit. Er begrüßte sie freudig, während sie um ihn herumhüpften und aufgeregt mit den Schwänzen wedelten. Elizabeth ging neben Max in die Knie und kicherte, als der kleinste Hund versuchte, ihr Gesicht abzulecken. „Das ist Macy“, erklärte er ihr. „Sie kann *sehr* zutraulich sein.“ Elizabeth lachte und legte eine Hand auf Max' Schulter, um das Gleichgewicht zu halten, während sie mit der anderen Macy hinter dem Ohr kraulte.

„Dann bist du wohl nicht die mit der Allergie?“, ertönte eine laute Stimme.

Eine grauhaarige Frau stand über ihnen. Sie hatte selbstbewusst die Hände in die Hüften gestemmt und ein Grinsen lag auf ihrem Gesicht.

„Hallo, Annette“, sagte Max, stand auf und umarmte sie. „Das ist Lizzie.“

„Ich bin definitiv nicht allergisch“, sagte Elizabeth und hielt ihr die Hand entgegen.

„Das ist niemand”, sagte Annette. „Haustierallergien sind ein Märchen, erfunden von …“

„Schon gut, schon gut!“, unterbrach Max sie. Er hatte das offenbar schon öfters gehört. „Gibt es hier vielleicht Kaffee?“

„Es scheint erst gestern gewesen zu sein, als er noch Milch und Kekse wollte“, sagte Annette, schüttelte den Kopf und ging dann in Richtung des Hauses. „Wendy!“, rief sie. „Komm und sieh, wer da ist.“

Eine zweite Frau kam langsam und leicht hinkend heraus.

Sie trug eine Umhängetasche und ging leicht gebückt. Ihr Haar war mit dem Alter etwas ausgebleicht, aber es trug noch immer einen markanten Kupferstich. Sie sah müde aus, aber ihre Züge erhellten sich sofort, als sie Max sah. Sie schloss ihn in ihre Arme. „Ruf nächstes Mal an, wenn du kommst. Ich bin gerade auf dem Weg zu einem Arzttermin."

„Tut mir leid, das war eine spontane Idee", erklärte er. Erst jetzt bemerkte sie Elizabeth, lächelte sie freundlich an und wartete auf eine Vorstellung. „Das ist Lizzie", sagte Max ohne weitere Erklärung. „Lizzie, das ist Wendy."

Wendys Neugier zeichnete sich nur in einem leichten Hochziehen ihrer Augenbrauen ab. „Schön dich kennenzulernen, Lizzie. Es tut mir leid, ich bin in Eile."

„Bist du sicher, dass du alleine fahren kannst?", fragte Annette, als Wendy ihr einen Kuss gab. „Ich könnte dich fahren."

„Alles gut", antwortete Wendy und tätschelte Annettes Wange. „Hör auf, dir Sorgen um mich zu machen." Wendy wandte sich wieder an Max. „Komm bald wieder, ja?"

Er folgte ihr zu ihrem Auto. Als Annette ins Haus ging, setzte sich Elizabeth auf die Bank vor der Tür und spielte mit den drei Hunden, die sie umringten. Kaum streichelte sie einen von ihnen, drängelte sich schon ein anderer vor, um dessen Platz einzunehmen.

Als Elizabeth aufsah, bemerkte sie, dass Max sie beobachtet hatte. Die Intensität seines Blickes löste ein Ziehen in ihrer Magengegend aus.

„Annette holt Kaffee", erklärte sie, als er sich zu ihr setzte. Sofort sprang die kleine Macy auf seinen Schoß und Max streichelte den aufgeregten Welpen.

„Sie ist so süß", sagte Elizabeth und streckte ihre Hand aus, um sie zu streicheln. Als Max' Finger die ihren berührten, dachte sie sich nicht viel, aber als er zum zweiten Mal ihre Hand anstelle des Hundes streichelte, wusste sie, dass es kein Zufall war.

Sie zog ihre Hand zurück. Sie hätte heute Morgen zurückfahren sollen. Und dennoch war ein Teil von ihr froh, dass sie es nicht getan hatte.

Sie stand rasch auf, um etwas Abstand zwischen sich und Max zu bringen und stellte sich an den Rand der Veranda. Es war ein großes Anwesen, das von einem Holzzaun umringt und von massiven, alten Bäumen gesäumt war. Hinter dem Zaun breiteten sich die Felder in saftigem Grün in alle Richtungen aus. Vom Haus führte ein Pfad durch die Wiesen zu einer Scheune, die etwas entfernt lag. Ab und an war das Bellen eines Hundes zu hören, aber ansonsten war es ruhig.

„Werden deine Tanten keine Fragen über mich stellen?“, fragte Elizabeth schließlich. „Ist es nicht komisch, dass du mit mir hierherkommst und nicht mit deiner Verlobten?“

„Jessica ist allergisch auf Hunde“, sagte er. „Sie war noch nie hier.“

„Aber sie werden sich doch gewiss fragen …“

„Ja“, sagte er. „Sie werden alles wissen wollen.“

„Machst du dir denn keine Sorgen, dass sie deiner Familie davon erzählen?“

„Ich bin der einzige, der seit dem Tod meines Vaters Kontakt zu Annette und Wendy hat. Es gab Streit zwischen ihnen und meiner Mum, weshalb der Rest der Familie keinen Kontakt mehr zu ihnen hat. Mein Vater und ich waren sowieso die einzigen, die hierherkamen. Außerdem darf ich doch wohl Freunde haben, oder nicht?“ Schon wieder war sein Blick viel zu intensiv, als ob er sie zu einer Bemerkung über ihre Freundschaft herausfordern wollte.

„Kaffee!“, kündigte Annette an und brach das Schweigen, als sie mit einem Tablett herauskam, das mit drei Kaffeetassen und einem Teller Keksen beladen war.

„Ich vermute, es gibt hier noch mehr Hunde?“, fragte Elizabeth. Sie nahm einen Keks und tunkte ihn in ihren Kaffee – etwas, was sie normalerweise nie tat.

„Oh ja, viele!“, erklärte Annette. „Ich zeige dir nachher alles.“

„Sie sind in den Ställen“, sagte Max.

„In den Ställen?“

„Das ist ein Hundeparadies. Hundehütten wären viel zu schäbig!“

Annette schlug spielerisch nach Max. „Es ist in Wirklichkeit eine Scheune, die als Pferdestall diente, bevor wir den Hof kauften“, erklärte sie. „Wir dachten, es wäre schön, nach Möglichkeit alles im Originalzustand zu belassen. Bis auf ein paar Anpassungen natürlich.“

„Die Hunde werden hier schrecklich verwöhnt“, sagte Max. „Sie weinen, wenn ihre Besitzer sie wieder abholen.“

„Das tun sie nicht!“, entgegnete Annette. „Okay, einige von ihnen schon.“

„Es ist schön hier“, sagte Elizabeth und blickte über die Felder. „Ich würde gerne an so einem ruhigen Ort leben.“ Sie hatte sich immer für ein Stadtkind gehalten und dennoch waren ihre Worte aufrichtig. Sie malte sich das Leben an so einem friedvollen Ort aus. Ja, sie konnte es sich wirklich vorstellen … übertroffen wurde dies nur von der Vorstellung, in Hope Cove zu leben.

„Was?“, fragte Max und riss sie aus ihren Gedanken. Sie hatte gar nicht bemerkt, dass sie lächelte.

„Nichts“, sagte sie. „Nur ein Tagtraum. Tut mir leid.“

„Oakbrook ist ein toller Platz für Tagträume“, sagte Annette, deren warmherzige und lockere Art eine entspannende Wirkung auf Elizabeth hatte.

„Wie bist du hier gelandet?“, fragte Elizabeth. „Also ich meine, wie bist du auf die Hundepension gekommen?“

„Das war schon immer mein Traum. Also nicht zwingend eine Hundepension, aber ich wollte immer mit Tieren arbeiten und auf dem Land leben. Ich traf Wendy, als wir Mitte zwanzig waren und wir fanden schon bald heraus, dass wir beide dasselbe wollten. Damals arbeitete sie in einem Büro und hasste die Schreibtischarbeit. Dann fanden wir diese Farm hier, die nicht allzu teuer war. Es ist ein ehemaliger Bauernhof und wir haben sogar überlegt, uns als Farmer zu versuchen. Wir träumten davon, Kühe und Hühner zu halten und uns selbst zu versorgen, kamen aber schon bald zu Sinnen und gestanden uns ein, dass Hunde völlig ausreichten. Also behielten wir den Namen Oakbrook Farm und sagten uns, dass wir uns mit unserem mickrigen Gemüsebeet auf jeden Fall als Farmer bezeichnen konnten." Sie hielt inne und sah sich um. „Ich habe hier alles, was ich brauche."

„Das ist wunderbar", sagte Elizabeth.

Max stellte seine Tasse ab. „Komm mit. Du musst noch den Rest sehen."

Die Hunde spielten verrückt, als das Scheunentor geöffnet wurde und Annette beruhigte sie sofort mit ihrer weichen Stimme.

„Es ist wunderschön", flüsterte Elizabeth, als sie eintrat. Die Boxen waren aus roten Ziegeln gemauert und es waren sogar noch die ursprünglichen Türen vorhanden. Vor jeder Box war eine große Scheibe aus Plexiglas angebracht und die Hunde drückten ihre Nasen daran platt, um herauszusehen. An den Türen hingen kleine Tafeln, auf denen mit weißer Kreide in fein säuberlicher Handschrift die Namen der Hunde geschrieben waren.

Max folgte Elizabeth, während sie von einer Box zur nächsten ging und jeden Hund mit Namen begrüßte.

„Ich werde die beiden mal ausführen", rief Annette und ließ ein paar Hunde frei. „Sieh dir den Husky ganz hinten an, Max. Sie ist so schön und ein richtiger Softie. Du wirst sie lieben."

„Es gibt auch ein Freigehege", sagte Max und deutete auf die Tür am hinteren Ende einer Stallung. Sein Stolz auf diesen Ort hier war offensichtlich. Als sie das Ende der Scheune erreichten, öffnete er die Tür zu Talia, dem Husky. Sie war wunderschön.

„Hallo!", sagte Elizabeth, als sie sich dem Hund näherte, der brav auf seinem Platz saß und eine Pfote hob. „Du bist ja eine Hübsche." Sie nahm ihre Pfote und blickte in ihre tiefblauen Augen. „Sie hat dieselben Augen wie du", sagte sie, als Max neben ihr in die Hocke ging.

Er zog eine Augenbraue nach oben. „Ich bin mir nicht sicher, wie ich das aufnehmen soll …"

„Es ist ein Kompliment! Sie hat wunderschöne Augen."

Schon wieder dieser Blick. Schwelend und intensiv. Ihr Magen zog sich zusammen.

Talia rieb ihren Kopf gegen Max und lenkte somit seine Aufmerksamkeit zurück auf die Hündin. Er streichelte sie am Kopf und am Rücken.

„Komm mit", sagte er nach ein paar Minuten. „Es gibt noch etwas, das ich dir zeigen möchte."

KAPITEL 20

Max führte sie voller Elan zum hinteren Ende der Scheune und sprang über einen Zaun. „Wir sind nicht lange weg“, rief er Annette zu und hielt Elizabeth dann eine Hand hin, um ihr über den Zaun zu helfen. Sie fühlte sich wohl auf der Farm und war froh, dass Max sie eingeladen hatte, mitzukommen.

Auf dem Hügel hinter der Scheune angekommen, blieben sie stehen. „Siehst du das Haus dort drüben?“, fragte Max und zeigte auf ein kleines Haus, das sich auf halber Höhe auf dem Hügel links von ihnen befand. „Mein Freund Sam lebt dort. Wir sind früher gemeinsam auf Erkundungstouren gegangen. Manchmal kam ich übers Wochenende und dann liefen wir über die Felder, kletterten auf Bäume und spielten im Bach.“

„Das klingt toll.“

„Ich zeige dir den Bach“, sagte er und stieg die andere Seite des Hügels hinab.

„Und was wurde aus Sam?“

„Er lebt immer noch dort. Für ein paar Jahre wohnte er woanders, kam dann aber zurück und kaufte das Haus seiner Eltern. Er ist ein guter Kerl und hilft Wendy und Annette oft. Außerdem zählt er immer noch zu meinen besten Freunden.“

Sie erreichten den kleinen Bach, der sich durch die Hügel schlängelte und von vereinzelten Bäumen gesäumt wurde. Elizabeth setzte sich auf einen Stein am Wasser.

„Ich verstehe, warum ihr hier gerne gespielt habt“, sagte sie, während sie sich umsah. „Es ist ein wahres Kinderparadies.“

„Ich komme kaum noch hierher, abgesehen von dem einen oder anderen Mal, wenn ich die Hunde ausführe. Es ist immer noch einer meiner Lieblingsorte.“

Er blickte sich schweigend um, wobei er Zufriedenheit und Nostalgie ausstrahlte. Dies muss ein großartiger Ort zum Spielen gewesen sein. Elizabeth konnte sich nicht erinnern, als Kind draußen jemals so viel Freiheit gehabt zu haben. Immer war ein Erwachsener dabei gewesen, der ein Auge auf sie gehabt hatte.

Als Max Elizabeths Blick bemerkte, wandte sie sich rasch ab.

„Sollen wir zurückgehen?“, fragte er.

„Okay.“ Sie stand auf und sah sich noch einmal um. „Oder wir gehen noch ein Stück. Ich werde schon bald wieder zuhause in der Stadt sein und würde gerne das Landleben noch ein bisschen genießen.“

„Auch gut“, sagte er. „Warum musstest du zuhause erwähnen? Zurück in das echte Leben. Und in die Arbeit!“ Er seufzte. „Darüber würde ich lieber nicht nachdenken.“

„Was arbeitest du?”, fragte sie, als sie bemerkte, dass sie es immer noch nicht genau wusste.

„Ich bin Anwalt“, antwortete er und ging neben ihr her. „Nur eben kein großer Staranwalt.“

„Und du arbeitest für eine Kosmetikfirma?“

„Genau, ich bin ein sogenannter Inhouse Legal Consultant.“

„Gefällt es dir?“

„Ja“, sagte er. „Es ist okay und ich arbeite mit netten Leuten. Meistens ist es nicht besonders stressig.“

„Und du kannst dir freinehmen, wann immer du willst?“

„Nicht wirklich. Es ist so wie in jedem anderen Job auch. Ich habe mir diese Woche Urlaub genommen.“ Er schwieg für einen

Moment. „Aber es ist keine Firma, wo von dir erwartet wird, dass du deine Arbeit über alles andere im Leben stellst."

Sie folgte Max über einige Steine auf die andere Seite des Baches. „Hast du deshalb die Arbeit gewechselt?"

Er nickte. „Es war eine verrückte Zeit in der Kanzlei. Und ich war so eingenommen von dem Ganzen, dass ich gar nicht bemerkte, wie verrückt es war. Dann starb mein Vater und ich musste diskutieren, wie viel Urlaub ich mir nehmen konnte. Das war ein Weckruf. Ich wollte nicht mit Leuten arbeiten, die überhaupt kein Mitgefühl haben."

Elizabeth runzelte die Stirn. „Was ist dann jetzt deine Priorität, wenn es nicht die Arbeit ist?"

„Gute Frage. Ich hatte eigentlich vor, mehr Zeit hier zu verbringen. Wendy leidet unter ihrer Arthritis und ich würde gerne mehr helfen. Aber es ist ein weiter Weg von London hierher und Jessica hatte noch nie große Lust mitzukommen." Er verfiel in ein kurzes Schweigen. „Ich sollte mich mehr anstrengen. Annette und Wendy waren immer gut zu mir. Sie sind meine liebsten Verwandten."

„Möchtest du Kinder?", fragte sie geradeheraus. Dann errötete sie. Warum hatte sie ihn das gefragt? Ihre Zunge schien sich in Max' Nähe nicht zügeln zu lassen.

Er lächelte halbherzig. „Ja. Vielleicht wollte ich deshalb auch in der Arbeit kürzertreten. Mein Dad war immer für uns da, Mum hingegen arbeitete viel." Nach einer Pause fügte er hinzu: „Sie war die Staranwältin, in deren Fußstapfen ich trat."

„Du würdest also zum Hausmann werden?", fragte sie und war von der Vorstellung amüsiert und beeindruckt zugleich.

„Ich weiß es nicht", antwortete er. „Aber ich hätte nichts dagegen. Wir werden sehen. Warum reden wir eigentlich so viel über mich? Was ist mit dir? Kinder?"

„Ich bin mir nicht sicher. Ich kann mir nicht wirklich vorstellen, Kinder zu haben. Ich würde meine Karriere aufgeben müssen und weiß nicht, ob ich das will. Klingt das egoistisch?"

„Ein bisschen“, sagte er fröhlich. „Könntest du nicht Phil überreden, zuhause bei den Kindern zu bleiben?“

Der Gedanke belustigte sie. „Nein.“

Max’ Handy meldete sich und er zog es aus seiner Tasche.

„Die Arbeit?“, fragte Elizabeth.

„Nein“, sagte er seufzend. „Jessica.“

Elizabeths Lächeln verschwand für einen Moment, bis sie sich wieder gesammelt hatte. Warum sollte es ihr etwas ausmachen, wenn seine Freundin ihn anrief?

„Ich warte oben auf dem Hügel auf dich“, sagte sie und marschierte dann voraus, damit er in Ruhe telefonieren konnte. Durch ihr rasches Tempo war sie außer Atem, als sie den Kamm erreichte. Sie setzte sich ins Gras und genoss den Ausblick. Man konnte von hier aus meilenweit blicken, hinweg über Felder, durch die sich schmale Straßen schlängelten. Nicht allzu weit entfernt befand sich ein Dorf mit einzelnen Gebäuden und einer Kirche. Es war einfach traumhaft.

„Tut mir leid“, sagte Max, als er sich nach ein paar Minuten zu ihr gesellte. Er setzte sich und seufzte. „Ich habe Jessica nichts von dir erzählt. Ich hätte es tun sollen, aber es wäre kompliziert gewesen und je länger ich nichts sagte, desto schwieriger wurde es.“

„Ich habe Phil auch nichts von dir erzählt. Es war irgendwie schwierig.“ Beiläufig pflückte sie ein Gänseblümchen, das im Gras zwischen ihnen wuchs. „Ich kann es nicht glauben, dass ich eine Woche lang Fenster mit dir gestrichen habe. Vielleicht habe ich doch eine Midlife-Crisis.“

„Kauft man sich dann nicht eher einen Sportwagen oder beginnt eine Affäre?“, fragte er.

„Genau!“, rief sie. „Das habe ich meiner Schwester auch gesagt. Sie glaubt aber, dass der Umstand, dass Phil und ich heiraten, Ausdruck meiner Midlife-Crisis ist. Weil wir schon so lange zusammen sind und den Schritt erst jetzt machen. Eine weitere verrückte Vorstellung meiner kleinen Schwester. Ich bin nicht einmal alt genug für eine Midlife-Crisis.“

„Sicher?“, fragte er grinsend.

Sie gab ihm einen freundschaftlichen Knuff in die Seite, dann stand sie auf und reichte ihm die Hand. „Lass uns zurückgehen“, sagte sie.

„Aber wenn sich deine Midlife-Crisis lediglich mit dem Streichen von ein paar Fenstern äußert, brauchst du dir wenigstens keine Sorgen um deine Ehe zu machen.“

„Das stimmt“, gab sie zu. Dann wurde sie ernst. „Warum ist Jessica nicht mitgekommen?“

„Sie hatte keine Lust, das Cottage auszuräumen. Ich kann es ihr nicht verübeln.“

„Natürlich“, sagte Elizabeth leise, auch wenn sie es nicht nachvollziehen konnte. Es war so ein zauberhafter Ort, dass sie sich nicht vorstellen konnte, wie man nicht gerne dort sein konnte. Und es hatte ihr Spaß gemacht, Max zu helfen. „Wohnt ihr zusammen?“, fragte sie neugierig.

„Ja“, antwortete Max. „Wir sind verlobt.“

„Wie nett“, sagte Elizabeth, aber ihr Mund wurde trocken und sie fühlte sich plötzlich schwach auf den Beinen. „Habt ihr schon ein Datum?“

„Juli“, sagte er. „Ihr?“

„Mai.“

Dann gingen sie schweigend zurück zur Farm.

KAPITEL 21

Annette hatte einen Teller Sandwiches vorbereitet, als sie zurück zum Haus kamen. Das lieferte ihnen einen willkommenen Vorwand, um länger zu bleiben, und Elizabeth eine Ausrede, die Abfahrt nach Hause zu verzögern. Auf der Heimfahrt nach Hope Cove sprachen sie kaum ein Wort. Als das Auto in die Einfahrt des Seaside Cottage einbog, fühlte sie sich beklommen bei dem Gedanken daran, nach Hause zu fahren.

In Wahrheit war das Problem nicht das Zurückfahren, sondern das, was sie zurücklassen würde. Es waren nicht nur die friedvolle Umgebung und die atemberaubende Landschaft, die ihre Zeit in Hope Cove so besonders gemacht hatten.

„Möchtest du heute Abend mit mir essen?“, fragte Max, als sie vor dem Haus standen. „Ich wollte Nudeln kochen. Oder hast du mich endgültig satt?“

Elizabeth biss sich auf die Lippe und versuchte verzweifelt, ihre Gedanken zu sortieren und vernünftig zu bleiben. Sie sollte mit Phil zu Abend essen, auch wenn ihr ein Blick auf die Uhr verriet, dass sie das vermutlich nicht mehr schaffen würde. Sie war hin- und hergerissen. Ein Teil von ihr wusste, dass sie nicht mit Max zu Abend essen sollte – vor allem deshalb, weil sie es so gerne tun würde.

„Das wäre schön“, sagte sie.

Es war die falsche Entscheidung, das wusste sie tief in ihrem Herzen. Aber er war wie ein Magnet, der sie anzog und sie konnte nichts dagegen tun. „Ich muss Phil anrufen … und unter die Dusche. Danach komme ich rüber.“

„Super.“

Was in aller Welt tat sie nur?, fragte sie sich, als sie in die Dusche stieg. Hatte sie sich wirklich in einen anderen Mann verguckt? Die Schmetterlinge in ihrem Bauch sprachen eine eindeutige Sprache. Das war doch dämlich, sie war immerhin verlobt, Herrgott nochmal. Und sie liebte Phil. Sie sollte eigentlich ins Auto hüpfen und zurück zu ihrem Verlobten fahren, anstatt sich mit Max zum Abendessen zu treffen.

Leider hatten ihre vernünftigen Gedanken keine Chance.

Phil machte es nichts aus, als sie anrief und ihm sagte, dass sie die Zeit aus den Augen verloren hätte und doch wie geplant morgen heimkommen würde. Er würde sowieso lange arbeiten, meinte er.

An diesem Punkt hätte sie Karen erneut anrufen sollen, damit diese ihr ins Gewissen redete. Aber das tat sie absichtlich nicht. Stattdessen gab sie dem Teil in ihr nach, der sich unbedingt mit Max treffen wollte.

Und als ob es nicht schon schlimm genug wäre, sich mit einem Typen zum Abendessen zu treffen, für den sie Gefühle hegte, entschied sie auch noch, dazu ein schönes Sommerkleid zu tragen. Natürlich nur, weil es zum Wetter passte.

Zur Abwechslung trug sie an diesem Abend ihr Haar offen. Natürlich nicht, weil sie sich mehr Mühe mit ihrem Aussehen gab, es war ja genau genommen weniger Aufwand, als es hochzustecken. Sie trug auch kein Make-up, also konnte ihr niemand vorwerfen, sie habe sich für Max in Schale geworfen.

Sie legte lediglich einen Spritzer Parfüm auf, denn gut riechen sollte man doch immer.

Es war alles vollkommen harmlos, sagte sie sich, als sie nach draußen ging und tief einatmete, um ihre Nerven zu beruhigen.

Sie mochte seine Gesellschaft, das war alles. Es war ja nicht so, als ob irgendetwas passieren würde.

Sie blieb einen Moment lang zitternd an der Hintertür des Seaside Cottage stehen, ging dann aber doch zur Vordertür.

„Du siehst gut aus“, sagte Max, als er sie hereinließ.

„Du auch“, sagte sie. Das tat er wirklich. Er sah großartig aus und hatte sich offensichtlich in Schale geschmissen. Er trug Jeans und ein weißes Hemd mit hochgerollten Ärmeln, um seine gutgeformten Unterarme preiszugeben. Er war frisch rasiert und roch gut. Herrgott, er roch fantastisch. Warum in aller Welt hatte er so viel Aftershave aufgelegt? Was hatte er vor?

Ein Feuer knisterte im Kamin im Wohnzimmer. Auch wenn Max das Haus ausgeräumt hatte und es beinahe leer war, wirkte es immer noch heimelig und gemütlich.

„Ich bin nicht sicher, ob es kühl genug für ein Feuer ist“, sagte er, „aber ich mag die Atmosphäre. Und am Abend kann es zugig werden. Fühl dich wie zuhause. Möchtest du Wein?“

„Ja, bitte“, sagte sie und fühlte sich merkwürdig. Sie konnte ihre Gefühle nicht mehr einordnen und eine Stimme in ihrem Kopf schrie, dass sie ein Dummkopf war und nach Hause gehen sollte.

Die Stimme wurde mit dem Wein immer leiser.

Schon bald lümmelte Elizabeth mit angezogenen Beinen auf der Couch, satt und glücklich nach einem herrlichen Abendessen mit Pasta und Salat. Sie fühlte sich wohl.

„Bist du jetzt mit allem fertig hier?“, fragte sie. Es waren nur noch wenige Möbelstücke vorhanden.

„Ich denke schon.“ Sein Arm lag ausgestreckt auf der Rückenlehne der Couch. „Mum hat Anfang des Sommers schon einmal ausgemistet und alles mitgenommen, was sie behalten wollte. Wir sollten uns ebenso nehmen, was wir wollten und den Rest entsorgen. Und die Fenster streichen“, fügte er mit einem Grinsen hinzu. „Mum hofft, dass der Käufer auch die Möbel übernehmen wird, aber das denke ich nicht. Ich glaube eher, dass derjenige eine modernere Einrichtung bevorzugen wird.“

„Das wäre schade“, überlegte Elizabeth. Sie fand die Möbel wunderschön. Die meisten waren aus Eiche gefertigt – solide und robust, aber nicht altmodisch. Alles an diesem Haus war schön. „Möchte niemand aus der Familie das Haus übernehmen?“

„Nein.“

„Tut mir leid“, sagte sie rasch. „Ich wollte dich nicht traurig machen.“

Sein Handy klingelte und riss die beiden aus ihren Gedanken. Er ging in die Küche, um den Anruf entgegenzunehmen und Elizabeth erwischte sich dabei, wie sie lauschte. Sie konnte keine Worte ausmachen, aber sein Gesichtsausdruck ließ darauf schließen, dass seine Verlobte am Telefon war.

Elizabeth starrte ins Feuer, als er zurückkehrte. Die Atmosphäre hatte sich verändert. „Wie ist sie so?“, fragte sie. „Jessica, meine ich?“

„Sie ist lieb“, sagte er und setzte sich auf die Couch. „Sie ist lustig und steckt voller Leben, hat immer etwas zu tun und organisiert gerne Dinge für andere Leute.“

„Sie klingt nach einer tollen Frau“, sagte Elizabeth und schwenkte das Weinglas in ihrer Hand.

Es entstand eine Pause, bevor Max weitersprach. „Es nervt mich, dass sie nie mit auf die Farm kommt“, sagte er dann. „Und sie war nur einmal hier.“

„Wie kann man das Haus nicht mögen?“, dachte Elizabeth laut nach.

„Sie hält das Cottage für trostlos.“

„Trostlos?“

„So hat sie es beschrieben.“

Elizabeth blickte sich in dem gemütlichen Wohnzimmer mit dem knisternden Feuer um. Sie dachte daran, welcher Ausblick sich einem bot, wenn man hinten durch die Hecke trat. Wie konnte man so etwas nur als trostlos beschreiben?

„Ich wollte das Haus kaufen“, gestand er schließlich. „Aber Jessica ist der Meinung, dass wenn wir uns schon ein Ferienhaus kaufen, es irgendwo in Europa liegen sollte, wo das Wetter stabiler ist."

Ein Schweigen entstand. Elizabeth wusste nicht, was sie sagen sollte und wurde plötzlich wieder nervös.

Max nahm ihre linke Hand und inspizierte ihren Verlobungsring. „Und wie ist er so?"

Elizabeth ließ ihre Hand in der seinen und rang mit ihren Worten. „Er ist nett", sagte sie schließlich.

„Nett?", fragte Max und griff nach seinem Weinglas.

Elizabeth dachte über ihre armselige Wortwahl nach. „Das ist doch keine schlechte Eigenschaft."

„Überhaupt nicht."

Sie dachte nach. Bestimmt würde ihr noch ein besseres Adjektiv als nett einfallen. Sie wollte ihn immerhin heiraten. „Er sieht gut aus", sagte sie. „Und er ist verlässlich."

Wow. Wie gut sie doch darin war, ihren Verlobten zu beschreiben.

„Und wir sind uns sehr ähnlich, denke ich. Wir arbeiten beide viel und wollen dieselben Dinge im Leben …"

„Was denn zum Beispiel?", fragte Max.

„Das fühlt sich langsam wie ein Verhör an!"

„Es interessiert mich nur", sagte er. „Ich kann nicht verstehen, was für eine Art von Mann dich alleine hierherfahren lässt."

„Sag das nicht", entgegnete sie rasch, als eine Welle der Panik sie durchzog. Sie wusste, dass sie sich auf einem Minenfeld bewegte. Sie hätte nicht zum Abendessen kommen sollen. Das alles hier konnte nicht gut enden.

Er sprach entschlossen weiter. „Was willst du also vom Leben? Was hast du für Pläne?"

Sie warf ihm einen warnenden Blick zu und hoffte, dass er die Botschaft verstand.

„Tut mir leid", sagte er. „Ich habe vermutlich zu viel Wein getrunken."

„Schon gut." Seine Fragen waren gar nicht das Problem, es waren vielmehr die Antworten, die ihr Unbehagen bereiteten.

Und die Art, wie sich ihre Gefühle im Laufe von nur einer Woche zu einem Chaos entwickelt hatten.

„Wie geht es nach morgen weiter?“, fragte er leise. „Können wir in Kontakt bleiben?“

Tränen stiegen ihr in die Augen. „Nein“, flüsterte sie, „ich denke nicht.“

„Ich dachte mir, dass du das sagst.“

„Ich denke, ich sollte gehen.“ Sie wollte aufstehen, doch er hielt sie sanft zurück.

„Tut mir leid”, sagte er. „Ich wollte dich nicht in eine missliche Lage bringen.“

„Das hast du nicht.“ Es waren immerhin ihre eigenen Gefühle, denen sie dies zu verdanken hatte.

Er wirkte traurig. Ohne nachzudenken, fuhr sie ihm mit den Fingern durch das Haar. Als sich ihre Blicke trafen, war sie hin- und hergerissen. Sie wusste, dass sie nicht in Kontakt bleiben konnten, aber der Gedanke daran, ihn nie wiederzusehen, machte sie krank. Sie schloss für einen Moment die Augen und das einzige, was sie noch wahrnahm, war ihr rasendes Herz und seine Haare unter ihren Fingern.

Das Feuer knisterte laut. Sie wusste, dass sie gehen sollte, aber sie schaffte es nicht, sich aufzuraffen. Er wich nicht zurück, als sie sich zu ihm lehnte.

Seine Lippen lagen sanft auf den ihren. Es war nur ein flüchtiger Kuss und konnte kaum als solcher bezeichnet werden. Nicht viel mehr als eine kurze Berührung ihrer Lippen, bevor sie zur Besinnung kam und zurückwich.

„Es tut mir leid“, sagte sie.

„Das muss es nicht.“

Er folgte ihr zur Vordertür. Sie hatte gerade die Hand auf die Türklinke gelegt, als er nach ihrem Ellbogen griff. Ihre Lippen trafen sich erneut, kaum hatte sie sich umgedreht. Seine Hände umfassten ihr Gesicht und fuhren durch ihr Haar und sie versuchte nicht einmal, sich zu wehren, sondern drückte stattdessen ihren Körper immer noch fester an den seinen, bis er sie an die Wand drückte. Er küsste sie verzweifelt und wanderte mit seinem Mund ihren Hals und ihre Schultern entlang. Seine Küsse ließen ihre Haut kribbeln.

„Stopp", sagte sie atemlos. Sie konnte das nicht tun. „Stopp."

Nach einem letzten Kuss auf ihre Schulter sah er ihr in die Augen. Ihre Körper blieben eng zusammen und sie legte ihre Wange an die seine. „Es tut mir leid."

„Ich will nicht nach Hause fahren und dich nie wiedersehen", flüsterte er und sein Atem kitzelte an ihrem Ohr.

Sie küsste ihn auf die Wange und sog seinen Duft ein. „Ich muss los", sagte sie unter Tränen.

„Ich will mich morgen nicht von dir verabschieden."

„Max", sagte sie flehend und entschlossen zugleich. *Das war alles nicht richtig.*

Er trat einen Schritt zurück.

„Es tut mir leid", wiederholte sie. Dann eilte sie durch die Tür, ohne sich ein letztes Mal umzudrehen.

KAPITEL 22

Zurück im Seaview Cottage stand Elizabeth im Vorraum und dachte darüber nach, was sie getan hatte. Sie hätte niemals zu ihm hinübergehen dürfen. Das war einfach nur dumm und unvernünftig gewesen. Sie wusste, dass das zwischen Max und ihr schon lange über eine Freundschaft hinausging und trotzdem hatte sie seine Einladung angenommen.

Für eine Weile fragte sie sich, ob er ihr folgen würde. Dann überlegte sie, ob sie zu ihm zurückkehren sollte … und nicht, um sich bei ihm zu entschuldigen. Seine Küsse wirkten auf ihrer Haut nach und sie wollte mehr davon. Es war sogar ein sehr großer Teil von ihr, der sich danach sehnte. Aber nichts davon war echt, sagte sie sich. Es war doch nur ein dummer kleiner Urlaubsflirt. Nicht einmal das. Im richtigen Leben würde sie sich niemals in jemanden wie Max verlieben. Nein, dachte sie, im echten Leben wäre sie mit jemandem wie Phil zusammen. Dem verlässlichen, treuen Phil, der dieselben Dinge im Leben wollte wie sie.

Schließlich kämpfte sie sich hinauf ins Bett, doch ihre Gedanken rasten und so lag sie eine weitere Nacht wach und starrte an die Decke. Es war bereits spät in der Nacht, als sie endlich einschlief, begleitet von den Gedanken an Max … und an seine Küsse.

Sie wachte nur wenige Stunden später auf, voller Angst bei dem Gedanken daran, sich von Max zu verabschieden. Was, wenn er wirklich glaubte, dass das zwischen ihnen etwas Ernstes war? Wenn er versuchen würde, sie davon zu überzeugen, Phil zu verlassen?

Und was wäre, wenn er es nicht tat? Was, wenn nur der Wein aus ihm gesprochen hatte und er ihr einfach alles Gute wünschte und sie beide ihrer Wege gingen?

Was, wenn sie ihn niemals wiedersehen würde?

Die Tränen brannten in ihren Augen.

Sie ging hinaus, um den Sonnenaufgang am Strand zu beobachten, in der Hoffnung, es würde ihr dabei helfen, klarer zu denken. Als sie den Strand erreichte, war erst eine hauchdünne orangene Linie am Horizont auszumachen, doch schon binnen Minuten warfen die Sonnenstrahlen ein herrliches Licht über den Himmel. Alles glitzerte und funkelte und der Himmel war eingetaucht in ein Farbenmeer aus Orange, Pink und Gelb und spiegelte sich im Wasser wider.

Dann sah sie ihn am Strand sitzen. Sie wusste nicht, wie sie ihn hatte übersehen können, aber es war dunkel gewesen, als sie angekommen war, und sie hatte ihn nicht erwartet. Er saß einfach nur dort und sah in den spektakulären Himmel hinauf.

Tränen kullerten über Elizabeths Wangen. Sie könnte zu ihm hinübergehen, ihre Arme um ihn legen, ihn küssen … Es gab nichts, was sie lieber getan hätte. Sie wollte nicht wegfahren. Sie wollte alles aufgeben, mit ihm das Haus seiner Mutter kaufen und dort leben.

Ihre Gedanken rasten erneut. Sie sah zurück zum Cottage. Das einfachste wäre, sich umzudrehen, sich ins Auto zu setzen und zu fahren. Kein Abschied, keine Fragen, keine Diskussionen. Sie könnte wegfahren und einfach ihr Leben weiterleben.

So tun, als wäre diese Woche nie geschehen. Aber als sie sich umdrehte, um noch einen letzten Blick auf Max zu werfen, wusste sie, dass sie das nicht tun konnte. Wenn sie wirklich nach Hause fahren und ihr Leben weiterleben wollte, musste sie sich verabschieden. Sie musste einen Schlussstrich ziehen. Wie immer der auch aussehen mochte.

Er lächelte ihr traurig zu, als sie auf ihn zukam.

„Du hast meinen Sonnenaufgangsplatz gestohlen", sagte sie.

„Ich weiß und ich habe nicht einmal Kaffee dabei."

Sie setzte sich direkt neben ihn und legte instinktiv den Kopf an seine Schulter. Es fühlte sich natürlich an, so vertraut mit ihm zu sein und … ach herrje, hatte er etwa in Aftershave gebadet? Warum musste er nur so gut riechen? Sie wollte sich nie wieder von der Stelle bewegen.

Sie saßen für eine Weile da und beobachteten schweigend den Sonnenaufgang. Sie wusste, dass mit dem ersten Wort von einem von ihnen alles ein Ende finden würde. Und das wollte sie noch eine Weile hinauszögern.

„Es tut mir leid wegen gestern Abend", sagte er schließlich.

„Wenn es jemandem leidtun sollte, dann mir. Ich weiß, ich hätte nicht rüberkommen sollen. Und ich habe dich zuerst geküsst. Ich war es, die die ganze Woche immer wieder bei dir auftauchte."

„Nun, um fair zu sein, ich habe dich auch ständig zu irgendetwas eingeladen. Auch wenn ich wusste, dass ich es nicht tun hätte sollen."

„Ich möchte nicht darüber streiten, wessen Schuld es ist", sagte sie. „Und ich möchte nicht, dass mir irgendwas davon leidtut."

Er sah sie an. „Aber du fährst heute nach Hause."

„Das muss ich. Ich muss zurück in mein normales Leben."

„Okay", sagte er, sein Gesicht plötzlich ausdruckslos.

Sie wusste nicht, was für eine Antwort sie erwartet hatte. Aber ein Teil von ihr hatte gedacht, er würde widersprechen und sie bitten, zu bleiben. Eine Art Streit anzetteln. Aber auch er war verlobt. Er hatte genauso viel zu verlieren wie sie. Warum hatte sie geglaubt, sie würde ihm mehr bedeuten?

„Ich weiß nicht, was ich sagen soll“, gestand sie.

„Tschüss?“, schlug er vor.

„Du scheinst wütend zu sein.“

„Ich möchte dir die Sache leichter machen.“

Tränen stiegen ihr in die Augen. „Es fühlt sich nicht leicht an.“

„Darf ich dir wenigstens meine Telefonnummer geben?“

Nun kullerten die Tränen über ihre Wangen. „Wenn du mir deine Nummer gibst, werde ich dich irgendwann auch anrufen.“

„Darauf hoffe ich“, sagte er traurig.

„Ich liebe Phil“, sagte sie. „Ich habe alles, was ich möchte. Ich muss einfach nur zurück in mein normales Leben.“

„Okay.“

„Und du liebst Jessica“, sagte sie. „Du hast auch alles, was du möchtest. Wir können das nicht hinschmeißen und allen damit wehtun. Wir kennen uns doch kaum.“

„Ich weiß“, sagte er, nahm ihre Hand und fuhr mit seinen Fingern zwischen die ihren. „Es tut mir leid.“ Mit der anderen Hand wischte er ihr sanft die Tränen fort. „Ich weiß, dass wir uns gerade erst kennengelernt haben, aber es fühlt sich an, als würden wir uns schon ewig kennen. Diese Woche war traumhaft. Ich möchte das nicht einfach enden lassen.“

„Aber was sollen wir tun?“, fragte sie und rutschte ein Stück fort. „Einfach alles aufgeben und gemeinsam durchbrennen?“

„Und wenn wir es täten?“, fragte er.

Sie lachte hysterisch und rang nach Worten. Sein Vorschlag war lächerlich. „Das können wir nicht tun“, sagte sie. „Ich kann doch nicht alles für einen Urlaubsflirt aufgeben.“

„Und wenn es mehr als ein Urlaubsflirt ist?“ In seiner Stimme lag ein Flehen, das sie kaum ertragen konnte. „Durchzubrennen wäre verrückt, das weiß ich. Aber wir könnten zumindest in Kontakt bleiben. Sehen, wie sich alles entwickelt.“

„Ich werde keine Affäre mit dir beginnen“, sagte sie zornig.

„Diese Woche war schon genug. Das hätte alles nie passieren dürfen."

„Vielleicht sollte es so passieren", entgegnete er.

Sie schüttelte traurig den Kopf. „Ich muss gehen", sagte sie und küsste ihn auf die Wange. Sie verharrte einen Moment zu lange in dieser Position und als sie sich fortdrehte, streiften ihre Lippen die seinen und sie küsste ihn erneut. Sie konnte nicht aufhören. Wollte nicht aufhören. Bis sie sich schließlich doch zwang, aufzustehen.

„Ich muss gehen. Es tut mir leid. Es tut mir so leid."

Sie eilte den Strand hinauf und wagte es nicht, sich noch einmal umzudrehen.

KAPITEL 23

Die Fahrt nach Hause war schrecklich. Ihre Gedanken wanderten ständig zu Max und immer wieder musste sie die Tränen fortwischen, um überhaupt die Straße vor sich zu sehen. Sie hätte anhalten müssen, denn ihr Fahrstil war alles andere als sicher, wusste aber auch, dass sie womöglich umkehren und zu Max zurückfahren wurde, wenn sie nicht weiterfuhr.

Sie musste zurück nach Hause. Wenn sie erst einmal wieder bei Phil und in ihrem gewohnten Leben war, würde sich ihr Gefühlschaos schnell wieder legen, davon war sie überzeugt. Das sagte sie sich immer und immer wieder, aber je näher sie ihrem Zuhause kam, desto mehr missfiel ihr der Gedanke daran. Sie wollte Phil nicht sehen und sie wollte nicht zurück in das Haus, in dem sie gemeinsam lebten. Sie wollte zurück ins Seaside Cottage – gemeinsam mit Max.

Sie hatte bereits geahnt, dass es schwer werden würde, sich von ihm zu verabschieden, und nun war es noch schlimmer gekommen. Würde er wirklich seine Beziehung mit Jessica für sie beenden? Sie hatte nicht geglaubt, dass er die Sache ernsthaft weiterverfolgen wollte, wo sie doch beide verlobt waren. Was er ihr vorgeschlagen hatte, war vollkommen absurd und selbstsüchtig. Sie hatte gut daran getan, endlich zu verschwinden.

Sie nahm einen tiefen Atemzug und riss sich zusammen. Max war bestimmt schon wieder zu Sinnen gekommen und befand sich auch schon auf dem Weg zurück zu Jessica. Zurück zu einer dummen Kuh, die keine Hunde oder Cottages am Meer mochte und ganz offensichtlich nicht wusste, was für ein Glück sie hatte.

Reiß dich zusammen!, sagte sie sich erneut, dieses Mal noch entschlossener.

Es war später Vormittag, als sie ihr Zuhause in Oxford erreichte. Phil kam sogar zur Tür, um sie zu begrüßen. Sie war erstaunt, ihn zu sehen, und wünschte sich, sie hätte sich noch etwas frisch machen können. „Bist du nicht bei der Arbeit?“, fragte sie.

„Ich dachte, ich arbeite heute von zuhause aus“, sagte er. „Ich wollte hier sein, wenn du zurückkommst.“

Es überraschte sie, wie sehr sie sich darüber freute, ihn zu sehen. Irgendwie hatte sie es geschafft, sich davon zu überzeugen, dass das Heimkommen schrecklich werden würde. Aber es fühlte sich stattdessen an, als würde sie in ein Paralleluniversum steigen. Sie hatten ein schönes Haus, gefüllt mit schönen Dingen. Und dann war da Phil. Der gute alte Phil. Es war eine Erleichterung, ihn zu sehen. Als er seine Arme um sie legte, konnte sie die Tränen nicht mehr zurückhalten.

„Was ist los?“, fragte er, während er ihr sanft über den Rücken strich.

„Ich weiß es nicht“, schluchzte sie, ihre Worte von der Schulter gedämpft, in die sie heulte.

Er führte sie ins Wohnzimmer und auf die Couch. Sie brachte lediglich eine Entschuldigung heraus.

„Entschuldige dich doch nicht. Sag mir lieber, was los ist.“ Er sah besorgt aus. „Warum bist du so aufgewühlt? Ist etwas passiert?“

„Nein“, sagte sie. „Ich weiß nicht, was los ist. Ich bin gerade einfach nur emotional. Es tut mir leid.“

„Ist schon gut.“ Er strich ihr Haar zurück und zog sie wieder an sich. „Mir tut es leid. Ich hätte bei dir sein sollen. Es war nicht gut, dass du die ganze Woche allein warst.“

„Ja“, sagte sie leise. „Es wäre besser gewesen, wenn du dabei gewesen wärst.“ Es wäre alles so anders verlaufen, wenn er mitgekommen wäre, so wie er es hätte tun sollen. Sie hätten eine schöne, sonnige Woche verbracht und wären dann in ihren Alltag zurückgekehrt. Ihre Welt wäre nicht einfach so zusammengebrochen.

„Du siehst verändert aus“, bemerkte Phil. „Was ist passiert?“

Überrascht von seinen Worten ging sie in den Vorraum und stellte sich vor den Spiegel. Sie starrte auf ihr Spiegelbild und fragte sich, wen sie dort sah. Ihr Haar hing ihr über die Schultern und war stellenweise von der Sonne aufgehellt. Ihre Haut war leicht gebräunt und sie trug kein bisschen Make-up. Sie sah wie eine Surferin aus. Sie hatte sich an diesem Morgen nicht einmal geduscht und die Shorts, die sie trug, waren über und über mit Farbe beschmiert. Es war ihr nicht aufgefallen, denn sie war in die erstbesten Sachen geschlüpft, die sie zu fassen bekommen hatte.

„Ich muss erst mal duschen“, sagte sie und ging die Treppen hinauf. „Ich bin heute Morgen gleich ins Auto gestiegen. Ich brauche nicht lange.“

Nach einer langen Dusche wurde sie langsam wieder sie selbst: makellose, exklusive Kleider, ihr Haar mit einer Spange und viel Haarspray nach oben gesteckt, Make-up. Dieselbe Routine, die sie so oft durchführte, und doch fragte sie sich, warum sie sich plötzlich so fremd fühlte.

Anschließend blieb sie für eine Weile vor ihrem Schminktisch stehen, sah in den Spiegel und war einfach nur verwirrt. Sie konnte es schaffen, sagte sie sich. Sie konnte einfach so in ihr altes Leben zurückkehren und so tun, als wäre die letzte Woche nie geschehen.

Phil hatte Kaffee gekocht und sie setzte sich zu ihm an die Kücheninsel. Für Elizabeth fühlte es sich jedoch an, als würde sie alles zum ersten Mal sehen. Es war ein schönes Haus: gepflegt, ordentlich und alles war an seinem Platz. Es hätte ein Musterhaus sein können. Sie dachte an das Bild aus Hope Cove, das noch immer in ihrem Auto lag, und fragte sich, wo sie es aufhängen würde.

„Na“, sagte Phil und sah sie über seine Tasse hinweg an. „Geht es dir gut?“

„Ja. Tut mir leid. Ich weiß nicht, was über mich gekommen ist. Es geht mir gut.“ Nur leider ging es ihr alles andere als gut. Sie lächelte schwach und wünschte sich, sie würde den Mut aufbringen, Phil die Wahrheit zu sagen und zu Max zurückzukehren. Aber er wäre bereits fort, zurück in seinem richtigen Leben und bei seiner Verlobten.

Phil küsste sie und sie zwang sich, den Kuss zu erwidern. Nach einem Moment zog sie sich zurück und stammelte etwas über die Arbeit und wie viel sie wohl verpasst hatte.

„Ich sollte besser anfangen, meine E-Mails durchzugehen“, sagte sie mit gespielter Unbekümmertheit.

„Du hast sie wirklich die ganze Woche nicht gecheckt?“

„Nein.“

„Es gab kein Internet im Cottage, nicht wahr?“, sagte er grinsend. „Ansonsten kann ich mir nicht vorstellen, wie du es eine Woche ohne Arbeit ausgehalten hast. Sag mir die Wahrheit.”

„Okay“, sagte sie und hob abwehrend ihre Hände. „Du hast mich erwischt. Es gab kein Internet.“ Das war eine Lüge, aber es erschien ihr angesichts der ganzen Geschichte ein leichtes Vergehen zu sein.

„Ich wusste es!“ Seine Miene wurde gespielt ernst, als er den Arm um sie legte. „Das klingt ja wirklich wie die Hölle auf Erden. Wie hast du dort eine Woche lang überlebt? Kein Wunder, dass du so emotional bist.“

Sie zwang sich zu einem Lächeln.

„Ich mache uns etwas zu essen“, sagte Phil. „Geh und check deine E-Mails.“

Im Arbeitszimmer nahm Elizabeth erst ein paar tiefe Atemzüge, um sich zu beruhigen, und klappte dann ihren Laptop auf. Ihr Postfach war voller ungelesener Nachrichten. Der Anblick sollte sie eigentlich überwältigen, aber stattdessen tröstete er sie. So hatte sie zumindest etwas, auf das sie sich konzentrieren konnte, und das war genau das, was sie brauchte. Als Phil ihr ein Sandwich brachte, zwang sie sich erneut zu einem Lächeln. Sie würde es schaffen.

Als sie an diesem Abend ins Bett schlüpfte, ging es ihr schon viel besser … bis Phil sich an sie herankuschelte und ihren Nacken küsste. Sofort dachte sie an Max. Sie vermisste ihn so sehr.

Sie versteifte sich, als Phil sie immer weiter küsste. „Nicht“, flüsterte sie und rutschte ein wenig von ihm fort. Für einen Moment schien er auf eine Erklärung zu warten, zog sich dann aber endlich auf seine Seite des Bettes zurück und murmelte eine sarkastische Entschuldigung. Tränen stiegen Elizabeth in die Augen.

Als Phil eingeschlafen war, lauschte Elizabeth den rhythmischen Geräuschen seines Atems. Tränen kullerten unaufhörlich über ihre Wangen und tränkten ihr Kissen. Die Gedanken an Max verzehrten sie und sie wünschte sich sehnsüchtig zurück ins Seaside Cottage, mit Max an ihrer Seite. Sie fragte sich, wie lange es dauern würde, bis sich ihr altes Leben wieder normal anfühlen würde.

Erst Stunden später schlief sie erschöpft ein.

KAPITEL 24

Als Elizabeth am nächsten Tag aufwachte, fühlte sie sich, als würde sie es niemals wieder aus dem Bett schaffen. Sie unternahm nicht einmal einen Versuch, sich hoch zu kämpfen, sondern lag einfach nur da und hasste alles und jeden. Am späteren Vormittag stellte Phil ihr eine Tasse Kaffee auf den Nachttisch und setzte sich neben sie, wobei sich die Matratze unter seinem Gewicht leicht senkte.

„Alles okay?", fragte er.

„Ich glaube, ich brüte etwas aus", sagte sie. Eine weitere Lüge.

„Brauchst du etwas?"

„Nein, danke. Ich stehe in einer Minute auf."

Was sie auch tat. Sie duschte und zog sich an, steckte wie immer ihr Haar hoch und legte ihr gewohntes Make-up auf. Es überraschte sie erneut, wie ungewohnt und bedrückend es sich anfühlte.

„Geht es dir besser?", fragte Phil, als sie sich zu ihm in die Küche setzte.

„Ja. Ich war nur müde."

„Möchtest du heute etwas unternehmen?"

Sie zuckte mit den Schultern und ließ sich auf einen Stuhl fallen.

„Wir könnten eine Runde Golf spielen?“

Sie stieß ein Lachen aus, das leicht hysterisch klang.

„Was ist daran so lustig?“, fragte Phil mit zusammengezogenen Augenbrauen.

„Nichts.“ Sie rieb sich die Schläfen. „Tut mir leid.“ Sie versuchte wirklich, Max zu vergessen, aber es erinnerte sie einfach alles an ihn. Hatte er ihr das Golfspielen nun für immer verdorben? Und Sonnenaufgänge? Und gestrichene Fensterrahmen? Sie stieß erneut ein eigenartiges Lachen aus und schüttelte den Kopf darüber, wie lächerlich sie sich verhielt. „Tut mir leid, ich habe keine Lust auf Golfen.“

„Lässt du mich an dem Witz teilhaben?“

„Ich habe nur daran gedacht, wie sehr ich meine Arbeit vermisst habe und dass ich davon ausgegangen bin, dass du mich sicher damit aufziehen würdest.“

„Die Woche ohne Internet scheint dir nicht bekommen zu sein“, sagte er fröhlich. „Aber wenn du arbeiten willst, kein Problem. Ich habe auch noch zu tun. Ich dachte nur, es wäre gut, ein wenig Zeit miteinander zu verbringen.“

Sie küsste ihn auf die Wange. „Was hältst du davon, wenn wir erst ein wenig arbeiten und abends gemeinsam essen gehen?“

„Perfekt“, stimmte er zu.

„Ich muss nur schnell ins Büro fahren“, sagte sie. Das stimmte nicht, aber sie musste hier raus und sie wusste, dass sie im Büro alleine sein würde. Es war der perfekte Ort, um sich an einem Samstagnachmittag zu verstecken.

„Kein Problem. Bis später.“

Sie holte sich in einem Café nahe des Büros einen Kaffee und ein Sandwich und setzte sich dann an ihren Schreibtisch. Sie starrte jedoch nur auf den Bildschirm, ohne ihn anzuschalten. Es war komisch, am Wochenende hier zu sein, wenn alles ruhig war. Ansonsten ging es im Büro immer hektisch zu, sogar dann, wenn keine Deadlines anstanden. Es war einfach der Vibe der Redaktion, den sie immer als aufregend empfunden hatte, aber nun fragte sie sich, ob das alles notwendig war.

Nach einer Weile ging sie zum Fenster und blickte auf die geschäftige Straße hinunter. Als ihr der Anblick langweilig wurde, ging sie nach draußen in einen nahegelegenen Park. Sie ging stundenlang im Kreis und setzte sich gerade auf eine Bank, als ihr Telefon klingelte. Es war bereits dunkel und sie hatte ganz auf ihr Abendessen mit Phil vergessen.

„Tut mir leid", sagte sie rasch. „Ich gehe jetzt. Ist es schon zu spät für das Abendessen?"

Ein Teil von ihr hoffte darauf. Sie wollte nur noch ins Bett und sich vor der Welt verstecken. Sie blickte auf ihre filigrane, goldene Armbanduhr, die ihr ihre Eltern zu ihrem letzten Geburtstag geschenkt hatten.

„Wie wäre es mit Romano's?", schlug Phil vor. Ihr Lieblingsitaliener. „Wir könnten uns dort treffen."

Elizabeth stand auf und überlegte, wo sie ihr Auto geparkt hatte. „Perfekt", sagte sie. „Ich gehe gerade aus dem Büro, hoffentlich ist nicht zu viel Verkehr."

Glücklicherweise war sie nicht allzu weit weggegangen und erreichte ihr Auto kurz darauf. Als sie nach zehn Minuten an einer roten Ampel zum Stehen kam, war sie erschöpft. Es fühlte sich mittlerweile an, als wäre ihre Woche in Hope Cove nur ein Traum gewesen. Es schien alles so unwirklich, dass sie sich immer wieder bewusst machen musste, dass sie sich erst gestern von Max verabschiedet hatte.

Ihre Gedanken schweiften zurück zum gestrigen Morgen, als sie am Strand saßen, den Sonnenaufgang beobachteten und sie sich an ihn gekuschelt hatte. Dann dachte sie an das Abendessen, wie sie gemeinsam gelacht hatten. Tränen liefen ihr über das Gesicht und noch mehr Erinnerungen kamen auf: Max beim Golfspielen, Max, der sie festhielt, als sie im Meer ins Stolpern kam. Sein Grinsen, als er von der Leiter zu ihr hinunterblickte. Seine Lippen auf ihren …

Ein Hupen ertönte und sie legte eilig den Gang ein. Der Motor sprang wieder an und sie atmete tief durch, wischte sich die Tränen von den Wangen und riss sich zusammen. Sie winkte dem Autofahrer hinter ihr entschuldigend zu und fuhr endlich weiter.

Während sie noch immer verzweifelt versuchte, alle Gedanken an Max beiseitezuschieben, fuhr sie zum Restaurant, ohne etwas von der Fahrt zu bemerken. Es war nicht nur kaum zu glauben, dass das alles wirklich passiert war; es war auch schwer zu fassen, dass sie ein- und dieselbe Person war. Sie fühlte sich wie eine Fremde in ihrer eigenen Haut. Wie ein Eindringling in ihrem eigenen Leben. Sie wollte doch nur Max vergessen, genauso wie ihren kleinen Ausbruch aus der Realität. Sie wollte ihr Leben zurück, so wie es vor einer Woche gewesen war, wo alles noch Sinn ergeben hatte und sie glücklich gewesen war. Sie war doch glücklich gewesen, nicht wahr? Bevor sie Max traf. Sie konnte sich nicht mehr daran erinnern.

Konzentriere dich auf Phil, sagte sie sich, als sie das Restaurant erreichte. Sie überprüfte ihr Make-up im Rückspiegel, fuhr sich mit den Fingern unter den Augen entlang, um die verwischte Mascara zu entfernen, und legte Lippenstift nach.

Das war ihr Leben und sie hatte hart dafür gearbeitet, um so weit zu kommen. Sie würde das alles nicht für einen dummen Flirt ruinieren. Das sagte sie sich immer wieder, als Phil ihr während des Essens von seiner Woche erzählte. Sie nickte ab und an und gab ihr Bestes, an den passenden Stellen zu lächeln. Aber irgendwie war es ihr auch egal. Ihr Appetit war verschwunden und sie schaffte nur den halben Teller ihrer Pasta mit Meeresfrüchten, den Rest schob sie Phil hinüber, während dieser weiterredete.

Sie fragte sich, ob er gar nicht bemerkte, dass sie in Gedanken ganz woanders war oder ob er nur höflich darüber hinwegsah. Bestimmt bemerkte er doch eine Veränderung an ihr? Vielleicht dachte er, dass wenn er einfach so war wie immer, sie sich auch wieder fangen würde. Vielleicht war dem auch so.

„Wie bitte?“, fragte sie, als sie wieder einmal versuchte, ihre Aufmerksamkeit auf Phil zu richten. „Eine Beförderung?“

„Ja.“

„Und wo nochmal?“

„Paris“, sagte er ungeduldig. „Ich sagte ihnen natürlich, dass das unmöglich ist. Was würdest du in Paris machen? Aber es brachte mich zum Nachdenken. Für meine Karriere wäre das *die* Chance. Ich wäre Principal Consultant für ein neues Projekt mit einem unserer größten Kunden in Frankreich. Und es wäre eine tolle Erfahrung. Die Umzugskosten würde natürlich die Firma übernehmen und stell dir vor, wie wir am Wochenende durch Paris schlendern …“

Sie runzelte die Stirn. „Aber wir können nicht nach Frankreich gehen, Phil. Mein Job ist hier. Unser Leben ist hier.“

„Ich weiß“, sagte er. „Es klingt nur so großartig.“

„Würdest du es ernsthaft in Betracht ziehen?“, fragte sie. „Wenn ich nicht meinen Job hätte?“

„Es ist eine tolle Gelegenheit“, sagte er. „Ich habe mich gefreut, dass ich gefragt wurde.“

Sie schüttelte den Kopf und lehnte sich in ihrem Stuhl zurück. Natürlich würde sie nicht nach Paris ziehen und sie war überrascht, dass Phil den Gedanken auch nur ansatzweise verlockend fand.

Sie erblickte ein Kleinkind in einem Hochstuhl auf der anderen Seite des Raumes. Es klopfte mit seinem Löffel auf dem Tisch, was seine Eltern gekonnt ignorierten, indem sie weiteraßen, plauderten und so taten, als ob sie den Lärm nicht hörten.

„Sollte ein Kind um diese Uhrzeit nicht schon schlafen?“, bemerkte Phil, der ihrem Blick gefolgt war.

„Vermutlich.“

Sie blickte zurück zu Phil, der sich wieder über seine Pizza hermachte.

„Möchtest du Kinder?“, fragte sie zögerlich.

„Was?“

„Wir haben in letzter Zeit nicht darüber gesprochen und ich habe mich gefragt …"

„Verhältst du dich deshalb so komisch?", fragte er. „Willst du ein Baby?"

„Nein." Ihre Augen füllten sich mit Tränen und sie wusste nicht, warum. „Ich denke nicht. Ich dachte nur … wir hatten uns dagegen entschieden, Kinder zu bekommen, aber was, wenn ich meine Meinung geändert habe? Hypothetisch gesprochen."

Er seufzte. „Ich vermute, wenn du wirklich ein Baby …" Er brach kurz ab, bevor er weitersprach: „Wenn du *wirklich* unbedingt eines haben wollen würdest ..."

„Dann würdest du nicht Nein sagen?"

„Vermutlich nicht. Ist immer noch alles rein hypothetisch?"

„Ja", entgegnete sie wütend. „Aber du willst definitiv keine Kinder?"

„Ich verspüre kein Verlangen danach. Ich weiß nicht, ob ein Baby zu unserem Lebensstil passen würde. Wir arbeiten so viel."

„Ich würde vermutlich meine Arbeit aufgeben müssen."

„Zumindest für eine Weile", stimmte er zu.

„Ich könnte nie Herausgeberin werden", überlegte sie weiter.

„Es gibt immer Möglichkeiten", sagte er. „Kindermädchen und so. Keine Ahnung."

„Klar", schnaubte sie verärgert.

„Ich weiß nicht, was du von mir hören willst", sagte Phil angespannt.

„Ich will gar nichts von dir hören."

Sie verfielen in ein eisernes Schweigen und Phil aß seine Pizza.

Elizabeth wusste nicht genau, warum sie das Thema Kinder zur Sprache gebracht hatte. Es war nicht so, dass sie plötzlich ihre biologische Uhr ticken hörte und ein überwältigendes Verlangen nach Kindern verspürte. Eines war ihr jedoch klargeworden: Falls sie Kinder haben würde, dann wollte sie sie mit jemandem bekommen, der auch selbst den Wunsch danach verspürte, und nicht mit jemandem, der einfach mitmachte, wenn es notwendig war. Jemandem, der nur eine Familie gründen würde, um sie glücklich zu machen.

Sie würde ein Kind mit jemandem haben wollen, der sich freuen würde, wenn der Schwangerschaftstest den richtigen Balken anzeigte und der mit ihrem stetig wachsenden Bauch sprechen würde. Jemandem, der Zeit mit den Kindern verbringen und sie nicht bei einem Kindermädchen parken würde.

Ihre Gedanken wanderten zu Max, wie er dort oben auf dem Hügel bei der Farm saß und ihr erzählte, dass er gerne für seine Kinder zuhause bleiben würde und die Familie seine Priorität war, nicht die Arbeit.

„Alles in Ordnung?", fragte Phil und unterbrach ihre Gedanken. „Woher kommt das so plötzlich?"

Ein Muskel in ihrer Wange zuckte. „Ich weiß es nicht. Ich hatte nur viel Zeit zum Nachdenken."

Jetzt grinste er breit. „Ich sag's dir, eine fehlende Internetverbindung tut einem nicht gut. Viel zu viel Zeit zum Denken!"

Sie lächelte mit zusammengepressten Lippen. Er versuchte nur, die Stimmung zu heben, aber wenn er noch ein einziges Mal das Internet erwähnte, würde sie ihm wirklich eine reinhauen müssen.

KAPITEL 25

Es erleichterte Elizabeth, am Montag in die Arbeit fahren zu können. Sie war überzeugt, dass sie schon bald wieder in ihre alte Routine und somit ihr altes Leben zurückfallen würde. Bevor sie sich versah, würde alles wieder normal sein. Ihre dumme Verliebtheit wäre schon bald nur noch eine blasse Erinnerung, ein Moment des Wahnsinns, über den sie später lachen würde.

„Was machst du da?“, fragte sie Emily, die schüchterne Praktikantin, die in Elizabeths Büro an ihrem Schreibtisch saß und an ihrem Computer tippte.

„Oh Gott, es tut mir leid. Ich bin schon weg.“

„Raus aus meinem Sessel“, sagte Elizabeth langsam, aber bedrohlich.

Sie hatte sich noch nicht entschieden, ob sie Emily mochte, und spürte bereits, dass jeder, der sie heute auf dem falschen Fuß erwischte, die volle Breitseite abbekommen würde. Bislang schien Emily nicht für die Arbeit bei einer Zeitschrift geeignet zu sein. Sie wirkte ständig verängstigt und Elizabeth hatte weder Zeit noch Lust auf Händchenhalten. Außerdem war Emily Josies Freundin, was ihr bei Elizabeth nicht gerade Sympathiepunkte einbrachte. Es fühlte sich beinahe so an, als wäre ein Spion bei der Arbeit und sie fragte sich, wie viel Emily an Josie berichtete. Nicht, dass es ihr etwas ausmachen würde.

„Es tut mir leid", wiederholte Emily und tippte eilig auf der Tastatur herum. Was in aller Welt hatte sie vor?

„Weg mit dir, sofort", wiederholte Elizabeth.

„Mein Computer ist am Freitag abgestürzt", erklärte Emily. „Ich bin nur kurz rein, um deinen zu verwenden. Aber ich glaube, ich habe noch etwas offen, ich muss nur noch …"

„Raus aus meinem Sessel", beharrte Elizabeth und langte über sie, um ihr die Maus wegzunehmen. Sie war nun neugierig geworden. „Raus!", sagte sie erneut und schob Emily aus dem Sessel.

„Schließ einfach die Datei", bettelte Emily und deutete auf den Bildschirm.

„Das schaffe ich gerade noch, danke." Elizabeth scheuchte sie aus dem Büro. Was war das denn nun für eine große Sache? Sie blickte stirnrunzelnd auf das Word-Dokument auf ihrem Bildschirm. Versuchte sich Emily als Journalistin? Es sah ihr jedoch nicht nach einem Artikel aus …

„Hey!", sagte Karen und steckte ihren Kopf durch die Tür. „Kommst du in mein Büro?"

Elizabeth stand auf und folgte ihr, ging jedoch einem Instinkt folgend noch einmal zum Computer, speicherte das Dokument und schickte es sich selbst per E-Mail, bevor sie es schloss.

„Willkommen zurück!", sagte Karen in ihrem Büro. „Bitte nimm dir nie wieder Urlaub. Ich hasse es, wenn du nicht da bist."

„Ich werde es mir merken", lächelte Elizabeth. „Soll ich mit Heidi über die Horoskope sprechen?"

„Schon gut", sagte Karen und ließ sich in ihren Sessel fallen. „Ich habe schon mit ihr gesprochen."

„Ach herrje. Hast du sie gefeuert?"

„Nein, das habe ich nicht. Ich habe ihr höflich und taktvoll einige Verbesserungsvorschläge unterbreitet."

„Wirklich?"

„Ja."

„Gut. Was ist sonst noch zu tun?"

„Ich nehme an, du hast deine E-Mails schon durchgesehen?", fragte Karen.

„Ja, am Wochenende."

„Gut, dann bist du also auf dem neuesten Stand."

„Ja", murmelte Elizabeth und versuchte wenigstens eines der E-Mails in Gedanken abzurufen. Ihre Erinnerung war leer.

„Du musst dir dringend die Winterkurztrips ansehen ..."

Ihre Gedanken drifteten ab. Vielleicht sollte sie auch einen Winterkurztrip mit Phil planen? Allerdings war es schwer, schon im August an die kalte Jahreszeit zu denken. Das war das Problem am Zeitschriftenbusiness: Die Ausgaben mussten schon Monate im Voraus geplant werden. Außerdem war Urlaub das letzte, was sie gerade gebrauchen konnte. Sie sollte sich vielmehr in die Arbeit stürzen. Das wäre das Beste. Wenn sie sich doch nur besser konzentrieren könnte.

Karen starrte sie an. „Alles okay?"

„Ja, ich bin noch ein bisschen im Urlaubsmodus, das ist alles. Ich war gerade meilenweit weg."

„Zwischen dir und dem Typen ist aber nichts passiert?"

„Nein." Elizabeth lächelte, aber es war ein schwaches, resignierendes Lächeln. „Natürlich nicht."

„Wann bist du nach Hause gekommen?"

„Am Freitag."

„Ich dachte, du wolltest am Donnerstag fahren. Sicher, dass nichts passiert ist? Hast du mit ihm geschlafen?"

„Nein", sagte sie entschlossen. „Es ist nichts passiert."

„Warum bist du dann länger geblieben?"

„Bin ich doch gar nicht, es war immer schon geplant, bis Freitag zu bleiben."

„Bis du dich in den heißen Typen von nebenan verguckt hast."

Wutentbrannt über Karens Fragen stand sie abrupt auf. „Du

kannst mich nicht einfach einer Sache beschuldigen, die ich nicht getan habe … und auch nicht tun würde."

„Tut mir leid", beschwichtigte Karen sie. „Aber du verhältst dich eigenartig."

„Das heißt aber nicht, dass ich mit einem anderen Mann schlafe. Und außerdem bist du meine Chefin, vielleicht solltest du dich ab und zu auch so verhalten."

„Wooooh", sagte Karen und ihre Züge versteinerten sich. „Ich bin deine Freundin. Ich fragte dich das als deine Freundin, denn ganz offenbar bedrückt dich etwas."

Elizabeth stand regungslos da und überlegte, wer von ihnen beiden sich gerade falsch verhielt. Sie konnte nicht klar denken.

„Ich muss arbeiten", sagte sie schließlich.

„Okay", erwiderte Karen kühl und lehnte sich zurück. „Wenn du es so haben willst."

Elizabeth ging in ihr Büro, ließ sich in den Sessel sinken und vergrub ihren Kopf in den Händen. Was machte sie nur? Es passte gar nicht zu ihr, so auszurasten. Jetzt tat es ihr leid, dass sie Emily und Karen angefahren hatte. Sie würde sich später entschuldigen müssen.

Sie atmete tief ein, nahm sich zusammen und machte sich an ihre Arbeit.

KAPITEL 26

Endlich schaffte sie es, vollständig in den Arbeitsmodus zu wechseln und alles andere auszublenden. Nachdem sie sich kurz bei Karen und Emily entschuldigt hatte, tat sie ihr Bestes, um sich für den Rest der Woche abzuschotten. Wenn sie mit jemandem sprach, hielt sie die Unterhaltung arbeitsbezogen und förmlich. Die Arbeit lenkte sie ab und sie hakte wie ein Roboter eine Aufgabe nach der anderen ab. Sie kam früh ins Büro und ging spät nach Hause. Wenn sie sich auf die Arbeit konzentrierte, konnte sie die Gedanken an Max von sich fernhalten.

Es funktionierte auch beinahe. Außer, dass er immer in ihren Gedanken war, bevor sie in der Nacht einschlief, und auch, wenn sie am Morgen erwachte.

Am Freitagnachmittag, als die meisten ihrer Kollegen sich ins Wochenende verabschiedeten, ging Elizabeth mit einer Tasse Kaffee in der Hand zurück in ihr Büro, entschlossen, noch einige Stunden zu arbeiten.

„Ich habe eine Flasche Wein in meinem Büro“, sagte Karen, als sie sich im Gang begegneten. Seit Elizabeths Ausbruch am Montag hatte sie sie in Ruhe gelassen. „Was meinst du?“

Elizabeth verspürte ein schlechtes Gewissen. Sie vermisste

ihre Gespräche mit Karen, aber früher oder später würde sie wieder anfangen, Fragen zu stellen, und das könnte Elizabeth nicht ertragen. Es war einfacher, sich abzuschotten, bis sie emotional wieder gefestigter war.

„Tut mir leid. Ich habe noch einiges zu tun und muss dann nach Hause zu Phil."

„Na gut", sagte Karen und sah sie eindringlich an. Sie wollte offenbar unbedingt noch etwas sagen, aber Elizabeth drängte sich schon an ihr vorbei in ihr Büro.

Sie schrak zusammen, als sie Josie in ihrem Stuhl sitzen sah.

„Was machst du denn hier?", fragte sie und scheuchte sie aus dem Sessel.

„Ich warte auf Emily, wir gehen etwas trinken. Dachte, ich sage mal Hallo zu meiner liebsten Schwester!"

„Hallo", sagte Elizabeth trocken und hoffte, dass damit ihr Gespräch beendet war. Sie nahm einen Schluck Kaffee und stellte dann die Tasse zur Seite.

„Möchtest du mit uns mitkommen?"

Elizabeth sah sie verblüfft an.

„Nein", entgegnete sie eisig. „Ich habe viel zu tun."

„Hast du deine Woche Urlaub schon aufgeholt?"

„Nicht wirklich." Elizabeth funkelte sie an. „Wolltest du etwas Bestimmtes?"

„Nein." Josie ging zur Tür und schüttelte den Kopf. An der Tür drehte sie sich noch einmal um. „Bist du noch sauer wegen der Schuhe?"

„Welchen Schuhen?", fragte Elizabeth, den Blick auf den Bildschirm gerichtet.

„Den Schuhen für die Hochzeit …"

Ein kalter Schauer durchzog Elizabeth.

„Ich weiß, du glaubst, ich wollte dich nur ärgern", sagte Josie. „Ich werde diese beigen Schuhe anziehen, wenn du das willst. Sie tun mir nur weh, das ist alles."

„Trag, was immer du willst", flüsterte Elizabeth.

„Was?"

„Es ist mir egal, was du für Schuhe trägst", wiederholte sie. „Ich muss arbeiten."

„Sorry", murmelte Josie. „Ich geh dann mal."

Elizabeth starrte auf den Bildschirm, bemerkte aber, dass Josie noch an der Tür lungerte. „Geht es dir gut?", fragte Josie schließlich.

Elizabeth biss sich auf die Unterlippe. Josie war viel netter zu ihr, als sie es ertragen konnte. Elizabeth versuchte eisern, ihre Gefühle unter Kontrolle zu halten, aber es fühlte sich an, als würde ein Geysir aus ihr herausbrechen wollen, nur weil ihre Schwester sie fragte, ob es ihr gut ging.

„Ja", sagte sie und lächelte schwach. „Viel Spaß mit Emily."

Endlich ging Josie. Kaum hatte sich die Tür zum Büro hinter ihr geschlossen, brach ein Schluchzen aus Elizabeth heraus. Es fühlte sich an, als würde sie ersticken. Die Hochzeit, auf die sie sich so gefreut hatte, fühlte sich nun überwältigend und viel zu pompös an. Warum hatte sie sich so viele Gedanken um diesen Tag gemacht? Es war doch nur ein Tag. Ein Tag, an dem die Leute ihr gratulieren und sie beneiden würden. Das war doch alles nur ein großer Scherz.

Sie schüttelte den Kopf und lachte über sich selbst. Warum war sie nur so irrational? Das Bild von Max flackerte vor ihr auf und sie hätte am liebsten geschrien. Sie wischte sich die Augen trocken und versuchte sich auf die Arbeit zu konzentrieren, starrte aber nur dumm auf den Bildschirm.

Sie bemerkte das Klopfen an der Tür kaum.

„Ich bin es nochmal", sagte Josie fröhlich, während sie sich ins Büro schlich und mit einer Flasche Wein in der Hand herumfuchtelte.

„Ich dachte, du wolltest mit Emily ausgehen?"

„Ich habe ihr gesagt, dass wir uns später auf den Weg machen. Ich dachte, wir sollten was trinken und über Hochzeiten reden."

Elizabeth sah auf. Josie hatte bestimmt gute Absichten, aber ihr war nicht nach Gesellschaft zu Mute. „Ich möchte keinen

Wein. Und ich möchte nicht über die Hochzeit reden." Sie hoffte, dass Josie die Botschaft verstand und ging, aber stattdessen füllten sich die Augen ihrer Schwester mit Tränen. Großartig.

Josie lief aus dem Raum und Elizabeth unterdrückte den Instinkt, ihr zu folgen. Es wäre auch nicht nötig gewesen, denn nur Sekunden später schoss Josie wieder herein.

„Was habe ich dir getan?", fragte sie.

Elizabeth seufzte. „Ich habe keine Zeit für deine Wutausbrüche, Josie." Genau genommen hatte sie überhaupt keine Energie für die Gefühle anderer. Es war schon schwer genug, ihre eigenen unter Kontrolle zu halten.

„Nun, es tut mir leid, dass ich dein ach so perfektes Leben störe!" Josie wandte sich erneut zum Gehen. „Schönen Abend, Liz!"

Irgendetwas störte Elizabeth an der Art, wie sie ihren Namen sagte. *Es heißt Lizzie, nicht Liz!*, wollte sie schreien.

„Nur, weil ich dich nicht wie eine Prinzessin behandle", schrie Elizabeth, stand auf und forderte Josie nun zum Streit heraus. Sie brauchte dringend jemanden, den sie anschreien konnte, ansonsten würde sie noch explodieren.

„Was?", fragte Josie schwach.

„Du magst es nicht, dass Mum und Dad dich für ihre kleine Prinzessin halten, aber genau das bist du: ein verzogenes Gör ohne Richtung im Leben, ohne Verantwortungsbewusstsein und ohne Rücksicht auf Konsequenzen."

„Das stimmt nicht."

Elizabeth lachte verächtlich. „Du hast keinen Job. Mum und Dad zahlen deine Miete!"

Tränen kullerten über Josies Gesicht und Elizabeth zog sich zurück. Sie wusste, dass sie recht hatte, dennoch fühlte sie sich schlecht.

„Für dich ist das alles so einfach." Josies Stimme zitterte vor Ärger. „Du wusstest schon als Kind, was du wolltest. Du hast immer alles geplant und genauso ist es dann auch gekommen.

Schön für dich! Aber du ahnst nicht einmal, wie es ist, wenn man nicht weiß, was man mit seinem Leben anfangen soll. Und als ob das nicht schon schlimm genug wäre, hat meine perfekte Schwester alles im Griff und blickt ständig auf mich herab.“ Sie schniefte laut und ging aus dem Büro.

Elizabeth blieb für eine lange Weile stehen. Zum ersten Mal im Leben hatte sie das Gefühl, Josie vielleicht verstehen zu können.

Was, wenn all die Dinge, die sie sich erarbeitet hatte, gar nicht die waren, die sie eigentlich wollte?

KAPITEL 27

Am Samstagmorgen herrschte buntes Treiben in den Geschäften. Elizabeth musste in drei Schuhläden gehen, bevor sie fand, wonach sie suchte: weiße Converse mit Glitzer. Sie verstand nicht, warum so ein Hype um die Schuhe gemacht wurde, zog dann aber aus einer Laune heraus ein Paar klassisch weiße aus dem Regal und bat eine Verkäuferin um ihre Größe.

Als sie die Treppen zu Josies Wohnung hinaufstieg, war sie überrascht, wie bequem die Schuhe waren. Sie sahen auch nicht schlecht aus. Josie, die ihr zuvor die Tür über die Gegensprechanlage geöffnet hatte, schien überrascht zu sein, was auch kein Wunder war, da Elizabeth sie für gewöhnlich nie besuchte. Wütend wartete sie an der Tür oben an der Treppe auf Elizabeth.

„Was denkst du?", fragte Elizabeth und blickte zufrieden auf ihre Schuhe hinab.

„Dass du eine blöde Kuh bist", schnappte Josie, machte auf dem Absatz kehrt und ging zurück in ihre Wohnung. Die Tür fiel knallend ins Schloss.

Elizabeth zuckte zusammen. So hatte sie sich das nicht vorgestellt. „Ich habe dir auch welche mitgebracht!", rief sie und wartete hoffnungsvoll.

Die Tür öffnete sich einen Spalt. Elizabeth hielt ihr den

Schuhkarton entgegen und nahm den Deckel ab. Mit einem erfreuten Aufschrei riss Josie die Tür auf und griff nach den Schuhen.

„Die sind toll!"

Elizabeth lächelte verlegen. „Ein Friedensangebot."

„Für die Hochzeit?"

„Du kannst sie jetzt schon tragen", seufzte Elizabeth. „Für die Hochzeit bekommst du ein neues Paar."

„Gott sei Dank, ich könnte es nicht aushalten, so lange zu warten. Danke! Du bist die Beste." Sie umarmte Elizabeth herzlich.

„Das war einfach. Hast du Kaffee?"

Josie verzog das Gesicht. „Keinen, der deinen Ansprüchen genügt. Nur Instant. Und es sieht schrecklich aus in der Wohnung."

„Das reicht mir", sagte Elizabeth, die entschlossen war, Frieden mit Josie zu schließen. Der Streit am vergangenen Abend hatte sie aufgewühlt und sie dachte immer wieder an die Bemerkung ihrer Mutter, dass sie der Grund für die Kluft zwischen den beiden war, nicht Josie. Es brachte sie vermutlich nicht um, wenn sie versuchte, mit ihrer Schwester auszukommen.

Josie schaltete den Herd an und räumte nebenbei auf, während sie durch die kleine Wohnung gingen.

„Du hast keine Putzfrau?" Elizabeth setzte sich auf die Couch, während Josie ihre neuen Schuhe anprobierte. „Vielleicht bist du ja doch keine solche Prinzessin."

Josie öffnete bereits den Mund, sah dann aber den Schelm in Elizabeths Augen und lachte nur. Sie lief hinaus, als der Kessel pfiff und kehrte ein paar Minuten später mit zwei Tassen Kaffee zurück.

Elizabeth tat es Josie gleich, legte ihre Füße auf den Couchtisch und bewunderte ihre neuen Schuhe. Sie wippten mit den Füßen, sodass sich die beiden weißen Schuhpaare im Takt bewegten. Für eine Weile genossen sie die stille Zweisamkeit, bis Josie zögerlich fragte: „Was ist los mit dir?“ Offenbar sorgte sie sich, mit ihrer Frage die gerade geschmiedete Waffenruhe zu zerstören.

„Was meinst du?“

„Du benimmst dich eigenartig. Du warst so angespannt wegen der Hochzeit, dass ich schon glaubte, es würde dich zerreißen. Dann fährst du eine Woche alleine weg …“

Die Erinnerung an die Woche mit Max machte Elizabeth traurig und sie fürchtete, Josie könnte es bemerken.

„Und dann kaufst du mir Schuhe!“, sagte Josie. „Da stimmt etwas nicht.“

„Ich weiß nicht“, gestand Elizabeth. „Vielleicht werde ich verrückt.“

Josie nickte. „Das ist gut.“ Ein Lächeln breitete sich langsam auf ihrem Gesicht aus. „Mit ein bisschen Verrücktheit kann ich umgehen. Das wäre mal eine schöne Abwechslung, Miss Vernünftig!“

„Das Problem ist, dass ich mir den Luxus, verrückt zu werden, nicht leisten kann. Ich habe Verpflichtungen und die Menschen erwarten von mir … na ja, sie erwarten, dass ich *ich* bin.“

„Ist doch egal, was andere von dir erwarten. Mach, was du willst.“

„Das ist nicht so einfach“, sagte Elizabeth und bemühte sich, nicht wütend zu werden.

„Also gut.“ Josie überschlug ihre Beine auf der Couch und richtete sich auf. „Wenn du alles machen könntest, egal was, was würdest du tun?“

„Ich weiß nicht.“ Was für eine lächerliche Frage. Man konnte nicht einfach machen, was man wollte. So funktionierte die Welt nicht. Und dennoch schweiften ihre Gedanken ab. Sie würde einfach ihre Tasche packen, nach Hope Cove fahren und Max suchen. Aber natürlich wäre er nicht dort, es war also eine verrückte Idee. Er wäre zuhause in seiner Küche und würde das

Frühstück mit seiner Verlobten genießen. Der bloße Gedanke daran löste Schwindelgefühle in ihr aus.

„Sag's mir!“, rief Josie aufgeregt. „Du hast etwas im Kopf, ich weiß es. Sag mir, was du tun würdest, wenn du einfach mal alle Vernunft beiseitelegen könntest.“

„Ich würde gar nichts tun“, sagte Elizabeth und stand abrupt auf. „Ich bin schon viel zu lange Miss Vernünftig, als dass ich noch imstande wäre, die Vernunft über Bord zu werfen.“

„Gehst du schon?“, fragte Josie enttäuscht.

„Ich fahre besser nach Hause zu Phil“, sagte sie, auch wenn ihr der Gedanke nicht behagte. Aber sie musste weg. „Danke für den Kaffee.“

„Danke für die Schuhe“, rief Josie ihr hinterher.

Zuhause angekommen dauerte es nicht lange, bis Elizabeth sich wünschte, sie hätte Josies Couch nie verlassen. Phil folgte ihr unentwegt durch das Haus und stellte ihr eine Unmenge an unwichtigen Fragen. Nein, sie hatte nicht weiter darüber nachgedacht, was sie sich während der Hochzeitsreise ansehen konnten. Ja, sie würde seine Mutter anrufen und sie über den Stand der Vorbereitungen in Kenntnis setzen. Nein, sie wollte nicht essen gehen. Warum konnte er sie nicht einfach in Ruhe lassen?

„Ich habe noch Arbeit zu erledigen“, stöhnte Elizabeth schließlich. „Ich fürchte, ich werde mich den ganzen Nachmittag im Arbeitszimmer verkriechen. Warum fragst du nicht deinen Dad, ob er Lust auf eine Partie Golf hat?“

Er kniff ihr in die Wange. „Gute Idee.“

Sie wünschte ihm viel Spaß und ging hinauf in das Arbeitszimmer, bis sie ihn gehen hörte. Das Haus den ganzen Nachmittag für sich zu haben, fühlte sich wie Luxus an. Sie legte sich auf die Couch, starrte an die Decke und überlegte, wie alles nur so schieflaufen hatte können. Sie vermisste Max so sehr. Ein Teil von ihr sehnte sich danach, ins Auto zu springen und nach ihm zu suchen. Aber was wäre dann? Würde er tatsächlich seine Verlobte verlassen und mit ihr durchbrennen? Das war doch absurd. Sie wusste nur, dass sie nicht noch einmal fortgehen könnte, wenn sie die Gelegenheit hätte, noch einmal an diesen einen Morgen am Strand zurückzukehren. Sie würde allem zustimmen, egal wie abenteuerlich es klingen mochte. Hätte sie geahnt, wie sehr sie ihn vermissen würde, wäre sie niemals abgereist.

Hätte sie doch nur seine Handynummer genommen. Sie würde ihn jetzt anrufen, nur, um seine Stimme zu hören. Tränen liefen langsam über ihre Wangen und sie wischte sie eilig fort. Was dachte sie sich nur? Wollte sie wirklich dieses Leben aufgeben, für das sie so hart gearbeitet hatte? Würde sie einfach ihren Job aufgeben? Phil? Ihr Zuhause? Und selbst wenn sie das täte, wäre sie dann glücklich?

Sie musste aufhören, Dinge für selbstverständlich anzusehen und ihre negative Grundeinstellung ablegen. Sie hatte ein tolles Leben und musste sich auf die positiven Dinge fokussieren. Sie würde sich voll und ganz auf Phil konzentrieren und daran denken, wie glücklich sie sich schätzen konnte. Sie sprang von der Couch und entschied, dass sie einkaufen gehen und ein romantisches Abendessen vorbereiten würde.

Alles würde gut werden.

KAPITEL 28

Nach einigem Überlegen entschied sie sich für überbackenen Lachs mit Zitrone und schwarzem Pfeffer an Kartoffeln und Spargel. Es war ein recht einfaches Gericht, aber sie war dennoch stolz auf sich.

„Warum hast du gekocht?“, fragte Phil, als er nach Hause kam. „Ich wäre doch mit dir essen gegangen.“

„Mir war nach einem Essen zuhause“, sagte sie. „Ich glaube, ich werde in Zukunft öfters kochen. Es hat Spaß gemacht.“

Sie wartete, bis er den richtigen Wein zu dem Lachs ausgesucht hatte, dann setzten sie sich an den Tisch. Sie hatte vorgehabt, den Tisch mit Tischdecke und Kerzen zu schmücken, aber am Ende war es ihr dumm vorgekommen. Phil hätte bestimmt nur eine blöde Bemerkung gemacht.

„Wie war’s beim Golfen?“, fragte sie.

„Großartig. Das Wetter war fantastisch und es war nicht allzu viel los. Kann mich nicht beklagen.“

„Wie geht es deinem Dad?“

„Gut. Er geht es jetzt langsamer an, aber das ist das Alter. Übrigens, Mum möchte, dass du sie anrufst. Sie möchte mit dir über die Blumen für die Hochzeit sprechen. Falls du noch keinen Floristen hast, wüsste sie offenbar jemanden.“

„Hmm“, sagte sie und konzentrierte sich weiter auf ihr Essen. „Ich habe eine Nachricht von ihr auf der Mailbox. Ich werde sie später zurückrufen.“

„Hast du denn schon einen Floristen?“

„Nein.“

„Großartig. Mum wird sich freuen. Vergiss nicht, sie anzurufen.“

„Werde ich nicht.“

„Das schmeckt gut“, sagte er. „Vielleicht beim nächsten Mal etwas mehr Zitrone.“

Sie ignorierte ihn.

„Wenn du jetzt mehr kochen willst, solltest du vielleicht einen Kurs belegen.“

Sie schüttelte verärgert den Kopf. „Danke für dein Vertrauen.“

„Nein, es schmeckt gut. Ich dachte nur, wenn dich das interessiert …“

„Können wir bitte keine große Sache daraus machen, dass ich heute mal gekocht habe?“

„Tut mir leid“, murmelte er.

Für eine Weile aßen sie schweigend, begleitet nur vom Kratzen des Bestecks auf den Tellern und dem Dunstabzug im Hintergrund, den Elizabeth vergessen hatte, auszuschalten.

„Wie war die Arbeit diese Woche?“, fragte Phil. „Hast du die Woche Urlaub schon aufgeholt?“

Ihr Herz raste. Der Urlaub. Max. Sie versuchte wirklich, nicht an ihn zu denken, aber ihre Gedanken schweiften immer wieder ab. „Die Arbeit ist okay“, sagte sie. „Es ist schön, wieder dort zu sein.“

„Karen hat dich bestimmt vermisst.“

„Ja.“ Obwohl sie sich bei Karen für ihren Ausbruch entschuldigt hatte, war die Stimmung zwischen den beiden für den Rest der Woche angespannt geblieben. „Wir hatten eine kleine Diskussion.“

„Wirklich? Worüber denn?“

„Ach, die Arbeit. Nichts Wichtiges. Aber jetzt ist die Stimmung etwas eigenartig."

„Du solltest mit ihr sprechen und das klären. So eine Atmosphäre bei der Arbeit ist nicht schön, vor allem bei der vielen Zeit, die du dort verbringst. Und Karen ist eine gute Freundin."

„Das ist sie. Du hast recht, ich sollte mit ihr sprechen."

„Außerdem musst du dich weiter gut mit ihr stellen, wenn du ihren Job haben willst."

„Du lässt mich hinterlistig klingen", sagte sie. „Karen weiß, dass ich ihren Job will und sie übergibt ihn mir gerne, wenn sie in Rente geht."

„Wo wir von unseren Chefs sprechen, habe ich dir erzählt, dass ich letzte Woche bei Dennis war? Ich bin vor der Präsentation noch einmal alles mit ihm durchgegangen."

Elizabeth nickte. „Wie geht es ihm?"

„Ganz okay. Das schwierigste für ihn ist, dass er nicht ins Büro kann. Aber was ich sagen wollte, die haben einen tollen Holzofen. Ich dachte, das wäre auch was für unser Wohnzimmer."

Sie runzelte die Stirn. „Wir haben keinen Kamin."

„Wir könnten einen einbauen lassen."

„Das klingt nach einem großen Umbau."

„Es wäre gemütlich im Winter. Ich dachte, dir gefällt der Gedanke, dich vor dem Feuer an mich zu kuscheln."

„Das klingt nett." Ihr Herzschlag beschleunigte sich erneut und es drängte sich ihr der Gedanke auf, dass sie in diesem Moment bei keinem Lügendetektortest gut abschneiden würde. Die Vorstellung von Kuscheln am Kaminfeuer war herrlich. Aber nicht mit Phil.

Ihre Gedanken machten ihr Angst. Sie würde Phil in ein paar Monaten heiraten und sollte nicht so gleichgültig über ihn denken.

„Ich werde mich mal erkundigen", sagte er.

Als sie fertig gegessen hatten, stellte sie die Teller in die Spüle und drehte den Wasserhahn auf.

„Stell sie doch in den Geschirrspüler", sagte Phil.

Sie hatte nicht einmal bemerkt, dass sie mit dem Abwasch begonnen hatte, brauchte aber unbedingt etwas, um sich zu beschäftigen. Phil schlang seine Arme um ihre Hüfte. „Warum sehen wir uns nicht einen Film an? Ein bisschen Entspannung würde dir guttun."

„Schon gut", sagte sie und zuckte zusammen, als er ihren Hals küsste. „Ich räume hier auf und muss dann noch arbeiten."

„Ich dachte, du hättest am Nachmittag gearbeitet?", sagte er, entfernte sich von ihr und verschloss die Weinflasche.

„Ich war einkaufen und habe gekocht. Es ist nicht mehr viel, aber ich möchte es fertigbekommen. Sieh du dir doch einen Film an."

„Okay", sagte er, bevor er im Wohnzimmer verschwand.

Elizabeth fühlte sich merkwürdig erschöpft, als sie sich ins Arbeitszimmer setzte und ihren Laptop aufklappte. Es gab nichts Bestimmtes, das erledigt hätte werden müssen, aber sie wollte alleine sein und Phil würde sie in Ruhe lassen, wenn er dachte, dass sie arbeitete.

Ihre Finger schienen sich zu verselbstständigen und tippten Max' Namen in eine Suchmaschine ein. Da sie seinen Nachnamen nicht kannte, fügte sie noch „Kosmetikfirma" und „Anwalt" hinzu. Dann drückte sie rasch auf Abbrechen, als sie erkannte, wie verrückt das war. Wenn sie ihn wirklich finden wollte, könnte sie das auch. Sie könnte zum Beispiel bei seinen Tanten auf der Farm anrufen, anstatt ihn im Internet und ohne seinen Familiennamen zu suchen. Oder sie könnte nach Hope Cove fahren und die Einheimischen fragen. Irgendwer hätte bestimmt die Kontaktdaten seiner Mutter, nachdem sie dort ein Haus hatte. Oder sie könnte eine Nachricht unter der Tür des Seaside Cottage hindurchschieben.

Wieder einmal fragte sie sich, was sie sich erhoffte. Sie kannte Max nur eine Woche und konnte doch nicht ihr Leben für ihn über den Haufen werfen. Diese irrationalen Gedanken brachten sie um den Verstand und sie musste sich dringend wieder unter Kontrolle bekommen.

Nachdem sie die Suchmaschine geschlossen hatte, las sie ihre privaten E-Mails und staunte über eine ungelesene Nachricht, die sie sich selbst geschickt hatte. Im Anhang fand sie das Dokument, das Emily auf ihrem Computer bearbeitet hatte. Aus einer Laune heraus öffnete sie es und begann zu lesen.

Der Wortanzahl nach zu schließen, war es ein ganzer Roman und schon bald war Elizabeth komplett in die Geschichte eingetaucht. Erst Stunden später, als die Buchstaben begannen, auf dem Bildschirm zu verschwimmen, und sie blinzeln musste, um sich zu konzentrieren, bemerkte sie, wie viel Zeit vergangen war. Es war fast Mitternacht. Phil hatte irgendwann einmal seinen Kopf ins Zimmer gesteckt und gesagt, dass er ins Bett gehe, woraufhin sie, ohne den Blick vom Bildschirm zu lösen, gemeint hatte, sie komme gleich nach.

Als sie endlich neben ihn ins Bett schlüpfte, schlief er bereits tief und fest.

KAPITEL 29

Elizabeth schlief bis spät in den Sonntagvormittag hinein. Phil ging gerade in Richtung Dusche, als sie aufstand.

„Ich dachte, ich bereite einen kleinen Brunch für uns zu", sagte sie, als sie ihm auf dem Treppenabsatz begegnete.

„Noch mehr Kochen? Bist du krank?"

„Ha ha", sagte sie trocken. „Dann mache ich also nur für mich etwas?"

„Ich ärgere dich doch nur. Ich bin mit allem zufrieden."

Sie bereitete einen Obstsalat zu und stellte ihn neben den Joghurt auf den Tisch. Der Orangensaft stand bereits in der Karaffe auf dem Tisch und vorgebackene Brötchen bräunten im Ofen vor sich hin. Außerdem kochte sie ein Schinken-Käse-Omelett.

Ihr Laptop stand offen auf der Kücheninsel und sie schielte immer wieder auf Emilys Roman. Sie konnte nicht sagen, ob Emily ihn geschrieben hatte oder ob sie ihn für jemand anderen überarbeitete, aber eines stand fest: Er war sehr gut geschrieben und Elizabeth las ihn mit Begeisterung.

„Was ist so lustig?", fragte Phil, als er in die Küche kam und sie über den Computer gebeugt stehen sah.

„Ach gar nichts“, sagte sie und drehte sich rasch zu den Brötchen im Ofen. „Ich habe nur etwas Lustiges gelesen.“ Sie schob die Brötchen in den bereitstehenden Brotkorb und stellte den dann auf den Tisch.

„Arbeit?“, fragte er, als sie sich wieder dem Omelett widmete. Sie war sich ziemlich sicher, dass sie es zu lange in der Pfanne gelassen hatte, aber das war ihr egal. Phil küsste sie auf die Wange und sie lächelte ihm zu. Es war ein aufrichtiges Lächeln und sie erinnerte sich daran, wie sehr sie ihn einmal geliebt hatte. Sie war glücklich gewesen, damals.

„Nein“, antwortete sie. „Ein kleines Nebenprojekt, nichts Wichtiges.“

Er sah sie neugierig an, stellte jedoch keine weiteren Fragen.

„Das sieht toll aus“, sagte er und ging an den Tisch.

Es war alles recht einfach gehalten, aber das Ausmaß war durchaus beeindruckend. Wer immer einen Blick in die Küche geworfen hätte, würde ein perfektes Paar sehen, das einen herrlichen Brunch zu zweit genoss. Doch leider schlief die Unterhaltung bald ein und Elizabeths fehlender Appetit ließ sie lediglich im Essen herumstochern. Immerhin konnte man ihr nicht vorwerfen, sie hätte es nicht probiert.

Emilys Augen waren weit aufgerissen und zuckten vor Angst, als Elizabeth sie am Montagmorgen in ihr Büro bat. Sie würde es in der Zeitschriftenwelt nie weit schaffen, dachte Elizabeth. Ihr fehlte die gewisse Schärfe, die man brauchte, um voranzukommen.

„Sieh nicht so besorgt drein“, sagte Elizabeth und bedeutete ihr, sich zu setzen.

„Okay“, antwortete Emily und schluckte schwer.

„Ich möchte mit dir über das Dokument reden, das du letzte Woche auf meinem Computer offengelassen hast. Hast du das geschrieben?“

„Ja. Es tut mir leid. Ich hätte fragen sollen, ob es in Ordnung ist, deinen Computer zu verwenden. Ich dachte nur …"

„Es stört mich nicht, dass du meinen Computer benutzt hast. Aber du hast einen Roman geschrieben?"

„Ja", antwortete Emily und war offensichtlich verwundert über die Frage.

„Er ist richtig gut."

„Oh nein, das ist er nicht." Sie schwieg für einen Moment und zog die Augenbrauen hoch. „Hast du ihn gelesen?"

Elizabeth nickte langsam. „Ja."

„Ganz?"

„Ich konnte ihn nicht weglegen." Sie hatte den ganzen Sonntag mit Lesen verbracht und es war eine schöne Abwechslung gewesen. „Er hat mir wirklich gut gefallen."

„Es ist doch nur eine schnöde Schnulze …"

„Ist es nicht!", entgegnete Elizabeth. „Die Geschichte ist viel mehr als das. Sie ist lustig und raffiniert geschrieben. Sie hat mich sowohl zum Lachen als auch zum Weinen gebracht und mich daran erinnert, wie gerne ich früher gelesen habe."

Es war der erste Roman, den sie seit Jahren gelesen hatte, und es hat sich so unbeschreiblich gut angefühlt, in die Geschichte einzutauchen und alles rundherum zu vergessen. Es hatte sie auch daran erinnert, warum sie auf ihrer jetzigen Position gelandet war. Als Jugendliche hatte das Lesen einen großen Stellenwert in ihrem Leben. Sie hatte immer ein Buch dabeigehabt und hätte das Haus nie ohne eines verlassen, weshalb sie das Schreiben zu ihrem Beruf machen wollte und sich für das Journalismus-Studium entschieden hatte.

Irgendwann hatte sie erkannt, dass sie gut im Lektorieren war und hatte sogar ein Praktikum bei einem Verlag absolviert. Für eine Weile hatte sie davon geträumt, die Romane großer Schriftsteller zu lektorieren und dann im Buchgeschäft auf die Bestseller zu zeigen, die sie bearbeitet hatte.

Doch dann hatte sie die Stelle bei der Zeitschrift bekommen und auf das Lektorieren vergessen. Nun verbrachte sie ihre Zeit mit dem Managen von Personal, Budgets und Layouts. Es waren allesamt Aufgaben, die nur wenig mit ihren einstigen Zielen zu tun hatten. Sie hatte aufgehört, in ihrer Freizeit zu lesen, da sie einfach nicht mehr genügend Zeit hatte.

„Niemand sonst hat den Roman gelesen", sagte Emily mit Tränen in den Augen. „Ich habe mich nicht getraut, ihn irgendjemandem zu zeigen."

„Das solltest du aber." Ein gewisser Stolz breitete sich in Elizabeth aus. „Du solltest ihn der Welt zeigen." Sie blickte Emily ernst an. „Wirklich, du solltest versuchen, einen Verlag zu finden."

„Nein", schüttelte Emily den Kopf. „Dafür ist der Roman noch nicht gut genug."

„Er braucht noch ein bisschen Feinschliff", sagte Elizabeth. „Ich habe mich gefragt, ob ich das für dich übernehmen könnte ..."

„Ich kann mir kein Lektorat leisten", wehrte Emily rasch ab.

„Ich verlange nichts dafür."

„Wirklich?"

„Wirklich. Es würde mir Spaß machen."

Bevor sie sich versah, fand sich Elizabeth in einer festen Umarmung wieder und Emily schniefte in ihre Schulter. „Danke", schluchzte sie.

Als Emily Elizabeths Büro verließ, traf sie auf Karen, die gerade eintreten wollte.

„Was ist los mit ihr?", fragte Karen. „Du hast sie doch nicht etwa gefeuert?"

„Nein, es geht ihr gut."

„Okay", sagte Karen verwundert. „Geht es dir gut?"

„Ja. Hast du eine Minute?"

„Natürlich." Karen lächelte und schloss die Tür hinter sich.

„Ich schulde dir eine Entschuldigung für letzte Woche", sagte Elizabeth.

„Du hast dich bereits entschuldigt", entgegnete Karen. „Ist schon gut. Ich habe mir nur Sorgen um dich gemacht."

„Trotzdem finde ich, dass die Stimmung zwischen uns angespannt ist und das ist meine Schuld. Es ist nur …“ Elizabeth hielt inne und atmete tief ein. Vielleicht half es, über die Dinge zu sprechen. „Als du mich über den Kerl in Devon ausgefragt hast, war ich so aufgebracht, weil du recht hattest. Irgendwie.“

Karen lächelte sie teilnahmsvoll an. „Was ist passiert?“

„Nicht viel“, sagte Elizabeth schulterzuckend. Das stimmte nicht. Sie hatte nicht mit ihm geschlafen, aber ansonsten war viel passiert. „Wir haben die ganze Woche gemeinsam verbracht und irgendwie habe ich mir eingeredet, dass das alles doch ganz harmlos war.“ Sie seufzte frustriert. „Und jetzt kann ich nicht aufhören, an ihn zu denken.“

„Habt ihr noch Kontakt?“

„Nein. Ich habe ihm gesagt, dass ich verlobt und glücklich bin, und dass ich das nicht aufs Spiel setzen möchte.“

„Gut“, sagte Karen ruhig. „Hast du Phil davon erzählt?“

„Ich wüsste nicht wie. Soll ich ihm etwa sagen, dass ich einen anderen Mann geküsst habe? Dass ich den anderen Mann wirklich gern mag und nicht aufhören kann, an ihn zu denken? Dass ich mir nicht sicher bin, ob ich ihn noch liebe? Dass ich denke, dass wir unsere Hochzeit besser absagen sollten?“ Ihre Augen füllten sich mit Tränen. „Ich weiß nicht, was ich tun soll.“

„Du weißt, dass ich gerne darüber spotte, dass Phil ein Idiot ist, wie alle Männer. Aber ganz ehrlich, Phil ist ein guter Mann und ihr passt gut zusammen. Wirf das nicht weg für einen Flirt.“

„Ich weiß. Aber ich bin so zwiegespalten. Bei Phil fühlt sich alles so schwierig an und ich habe das Gefühl, dass wir uns über nichts einig sind. Ich verkneife mir ständig irgendwelche Kommentare, damit wir nicht streiten.“

„Eine Beziehung ist harte Arbeit“, sagte Karen. „Ich wünschte, ich hätte mehr für meine Ehe getan.“

„Aber denkst du nicht auch, dass du einfach die falsche Person geheiratet hast? Was, wenn Phil und ich nicht für einander bestimmt sind? Wäre es nicht besser, das jetzt zu erkennen als später, wenn wir schon verheiratet sind?“

„Aber du liebst Phil doch“, beharrte Karen.

„Das sage ich mir auch immer wieder, aber diese Zweifel bleiben. Zum Beispiel haben wir beide gesagt, dass wir keine Kinder wollen. Das macht mich nun nervös. Was, wenn ich meine Meinung geändert habe?“

„Du warst dir doch immer sicher, dass du keine Kinder willst.“

„Vielleicht. Und vielleicht stimmt das auch.“

Zumindest nicht mit Phil. Aber was, wenn sie mit jemandem zusammen wäre, der Kinder haben wollte? Vielleicht würde sie dann anders denken.

„Das ist etwas, das du mit Phil besprechen solltest“, sagte Karen. „Aber der Flirt mit dem Kerl vom Strand ist nicht echt. Er ist nur aufregend, weil er neu und anders ist. Du kennst ihn doch nicht einmal wirklich und was würdest du schon tun? Mit ihm davonlaufen und ein neues Leben beginnen?“

„Nein“, sagte Elizabeth und ihre Mundwinkel verzogen sich zu einem Grinsen. Sie sagte sich immer wieder, dass es verrückt war, aber es klang noch skurriler, wenn es jemand laut aussprach. „Es fühlt sich im Moment nur alles ein wenig eingeschlafen an.“

„Du und Phil, ihr seid schon lange zusammen. Da schlafen die Dinge eben ein wenig ein, aber das bekommt ihr schon hin. In fünf Jahren wirst du glücklich verheiratet sein und sogar auf meinem Sessel sitzen, alle herumkommandieren und es wird dir gefallen. Alles wird gut werden, du wirst schon sehen!“

„Du hast recht“, sagte Elizabeth und wünschte sich, sie könnte angesichts ihrer Zukunftsaussichten genauso enthusiastisch sein wie Karen.

„Natürlich habe ich das“, erklärte Karen. „Nimm meinen Rat an. Vergiss diesen Urlaubsflirt und konzentriere dich auf Phil und die Hochzeit. Du wirst heiraten … das ist aufregend!“

„Danke.“ Das war genau das, was Elizabeth gebraucht hatte. Ein sanftes Schulterrütteln und einen Realitätsabgleich.

Sie war frisch motiviert und fest entschlossen, Karens Rat anzunehmen.

KAPITEL 30

Nachdem sie zwei Wochen lang entschlossen Karens Rat befolgt hatte, fühlte sich Elizabeth noch immer unverändert. Wobei das vielleicht nicht ganz stimmte: Sie fühlte sich sogar noch schlechter. Zu ihren Beziehungsproblemen mit Phil kam hinzu, dass sie ihre Arbeit als zunehmend frustrierend empfand. Daher war der Plan, sich mit Arbeit abzulenken, nicht so effektiv, wie er es hätte sein sollen.

Sie war lieber im Büro als zuhause, aber eigentlich arbeitete sie nur ihre To-Do-Listen ab. Nichts von dem, was sie tat, fühlte sich inspirierend oder wertvoll an – mit einer Ausnahme: In ihrer Freizeit lektorierte sie Emilys Roman und war begeistert von ihrer neuen Aufgabe. Sie wünschte, sie könnte mehr Zeit dafür aufwenden.

Elizabeth dachte noch immer oft an Max und vermisste ihn sehr, was lächerlich war. Einfach lächerlich. Karen hatte recht, was ihren Flirt betraf: Er hatte nichts zu bedeuten. Sie würde doch nicht einfach glücklich in den Sonnenuntergang laufen und ein neues Leben mit Max beginnen.

Dennoch nagte etwas an ihr. Was, wenn ihre Gefühle gegenüber Max gar nicht der Grund für ihre Beziehungsprobleme mit Phil waren? Was, wenn die Probleme schon vor Max dagewesen waren? Vielleicht hatte sie tief im Inneren bereits Zweifel an der Hochzeit mit Phil gehegt und Max hatte diese nur ans Tageslicht befördert.

Für jemanden, der gewöhnlich sehr selbstsicher war, fiel es ihr äußerst schwer, ihre Gedanken und Gefühle im Zaum zu halten. Sie redete sich immer wieder ein, dass alles gut war, nur um fünf Minuten später den Drang zu verspüren, sofort ins Auto springen und davonfahren zu müssen. Irgendwohin. Egal wo. Sie wollte einfach nur wegfahren und nie wieder anhalten.

Mit einem Schlag war schon wieder Freitag und sie hatte Phil versprochen, dass sie am Wochenende ein wenig Zeit miteinander verbringen würden. Das Büro war bereits leer, mit Ausnahme von Elizabeth, die auf den Bildschirm starrte, unwillig, nach Hause zu gehen. Ihr ganzes Leben fühlte sich wie eine Lüge an und sie wusste nicht, wie lange sie das alles noch aushalten würde.

Phil würde sich fragen, wo sie blieb.

Sie war mit dem Auto in die Arbeit gefahren. Die längere Fahrt machte ihr nichts aus, denn sie verschaffte ihr ein wenig Zeit für sich und das war das, wonach sie sich zusehends sehnte. Als sie an diesem Freitagabend in das Auto stieg, war ihr Verlangen, nicht nach Hause fahren zu müssen so groß, dass sie einem Impuls folgend eine SMS an Phil schickte, um ihm zu sagen, dass sie Josie besuchen müsse, aber nicht lange brauchen würde.

~

Josie antwortete nicht auf ihr Klingeln, sodass Elizabeth ins Haus hineinschlüpfte und die Treppen hinaufging, als jemand das Gebäude verließ. Sie klopfte an Josies Tür und fürchtete bereits, sie wäre nicht daheim, als Josie endlich in ein Handtuch gewickelt die Tür öffnete.

„Ich dachte schon, du wärst nicht zuhause“, sagte Elizabeth und drängte sich an ihr vorbei in die Wohnung. „Da hätte jeder vor deiner Tür stehen können. Du hättest einfach so irgendeinen verrückten Kerl in die Wohnung gelassen. Du kannst doch nicht einfach die Tür öffnen, wenn jemand dagegen hämmert. Vollkommen unvernünftig!“

„Vergiss den verrückten Kerl“, sagte Josie. „Ich habe gerade eine verrückte *Frau* in die Wohnung gelassen. Lektion gelernt. Was ist los mit dir?“

„Ich habe keine Ahnung“, sagte Elizabeth und ging ziellos im Wohnzimmer auf und ab. „Ich bin vielleicht wirklich verrückt. Ich werde noch irre. Was mache ich nur?“ Sie zog sich harsch ihren Blazer aus und warf ihn durch das Zimmer, als ob sie sich von ihm bedroht fühlte. „Ich hasse diese dummen Klamotten!“

„Okay, du machst mir Angst. Setz dich.“

„Ich hasse sie“, rief Elizabeth und schleuderte ihre schwarzen Pumps mit Pfennigabsätzen von sich.

„Liz! Beruhige dich!“

„Nenn mich nicht Liz! Ich hasse das. Jeder nennt mich ständig Elizabeth oder Liz und ich kann es nicht ausstehen.“

Josie verzog den Mund zu einem angedeuteten Lächeln, als sie sich auf die Couch sinken ließ. „Du weißt schon, dass das dein Name ist? Du bereitest mir langsam wirklich Sorgen.“

„Aber ich hasse ihn“, rief Elizabeth. „Und ich hasse mein Leben.“

„Seit wann?“

„Das weiß ich nicht“, antwortete sie. Doch natürlich wusste sie es. Sie wusste genau, ab wann alles schiefgelaufen war.

„Nun, was genau hasst du denn?“, fragte Josie.

„Einfach alles! Die Arbeit ...“ Sie konnte es nicht über sich bringen, Phils Namen zu nennen, aber er lag ihr auf der Zunge. Hassen war ein starkes Wort und sie war sich sicher, dass sie ihn überhaupt nicht hassen würde, wenn sie nicht Zeit mit ihm verbringen müsste, was nicht gerade ideal war, nachdem sie ihn heiraten würde. „Alles“, sagte sie traurig.

„Ich mache mich gerade bereit zum Weggehen“, sagte Josie wenig beeindruckt.

„Tut mir leid", murmelte Elizabeth und fragte sich, warum sie den Drang verspürt hatte, Josie zu besuchen und ihr von ihren Problemen zu erzählen. Aber sie wollte auch nicht gehen. „Hast du Wein?"

„Keinen in deiner Preisklasse", entgegnete Josie.

Elizabeth rollte mit den Augen. „Bitte."

Seufzend stand Josie auf und machte sich auf die Suche nach einer Flasche Wein. Sie kehrte mit zwei Weingläsern, die nicht zusammenpassten und bis zum Rand mit billigem Weißwein gefüllt waren, zurück.

„Du solltest sie nicht so voll machen", sagte Elizabeth, als sie das Glas vorsichtig an ihre Lippen führte und einen Schluck nahm.

„Egal." Josie nahm ebenfalls einen großen Schluck. „Du wirkst, als könntest du ihn brauchen. Ich muss mich aber fertigmachen, weil ich noch ausgehe." Sie blickte zurück, als sie den Raum verließ. „Dein Handy vibriert übrigens in der Küche."

„Das wird Phil sein", sagte Elizabeth und zeigte keinerlei Absichten, ranzugehen.

Nachdem sie ein paar Schlucke von ihrem Wein getrunken hatte, stand sie auf, wanderte durch die Wohnung und blickte auf das Chaos um sie herum. Sie nahm ein Foto von einem vollgeräumten Bücherregal und betrachtete es. Auf dem Foto waren sie beide als Kinder am Strand in identischen, gepunkteten Schwimmanzügen zu sehen. Auf einem anderen Foto auf dem Regal daneben waren sie mit ihren Eltern zu sehen, versammelt um einen Geburtstagskuchen, auf dem sechs Kerzen brannten. Josie saß in der Mitte und blies die Kerzen aus.

Die einzigen Fotos, die in Elizabeths Zuhause hingen, waren elegant gerahmte Schwarz-Weiß-Fotos von ihr und Phil, die in einem Fotostudio angefertigt worden waren. Es erschien ihr plötzlich komisch, für Fotos zu posieren, anstatt sie in einer alltäglichen Situation zu schießen. Sie betrachtete ein weiteres Foto: ein Selfie von Josie und Emily, das ihren Outfits und ihrem Grinsen nach zu urteilen beim Feiern entstanden war. Emily war kaum wiederzuerkennen. Im Büro wirkte sie immer so nervös, aber auf dem Bild sahen Josie und sie aus, als wären sie bereit, die Welt zu erobern. Ihre Lebensfreude füllte den ganzen Raum aus.

Sie ging zu Josies Schlafzimmer und schob sanft die Tür auf. Josie stand vor dem Spiegel und hielt zwei Oberteile in die Höhe. „Das graue“, sagte Elizabeth.

„Danke.“ Josie warf das graue Top auf das Bett und zog stattdessen das mit Pailletten besetzte Oberteil an. Sie grinste Elizabeth frech an und bewunderte sich im Spiegel. Sie trug zerrissene Jeans, die in Kombination mit dem Top irgendwie ganz okay aussahen. Ihr Make-up war minimalistisch wie immer und ihre braunen Haare hingen ihr locker über die Schultern.

Sie blickte zu Elizabeth, als es an der Tür klingelte. „Ich sollte dich vermutlich fragen, ob du mitkommen willst …“

Elizabeth schüttelte den Kopf. „Ich bin nicht in der Stimmung zum Weggehen.“

„Gott sei Dank“, rief Josie. „Wir treffen uns mit ein paar Jungs und ich will nicht, dass ich wegen dir verkrampft wirke!“

„Kann ich noch ein bisschen bleiben und das hier austrinken?“, fragte Elizabeth und hielt ihr Glas in die Höhe.

„Fühl dich wie zuhause.“ Beim Rausgehen drehte sich Josie noch einmal um. „Bring nächstes Mal deinen eigenen Wein mit!“

KAPITEL 31

Elizabeth hatte nicht vorgehabt, bei Josie zu übernachten, aber die unordentliche Wohnung hatte sich plötzlich so heimelig angefühlt. Es war gemütlich bei Josie. Ein bisschen wie das Seaside Cottage, dachte sie gegen Ende ihres zweiten Weinglases.

Im Fernsehen lief eine romantische Komödie, die sie für ein paar Stunden unterhielt, und als diese fertig war, starrte sie an die Decke, bis sie auf der Couch einschlief.

In den frühen Morgenstunden drehte sie sich ein paar Mal um, als Josie in die Wohnung torkelte, schlief aber schnell wieder ein. Als sie am nächsten Morgen aufwachte, fühlte sich ihr Kopf benebelt an und sie verfiel immer wieder in einen Halbschlaf, bevor sie sich schließlich aufraffte und in der Küche nach Kaffee suchte. Sie wollte Phils verpasste Anrufe und Nachrichten auf ihrem Handy nicht sehen. Doch nach ein paar Schlucken Kaffee stellte sie sich vor, wie er sich um sie sorgte, und so nahm sie ihr Handy hervor, schrieb ihm, dass es ihr gut ging und sie nur bei Josie eingeschlafen war. Sie brachte keine Entschuldigung dafür auf, dass sie ihm Sorgen bereitet hatte.

Es war mitten am Vormittag, als sie Josie weckte.

„Verdammt, Liz!“, schrie Josie, die vor Schrecken beinahe

aus dem Bett gefallen wäre. „Willst du mich etwa umbringen? Wie bist du überhaupt reingekommen?“

„Ich habe auf der Couch geschlafen.“

„Warum?“, fragte Josie, rieb sich die Augen und versuchte, wach zu werden.

„Ich bin einfach eingeschlafen.“

„Du hättest mir zumindest Frühstück machen können“, grummelte Josie und kuschelte sich wieder in ihr Kissen.

„Du hast nichts zu essen da“, sagte Elizabeth. „Aber ich lade dich auf ein Frühstück ein.“

„Ich werde mich so schnell nicht bewegen können.“

„Komm schon. Ab unter die Dusche, dann wird es dir bessergehen.“

Stöhnend quälte sich Josie aus dem Bett. „Das Leben war einfacher, als du noch ignoriert hast, dass es mich gibt“, murmelte sie, als sie in Richtung Dusche schlurfte.

Die Bemerkung war nicht böse gemeint, aber sie brachte Elizabeth zum Nachdenken. Warum brachte Josie sie immer so schnell auf die Palme? Es fiel ihr schwer, Josies flapsige Art zu verstehen, aber sie war kein schlechter Mensch. Warum konnte Elizabeth nicht einfach über ihre Macken hinwegsehen und sie so akzeptieren, wie sie war? Vielleicht war sie eifersüchtig auf ihre Schwester. Josie war immer so unbekümmert gewesen, wohingegen sich Elizabeth wegen allem sorgte.

Sie nahm es ihr auch übel, dass Josie als das Küken der Familie immer alles auf dem Silbertablett serviert bekommen hatte, wohingegen Elizabeth für alles hart arbeiten hatte müssen. Aber jetzt, wo sie so darüber nachdachte, erschien ihr das unwichtig. Sie nahm sich vor, sich mit Josie mehr Mühe zu geben.

Erst als sie im Auto saßen, fragte Josie, wohin sie fuhren.

„Du kannst noch ein wenig schlafen, wenn du willst“, antwortete Elizabeth ausweichend.

Das machte Josie misstrauisch. „Ich habe das Gefühl, ich werde entführt. Wie weit fahren wir genau?“

„Es wird schon eine längere Fahrt“, gestand Elizabeth. „Aber wir halten unterwegs für ein Frühstück an.“

„Ich dachte, wir fahren *zum* Frühstück …“

Elizabeths Gesichtszüge zuckten angespannt. „Wann hatten wir schon zum letzten Mal Spaß zusammen?“

Josie schüttelte den Kopf. „Also gut, entführ mich. Weck mich einfach auf, wenn es Zeit fürs Frühstück ist.“ Sie schloss ihre Augen und war ganz offenbar viel zu verkatert, um Elizabeths Sentimentalität ertragen zu können.

Abgesehen von ihrem kurzen Halt für ein Frühstück, schlief Josie die ganze Fahrt über. Elizabeth sang die Lieder im Radio mit und fühlte sich so gut wie seit ihrem Urlaub nicht mehr.

Sie erreichten Hope Cove am frühen Nachmittag. Drei Wochen waren vergangen, seit sie mit Max hier gewesen war und sie wusste nicht, warum sie den Drang verspürt hatte, zurückzukehren. Aber als ihr die Idee gekommen war, hatte sie sich in ihrem Kopf festgesetzt. Sie parkte an der Kaimauer, stieg aus und nahm einen tiefen Atemzug Meeresluft. Ganz automatisch griff sie nach der Klammer, die ihre Haare zurückhielt. Ihr Haar fiel ihr über die Schultern und sie schüttelte es im Wind.

„Wo sind wir?“, fragte Josie, die langsam die Augen öffnete.

Elizabeth wandte ihren Blick nicht vom Meer ab. „Hope Cove.“

„Okay“, sagte Josie langsam und schüttelte verwirrt den Kopf. „Was machen wir hier?“

„Ich dachte, es wäre schön, einen Tag am Meer zu verbringen,“ sagte Elizabeth strahlend.

Sie fühlte sich mit einem Schlag wie verwandelt, als ob sie das Glück einsaugen könnte. Ein Gefühl, das sie schon lange nicht mehr verspürt hatte. Sie bemerkte, wie Josie sich ebenfalls umsah. Als sich die beiden ansahen, grinsten sie und brachen dann in Gelächter aus.

„Lass uns ein wenig spazieren gehen“, sagte Elizabeth, nachdem sie sich beruhigt hatten. Sie gingen den Hügel hinauf und den Küstenpfad entlang.

„Warum kennst du dich hier aus?“, fragte Josie und schloss zu ihrer Schwester auf. Die frische Luft schien ihrem Kater gut zu tun und so marschierten die beiden in einem guten Tempo nebeneinander her.

„Hier habe ich meinen Urlaub verbracht”, erklärte Elizabeth. „Als Phil arbeiten musste und ich deshalb alleine gefahren bin.“

„Eine lange Fahrt für einen Tagesausflug“, bemerkte Josie. „Was ist so besonders an diesem Ort?”

„Du darfst den ganzen Tag über keine Fragen stellen“, entgegnete Elizabeth. „Sonst machst du alles kaputt.“

Josie nickte und sie gingen schweigend nebeneinander her.

Als sie die Tür in der Hecke des Seaside Cottage erreichten, warf Elizabeth einen kurzen Blick hinein. Sie verspürte den überwältigenden Drang, die Tür aufzudrücken und durch den Garten zu wandern. Sie sehnte sich so sehr danach, Max dort vorzufinden, wie er Kaffee trank und sie anlächelte.

Stattdessen aber verließ sie den Pfad und ging hinunter an den Strand.

„Wo gehst du hin?“, fragte Josie und rannte ihr eilig hinterher.

„Setzen wir uns auf die Steine“, sagte Elizabeth und ging glücklich und mit großen Schritten voraus.

Sie kletterte auf eine Gruppe Steine und suchte sich einen guten Sitzplatz, von dem aus sie aufs Meer hinausblicken konnte. Graue Wolken hingen über ihnen und verhießen Regen, aber Elizabeth sorgte sich nicht im Geringsten über das Wetter. Nichts konnte ihre Laune zerstören. Es war so aufregend, hier auf den Felsen zu sitzen und die Wellen zu beobachten, die an den Steinen ringsum brachen. Immer wieder schlug das Wasser so heftig gegen die Steine, dass ein feiner Sprühnebel sie erreichte.

„Dieser Ort ist fantastisch“, sagte Josie, die sich auf den flachsten Stein in Elizabeths Nähe gesetzt hatte. „Es ist wunderschön.“

„Ich liebe diesen Ort“, sagte Elizabeth.

Josie griff nach einer Schnecke, die den Felsen als ihr Zuhause auserkoren hatte und diesen wohl nie wieder verlassen hätte. „Ich weiß, dass ich keine Fragen stellen soll", sagte sie. „Aber was ist los mit dir?"

Elizabeth überlegte kurz, ob sie sich ahnungslos geben sollte, aber dazu hatte sie keine Kraft mehr.

„Ich glaube, ich weiß nicht mehr, wer ich bin", begann sie zögerlich. „Ich denke immer wieder, dass ich das alles beenden möchte … einfach einen Schlussstrich unter mein jetziges Leben ziehen und etwas Neues probieren. Ich habe alles, von dem ich immer geglaubt hatte, dass ich es wollte, aber ich bin nicht glücklich. Deshalb weiß ich nicht, was ich tun soll. Ich habe versucht, das Gefühl zu ignorieren … aber das scheint nicht zu funktionieren."

„Wow", sagte Josie. „Das hätte ich nicht erwartet."

„Tut mir leid. Hältst du mich für verrückt?"

„Nein, das ist vielleicht das Vernünftigste, was ich je von dir gehört habe. Wenn du nicht glücklich bist, musst du etwas ändern. Das Leben ist zu kurz, um unglücklich zu sein."

„Ich sage mir immer wieder, dass es besser werden wird, wenn ich einfach jeden Tag zur Arbeit gehe und mein Leben weiterlebe. Und vielleicht ist es einfacher, weiterzumachen, auch wenn es mir dabei schlecht geht, anstatt zu versuchen, die Dinge zu ändern. Wer sagt denn, dass es mir dann bessergehen würde?"

Josie schüttelte den Kopf. „Was würdest du tun", fragte sie, „wenn dir alle Möglichkeiten offenstehen würden? Wie würde dein perfektes Leben aussehen?"

Elizabeth gab vor, über die Frage nachzudenken, doch in Wahrheit kannte sie die Antwort bereits. Sie lag genau vor ihr. Von ihrem Platz aus konnte sie das obere Geschoss des Seaside Cottage über die Hecke hinausragen sehen. Sie erblickte sogar einen Teil der Fenster mit den frisch gestrichenen weißen Rahmen.

Wie würde es sich wohl anfühlen, wenn das ihr Haus wäre?

Oder ihres und Max' Haus?

Sie sah wieder auf die Wellen, die gegen die Felsen schlugen. „Was, wenn ich mir das Unmögliche wünsche?"

„Für dich war nie etwas unmöglich", sagte Josie. „Was immer du willst, bekommst du auch. Das ist ehrlich gesagt ziemlich nervig. Aber wenn du dir etwas in den Kopf setzt, dann funktioniert das auch meistens."

„Dieses Mal nicht", sagte Elizabeth, die plötzlich von der Realität eingeholt wurde. Max war in sein normales Leben zurückgekehrt und dachte vermutlich gar nicht mehr an sie. Sie hatte sich von ihren Gefühlen für ihn viel zu sehr einnehmen lassen.

„Dieser Pessimismus passt gar nicht zu dir", sagte Josie und stand ebenfalls auf, als Elizabeth sich erhob.

„Ich bin nur realistisch", sagte sie. „Was ich möchte, ist schlichtweg unmöglich. Ich werde etwas verändern, aber ich muss auch realistisch sein."

Als sie von den Felsen hinunter in den Sand hüpfte, setzte ihr Herz einen Augenblick lang aus. Ein Mann ging den Pfad über ihnen entlang und sie war für einen Moment überzeugt, dass es Max war. Als er näherkam, lachte sie über sich selber. „Ich glaube, ich werde wirklich verrückt", sagte sie und stapfte den Strand hinauf. Wäre es Max gewesen, was hätte sie zu ihm gesagt?

Sie blieb oben auf dem Pfad stehen und überlegte für einen Moment.

„Was machst du?", flüsterte Josie, als Elizabeth die Tür in der Hecke öffnete, kurz prüfte, ob die Luft rein war und dann in den Garten schlüpfte. „Komm", sagte sie zu Josie.

Die beiden liefen wie zwei kichernde Schulmädchen durch den Garten.

„Was machen wir hier?", fragte Josie, als sie sich mit dem Rücken zur Wand neben dem Küchenfenster versteckten. „Das ist unerlaubtes Betreten eines Grundstückes, das weißt du schon, oder?"

„Ich mache das nicht zum ersten Mal!" Elizabeth schielte

durch das Fenster und als sie niemanden sah, lehnte sie sich gegen das Glas und hielt sich die Hände über die Augen, um besser hineinzusehen. Es war niemand zuhause. Keine Menschenseele.

Sie drückte die Klinke der Hintertür hinunter, doch diese war versperrt. Auf der anderen Seite des Hauses stand das Verkaufsschild im Garten. Tränen füllten ihre Augen und sie rüttelte erneut an der Tür, so als ob sie sich dadurch wie von Zauberhand öffnen würde. Traurig lehnte sie ihren Kopf gegen den Fensterrahmen.

„Liz“, sagte Josie sanft, „was ist los?“

„Nichts“, antwortete diese, doch die Tränen liefen ihr unaufhörlich über die Wangen. Er sollte hier sein. In ihrem Kopf war es der einzige Ort, an dem es Max gab. Wenn sie an ihn dachte, dann immer hier in diesem Cottage und deshalb sollte er jetzt auch hier sein. Sie wollte ihm sagen, dass es dumm von ihr war, zu Phil zurückzukehren. Dass sie in Kontakt hätten bleiben sollen. Dass sie alles für ihn aufgeben würde.

„Ich mache mir Sorgen um dich“, sagte Josie und tätschelte sanft ihren Arm. Sie waren nie besonders herzlich miteinander umgegangen und sie war sich nicht sicher, wie ihre Schwester auf eine Umarmung reagieren würde.

„Es geht mir gut“, sagte Elizabeth und wischte sich mit ihrem Ärmel über die Augen. „Ich bin ein Dummkopf. Aber es wird schon alles wieder gut werden.“

Ihre Gedanken quälten sie auf dem Weg zurück ins Dorf und spielten ihr vor, dass Max jederzeit um die Ecke biegen könnte. In Hope Cove angekommen, stellte sie sich vor, dass auch er zurück war. Es war ein aufregender Gedanke, aber auch ein quälender.

Sie besuchten als nächstes die Hope Cove Gallery, da sie gewusst hatte, dass ganz sie nach Josies Geschmack sein würde, und sah ihr dabei zu, wie sie aufgeregt durch den Laden lief.

„Alles ist so schön“, flötete Josie der Frau hinter der Theke zu. „Hier gibt es nichts, was mir nicht gefällt.“

„Ich dachte mir schon, dass es dir gefällt“, sagte Elizabeth.

„Oh, das brauche ich“, rief Josie aufgeregt und hielt vor einer Wand.

„Wirklich?“, fragte Elizabeth und senkte ihre Stimme zu einem Flüstern. „Das ist nur Treibglas an einem Stück Schnur …“

„Es ist wunderschön“, sagte Josie und nahm das Kunststück von der Wand. „Ich werde es ins Fenster hängen. Es wird herrlich aussehen, wenn das Licht darauf scheint.“

Als sie wieder aus dem Laden traten, kam die Sonne hinter den Wolken hervor. Elizabeth blinzelte und wünschte sich, sie hätte ihre Sonnenbrille mitgebracht. „Wie kannst du es dir leisten, Treibglas zu kaufen, wenn du deine Miete nicht zahlen kannst?“

„Ich arbeite nebenbei ein bisschen als Freelancerin“, erklärte Josie, als sie langsam die ruhige Straße mit den farbigen Cottages hinuntergingen. „Nur ein paar kleinere Arbeiten über das Internet, Tipparbeiten und so. Das bringt ein bisschen Taschengeld.“

„Solltest du das nicht für deine Miete verwenden?“

„Wenn ich es für die Miete verwenden würde, hätte ich kein Geld für Essen oder zum Ausgehen … oder für Treibglas!“

Elizabeth hätte darauf so vieles sagen wollen, aber sie wollte den Tag nicht ruinieren und so verbiss sie sich eine Bemerkung.

„Warum hast du nichts gekauft?“, fragte Josie.

„Ich habe mir beim letzten Mal ein Bild gekauft.“

Josie strahlte. „Wie sieht es aus?“

„Ich zeige es dir später, es ist in meinem Auto.“

„In deinem Auto? Was in aller Welt hat es dort zu suchen?“

„Ich habe vergessen, es herauszunehmen“, sagte Elizabeth. Das stimmte nicht ganz. Das Bild verfolgte sie ständig in ihren Gedanken. Zuerst hatte sie sich eingeredet, dass sie warten wollte, bis sie den perfekten Platz dafür gefunden hatte, aber das war nur die halbe Wahrheit. Jedes Mal, wenn sie das Bild ansah, katapultierte es sie zurück nach Hope Cove und zu der Zeit mit

Max. Sie war sich nicht sicher, ob sie den Anblick Tag für Tag in ihrem Haus ertragen konnte. Dann war da noch Phil. Sie wollte ihr geliebtes Bild nicht mit ihm teilen. Sie wollte seine Meinung dazu nicht hören und sie wollte nicht einmal, dass er es ansah. Das war natürlich vollkommen irrational, aber so war es nun mal.

Hinter ihr ertönte eine Stimme. Es war Verity, die Besitzerin des Cafés, die in ihrer üblichen Schürze davorstand und ihr aufgeregt zuwinkte. „Eine Ladung Scones kommt gerade frisch aus dem Ofen."

„Als ob Sie gewusst hätten, dass ich komme", sagte Elizabeth. Sie überquerte die Straße und stellte Josie Verity vor.

„Wie lange bleiben Sie dieses Mal?", fragte Verity.

„Leider nur für einen Tag."

„Sie haben Glück mit dem Wetter", sagte Verity und blickte zum Himmel hinauf. Die grauen Wolken waren vorbeigezogen. „Hier, setzen Sie sich in die Sonne. Was kann ich Ihnen bringen?"

„Eine Kanne Tee und ein paar Scones wären schön."

„Kommt sofort!"

„Der Ausblick ist fantastisch", sagte Josie. Sie hatten denselben Tisch gewählt, an dem Elizabeth an ihrem ersten Morgen in Hope Cove gesessen hatte und genossen den Blick über die Bucht.

Fünf Minuten später servierte Verity ihre Bestellung.

„Ich habe gesehen, dass das Seaside Cottage zum Verkauf steht", bemerkte Elizabeth beiläufig.

„Es ist erst seit ein paar Tagen auf dem Markt." Verity legte Elizabeth eine Hand auf die Schulter. „Ach ja, Sie haben doch geholfen, es zu renovieren, nicht wahr?"

Elizabeth ignorierte Josies verwirrten Blick. „Ja, ein bisschen."

„Sie müssen gute Arbeit geleistet haben", sagte Verity. „Sie haben einen ordentlichen Preis ausgeschrieben …" Sie blickte sich um, bevor sie ihr den Preis ins Ohr flüsterte, als ob sie ein

Staatsgeheimnis weitergeben würde. Elizabeth erschien der Betrag angemessen. „Es wird trotzdem bald verkauft sein."

„Vermutlich", stimmte Elizabeth ihr zu. „Sind die Besitzer noch oft hier?" Sie gab Marmelade auf ihren Scone und hoffte, dass sie so unbeteiligt klang, wie sie es vorzugeben versuchte.

„Überhaupt nicht. Ich weiß gar nicht, wann ich Charlotte zuletzt gesehen habe. Sie war immer schon etwas kurios. Eine nette Frau, aber nicht besonders zugänglich, wenn Sie wissen, was ich meine. Ihr Ehemann hingegen, der war ein Charakter. Ein toller Mann."

Elizabeth nickte und lächelte. „Sie haben also keinen Kontakt mehr zu Charlotte?"

„Oh, nein. Ich kenne sie vom Sehen, aber das war es auch schon. Seitdem sie das Cottage nicht mehr selbst nutzt und es stattdessen vermietet, habe ich sie nur noch selten gesehen." Verity begrüßte einige Kunden und machte sich daran, ihre Bestellungen aufzunehmen.

Elizabeth hatte keine Ahnung, warum sie Verity nach Charlotte gefragt hatte. Was hatte sie sich erhofft? Dass sie Max eine Nachricht übermitteln würde?

„Bist du dir sicher, dass du nur eine Woche hier warst?", unterbrach Josie ihre Gedanken. „Du tratschst ja schon wie eine Einheimische!"

„Ich habe nicht getratscht", verteidigte sich Elizabeth.

„Was hat es mit dieser Renovierung auf sich?"

„Ich habe nur ein bisschen beim Streichen geholfen, das ist alles."

„Geht es um das Cottage, bei dem wir waren? Was ist so besonders daran?"

Elizabeth biss sich auf die Unterlippe. „Du darfst keine Fragen stellen, erinnerst du dich? Iss lieber deinen Scone", befahl sie mit einem Lächeln. „Sie schmecken köstlich."

Josie tat wie ihr befohlen. Als sie ihren Tee getrunken und die Scones gegessen hatten, verabschiedeten sie sich von Verity und gingen zurück zum Auto. Josie bestand darauf, sich das Bild im Kofferraum anzusehen und während sie es musterte, warf Elizabeth noch einen letzten Blick auf das echte Hope Cove. Ihre Gefühlswelt war das reinste Chaos. Alles in allem hatte sie den Besuch in Hope Cove genossen, auch wenn ihr die Rückkehr an diesen Ort schwerer gefallen war, als sie gedacht hatte. Sie verband damit so viele bittersüße Erinnerungen und das Versprechen auf ein Leben, das sie niemals führen würde.

„Fahren wir nach Hause", sagte Elizabeth schließlich.

Sie hatte sich in Hope Cove genug gequält. Nun war es an der Zeit, zu Phil zurückzukehren und sich der Tortur zu stellen, zu der ihr Leben geworden war.

KAPITEL 32

Als sie endlich zuhause ankam, war Phils Lächeln genauso gekünstelt, wie jene, die sie ihm während des vergangenen Monats zugeworfen hatte. Wie war es nur so weit gekommen? Sie wusste, dass er misstrauisch war. Als er Josie früher an diesem Tag angerufen hatte, war das natürlich nicht gewesen, weil er Elizabeth nicht erreichen konnte – denn das war sein Vorwand gewesen –, sondern weil er schlicht nicht glauben konnte, dass sie tatsächlich mit Josie unterwegs war.

Elizabeth war zwar wütend auf ihn, aber er tat ihr auch leid. Nichts von alledem war seine Schuld. Er war nur ein Kollateralschaden des Chaos, das sie angerichtet hatte.

„Hattet ihr eine gute Zeit?", fragte er mit gespielter Fröhlichkeit.

Ihr gezwungenes Lächeln passte perfekt dazu. Er nahm ihr ein paar der Einkaufstüten ab, die sie trug, und folgte ihr in die Küche.

„Es war überraschend nett mit Josie", sagte Elizabeth. „Ich habe erkannt, dass ich mir mit meiner Familie mehr Mühe geben muss und habe deshalb Mum, Dad und Josie für morgen zum Mittagessen eingeladen. Ich war schon im Supermarkt und habe Brathähnchen besorgt."

„Klingt nett“, sagte Phil, aber seine Verwirrung war offensichtlich. Nun, ihr Vorstoß in die Welt des Kochens war zugegeben auch etwas ungewöhnlich. Sie hatte sich bisher weder dafür interessiert, sich selbst in die Küche zu stellen, noch Essen zuhause auszurichten. Lieber ging sie in Restaurants und wurde bedient.

Für sie hatte ein entspannter Abend bisher bedeutet, in ein Restaurant oder eine Weinbar zu gehen. Zuhause hatte sie sich nie recht entspannt gefühlt. Als sie sich nun in ihrem makellosen Haus umblickte, nervte es sie, dass jegliches Zeichen von Emotionalität fehlte. Josies Wohnung war vollgestellt mit allem möglichen Kleinkram und schrie praktisch den Namen ihrer Besitzerin von den Wänden.

Wenn das Zuhause ein Spiegelbild seines Besitzers war, was sagte dann ihres über sie aus, überlegte sie. Dass sie kalt, steril und austauschbar war? Der einzig emotionale Gegenstand, den sie besaß, lag im Kofferraum ihres Autos.

„Was habt ihr beide denn unternommen?“, unterbrach Phil ihre Gedanken. Er setzte sich auf einen Barhocker und wirkte angespannt. Sie gab vor, den anklagenden Tonfall in seiner Stimme nicht zu bemerken.

„Gestern Abend haben wir ferngesehen und Wein getrunken und heute haben wir dann einen Ausflug gemacht.“ Sie fragte sich, wie vage sie mit ihren Antworten bleiben konnte. Während sie fortfuhr, bemühte sie sich, ihn so weit abzulenken, dass er gar nicht erst fragte, wo genau sie gewesen waren. „Wir hatten sogar ziemlich viel Spaß. Es ist zur Abwechslung mal ganz schön, nicht mit ihr zu streiten.“

Phil trommelte mit den Fingern ungeduldig auf der Küchentheke. „Warum wollte sie dich plötzlich ohne jede Vorwarnung sehen? Sie ist manchmal wirklich egoistisch.“

Elizabeth verkrampfte sich. Sie unterbrach das Auspacken ihrer Einkaufstüten und sah zu Phil. Es kostete sie Kraft, Josie nicht zu verteidigen, aber sie war entschlossen, nicht mit Phil zu streiten. Sie war sich nicht sicher, wo das enden würde, wenn sie erst einmal damit anfing und er hatte nichts falsch gemacht. Es war ihre Schuld.

Sie stellte das Hühnchen in den Kühlschrank und schaffte es, ruhig und kontrolliert zu bleiben. „Sie hatte ein paar Ideen für den Junggesellinnenabschied", log Elizabeth mit überraschender Leichtigkeit.

„Den wird doch wohl nicht sie organisieren? Ich bin überrascht, dass du so etwas überhaupt möchtest."

„Es könnte lustig werden", sagte Elizabeth. Und wer, glaubte er, sollte ihren Junggesellinnenabschied sonst organisieren? Sie war derzeit nicht gerade von Freunden umringt. Ein weiterer Punkt, über den sie angefangen hatte, nachzudenken. Ihr Sozialleben existierte praktisch nicht mehr, besonders seitdem sie und Karen nicht mehr ausgingen, sondern ihren Wein im Büro tranken. Sie hatte doch einmal Freunde gehabt – was wohl aus ihnen allen geworden war? Mit ihren zwei Schulfreundinnen Jen und Becky war sie noch sporadisch in Kontakt und traf sich ab und an mit ihnen. Aber wenn sie genau darüber nachdachte, wusste sie gar nicht mehr, wann sie eine von beiden zuletzt gesprochen hatte. Beide hatten Kinder und wollten sich irgendwann lieber zuhause treffen, als in Cafés oder Bars zu gehen, und so war ihre Freundschaft langsam verebbt. Sie erinnerte sich daran, wie sie einmal Jens Haus mit Schnodder auf der Schulter und einer zerquetschten Banane auf dem Ärmel verlassen und sich geschworen hatte, diesen Ort nie wieder zu betreten. Eine tolle Freundin war sie!

Vermutlich war die Arbeit das Problem. Sie hatte sie immer über alles gestellt und erst jetzt fiel ihr auf, dass das vermutlich nicht besonders klug gewesen war.

„Ich bin mir nicht sicher, was Josies Vorstellung von *lustig* ist", meinte Phil. Der abwertende Tonfall, mit dem er über Josie sprach, missfiel ihr, auch wenn sie sich eingestehen musste, dass sie bis vor kurzem genauso unschön über sie gesprochen hätte.

„Sie dachte an ein Wellness-Wochenende. Alles ganz gesittet."

„Vielleicht habe ich sie unterschätzt“, sagte Phil. „Das habt ihr also heute gemacht?“

„Was?“, fragte sie.

„Wart ihr Wellnesshotels ansehen?“

„Ach so, ja, wir haben uns ein paar genauer angesehen.“

Er schwieg und sie konnte sehen, dass er ihre Lüge durchschaut hatte. Die zuvor schon kühle Atmosphäre zwischen ihnen wurde noch frostiger. „Habt ihr etwas gefunden?“

„Das überlasse ich Josie …“

Dann küsste sie ihn, denn seine Fragen machten sie nervös. Und ihre Lügen. Warum log sie nur? Doch der Kuss brachte nicht die erhoffte Entspannung. Stattdessen wurde ihr schmerzlich bewusst, dass sie absolut nichts spürte, während sie Phil küsste. Es war, als ob sie ihn nicht mehr kennen würde. Als ob sie einen Fremden küsste.

Sie war sich sicher, dass auch er es spürte.

Zumindest hatte Elizabeth den Vorteil, dass sie das Problem ihrer Beziehung kannte. Wenn sie doch nur wüsste, wie sie es beheben könnte.

KAPITEL 33

Der Geruch von Brathähnchen hatte eine erstaunliche Wirkung auf das Haus, das sich plötzlich heimelig anfühlte. Elizabeth wühlte sich indessen durch die Schränke, als ob sie sich in einer fremden Küche befand. Sie wusste nicht, welche Töpfe und Pfannen sie wofür nehmen sollte, aber das Kochen machte ihr dennoch Spaß. Es forderte ihre ganze Konzentration – und war damit ein deutlich angenehmerer Zeitvertreib, als mit Phil durch das Haus zu geistern.

„Kann ich dir bei irgendetwas helfen?“, fragte Phil, als er in die Küche kam.

Sie trat an den Herd, um sicherzugehen, dass nichts überlief, und drehte dann die Hitze auf, als sie bemerkte, dass es in keinem der Töpfe kochte.

„Alles unter Kontrolle“, sagte sie fröhlich. „Aber du könntest dich um die Getränke kümmern.“

Zufrieden mit seiner Aufgabe ging er in die Speisekammer, die er in einen Weinkeller umfunktioniert hatte. Er kam mit einer Flasche Weißwein in der einen und einer Flasche Rotwein in der anderen Hand zurück, als es an der Tür klingelte.

„Kannst du aufmachen?“, fragte Elizabeth und versuchte, sich nicht aus der Ruhe bringen zu lassen.

„Die Welt ist doch verrückt geworden!“, verkündete Josie, als sie einen Moment später in einer verwaschenen Jeans und einem schlampigen T-Shirt in die Küche kam. „Du hast ja gesagt, dass du kochen wolltest, aber ich dachte ehrlich gesagt, dass du das jemanden für dich übernehmen lässt. Die arme alte Frau, die für dich putzt vielleicht ...“

„Mrs. Wilkinsons Dienste erstrecken sich nicht auf die Küche“, sagte Phil, der Josie mit ihren Eltern im Schlepptau gefolgt war.

Josie zog amüsiert eine Augenbraue nach oben und Elizabeth errötete, als sie ihre Eltern begrüßte. Es war ihr ein wenig peinlich, dass sie Mrs. Wilkinson zu Beginn ihrer Anstellung tatsächlich gefragt hatte, ob sie auch für sie kochen würde.

„Was für Kartoffeln machst du?“, fragte Josie und spähte in die Töpfe auf dem Herd.

Elizabeth zuckte mit den Schultern. „Ich habe sie einfach gekocht.“

„Lass sie uns in den Ofen schieben“, schlug Josie vor und schob den Topf von der Herdplatte. „Wo ist dein Backblech?“

„Das habe ich schon für das Hühnchen in Verwendung“, antwortete Elizabeth.

Josie fand sogleich ein weiteres und verteilte Öl darauf, bevor sie es in den Ofen schob, um es vorzuheizen.

„Wie lange ist das Hühnchen schon drinnen?“, fragte Josie. „Es sieht schon fast fertig aus.“

„Es sollte noch eine halbe Stunde brauchen“, sagte Elizabeth, die neben ihre Schwester an den Ofen getreten war. Sie wünschte, sie hätte selber daran gedacht, die Kartoffeln im Ofen zuzubereiten.

„Das ist doch alles sehr eigenartig“, befand ihre Mutter. „Meine zwei Mädchen arbeiten in der Küche und keine schreit die andere an.“

Ihr Vater grinste neben ihr. „Gib ihnen fünf Minuten!“

Aber es kam zu keinem Streit, alle verstanden sich gut und die Stimmung war angenehm. Sie aßen im Wohnzimmer und

Elizabeth war überrascht über den Erfolg ihres Essens. Vielleicht war es Josies Hilfe zu verdanken, aber sie war dennoch zufrieden.

Als sie nach dem Essen um den Tisch saßen und Wein tranken, erkundigte sich ihr Vater nach der Arbeit.

„Ganz okay", antwortete Elizabeth wenig überzeugend.

„Du arbeitest zu viel", tadelte sie ihre Mutter.

„Es macht mir nichts aus, viel zu arbeiten."

„Wenn das eine Anspielung auf mich ist, tue ich jetzt so, als hätte ich sie überhört", warf Josie ein.

Elizabeth lächelte sie an. „Das war es nicht."

„Was ist dann das Problem?", fragte ihr Vater.

„Ich weiß es nicht." Sie hielt inne und dachte über die Frage nach. „Ich bin nur schon so lange in der Redaktion und habe das Gefühl, dass es nirgendwohin führt. Meine Arbeit macht mir nicht mehr so viel Spaß wie früher."

„Ich dachte, du wolltest die Firma einmal leiten."

„Das will ich auch", sagte sie. „Oder ich wollte es. Ich weiß es nicht."

„Paris ist noch nicht vom Tisch", warf Phil beiläufig ein. „Sollte dir nach einer Veränderung sein."

Sie zog ihre Augenbrauen zusammen und warf Josie einen müden Blick zu, während ihre Eltern Phil mit Fragen über den möglichen Umzug löcherten.

„Wir werden nicht nach Frankreich ziehen", sagte sie schließlich. Warum hatte er das Thema nur vor ihrer Familie auf den Tisch gebracht?

„Es klingt nach einer tollen Gelegenheit", sagte ihr Vater.

„Ich ziehe nicht nach Frankreich", entgegnete sie und lachte über die absurde Idee, bevor sie Phil einen bösen Blick zuwarf. „Ich bin vielleicht etwas genervt von der Arbeit, aber das heißt nicht, dass ich meine Koffer packen und in ein fremdes Land ziehen will. Was denkst du, soll ich in Frankreich machen?"

„Ich weiß, ich weiß", beschwichtigte Phil sie. „Es ist unrealistisch."

„Es wäre schön, euch in Paris zu besuchen“, schwärmte ihre Mutter.

Elizabeth schüttelte den Kopf. „Das wird nicht passieren. Außerdem habe ich zehn Jahre lang hart für die Redaktion gearbeitet. Ich werde das nicht einfach hinschmeißen.“

„Natürlich“, sagte Phil. „Bald wirst du Herausgeberin sein. Die Idee ist auch völliger Unsinn, ich spreche nicht einmal Französisch.“

Elizabeth war ernüchtert. Der Gedanke daran, Herausgeberin zu werden, reizte sie nicht mehr wie zuvor. Sie hatte so lange darauf hingearbeitet, dass er zu einem Teil von ihr geworden war. Doch der Gedanke daran wurde ihr zusehends unbehaglich.

Glücklicherweise lenkte ihr Vater die Unterhaltung in eine andere Richtung. „Wie geht es deiner neuen Praktikantin?“, fragte er. „Es war nett von dir, dass du Josies Freundin einen Job besorgt hast.“

„Emily macht sich gut. Ich weiß nicht, ob ihr der Job über längere Zeit Spaß machen würde, aber es ist eine gute Erfahrung für sie.“ Sie wandte sich an Josie. „Wusstest du, dass sie ein Buch geschrieben hat?“

„Hmm“, brummte Josie und bearbeitete mit ihrer Zunge einen Zahn. „Ich war deshalb ein wenig sauer auf dich.“

Elizabeth runzelte die Stirn. „Warum?“

„Du hättest es nicht lesen sollen“, sagte Josie ruhig.

Elizabeth ging sofort in die Defensive. „Sie hätte es nicht auf meinem Computer offenlassen sollen.“

„Vielleicht hätte sie nicht deinen Computer benutzen sollen, ohne zu fragen“, sagte Josie und fingerte an ihrem Weinglas herum. „Aber das gibt dir nicht das Recht, das Buch zu lesen. Sie will es für sich behalten.“

„Das sollte sie aber nicht. Es ist sehr gut.“

„Du hättest sie davor zumindest fragen können. Sie war verärgert darüber, dass du es gelesen hast.“

„Sie ist *froh* darüber“, beharrte Elizabeth. „Ich lektoriere es für sie, das spart ihr ein Vermögen.“

„Sie mag vielleicht froh sein, dass du es lektorierst, aber sie war trotzdem schockiert, dass du in ihre Privatsphäre eingedrungen bist. Du hast mich in eine ziemlich peinliche Lage gebracht."

Elizabeth traute ihren Ohren kaum. „*Ich* habe dich in eine peinliche Lage gebracht?"

„Müsst ihr denn immer streiten?", fragte Phil. „Ich dachte, ihr wärt jetzt ein wenig gesitteter."

Josie ignorierte ihn und fixierte Elizabeth mit einem kühlen Blick. „Warum ist das so ungewöhnlich, dass *du* mich in eine peinliche Lage bringen könntest? Du hast dich offensichtlich falsch verhalten und ich finde es merkwürdig, dass du das immer noch nicht verstehst."

„Josie", seufzte ihre Mutter. „Streite dich nicht mit deiner Schwester. Sie hat uns gerade ein leckeres Essen gekocht."

„Alte Streithenne", bemerkte Phil betont heiter.

„Phil, lass das", sagte Elizabeth.

„Also bitte", entgegnete er. „Sie weiß ganz genau, wie sie dich auf die Palme bringt und tut es jedes Mal aufs Neue. Das ist ziemlich unreif."

„Josie …" Ihre Mutter sah sie eindringlich an, so wie sie es früher schon getan hatte, wenn sie den beiden Mädchen eine Entschuldigung entlocken wollte.

„Also gut", sagte Josie schulterzuckend. „Es tut mir leid. Ich wollte nicht streiten, ich wollte es nur gesagt haben."

„Dann räumen wir mal ab", sagte Phil und sammelte die Teller ein.

Elizabeth rührte sich nicht vom Fleck und sah Josie an. Ihre Schwester wirkte nicht wütend und sie hatte auch nicht den Eindruck gemacht, als hätte sie Streit gesucht. Sie hatten sich so gut verstanden, dass es komisch wäre, würde sie jetzt grundlos diskutieren wollen.

Phil rollte hinter Josies Rücken mit den Augen, was Elizabeth ärgerte.

„Vielleicht hat Josie recht", überlegte sie.

„Das ist doch unmöglich“, rief Josie gespielt überrascht.

Elizabeth musste lachen. „Na gut“, sagte sie. „Ich hätte sie fragen sollen, bevor ich es lese. Ich dachte, ich tue ihr einen Gefallen.“

„Das tust du auch“, sagte Josie. „Ich habe nicht gesagt, dass du keine guten Absichten hattest.“

„Tut mir leid“, entschuldigte sich Elizabeth aufrichtig.

Ihre Mutter klopfte Josie auf die Schulter und strahlte ihre beiden Töchter an.

Dann schwirrten alle durch die Küche, trugen Teller und Geschirr herum und begannen aufzuräumen. Phil füllte die Weingläser auf und ließ sich auf einen Barhocker sinken.

„Du hast also den Junggesellinnenabschied schon geplant, Josie?“

Josie sah ihn für einen Moment verwirrt an, fasste sich jedoch rasch, als sie Elizabeths erschrockenen Blick bemerkte. „Darüber sollte ich wohl nicht mit Männern sprechen.“

Phils Lächeln spiegelte sich nicht in seinen Augen wider. „Du hast meine Verlobte das halbe Wochenende in Beschlag genommen, da könntest du mir wenigstens sagen, was du vorhast.“

„Sind Schwestern denn keine Geheimnisse gestattet?“, fragte Josie.

Phil wirkte genervt und Elizabeth vermutete, dass er dieses Spielchen spielte und Josie benutzte, um Elizabeth eine Falle zu stellen. Es war nervenaufreibend. Doch im selben Moment erinnerte sich Elizabeth wieder daran, dass es nicht Phils Schuld war. Er versuchte doch nur herauszufinden, was los war.

„Ich habe dir doch schon gesagt, dass es ein Wellness-Wochenende wird“, warf sie rasch ein. „Nichts Wildes!“

„Das ist eine gute Idee“, sagte ihre Mutter. „Das gefällt mir.“

Elizabeth ging zurück in das Wohnzimmer, um das letzte Geschirr abzuräumen.

Josie folgte ihr. „Was sollte das eben?“, flüsterte sie.

„Lange Geschichte“, antwortete Elizabeth und blickte nervös in Richtung der Küche.

„Das nächste Mal solltest du mir eher Bescheid geben, damit ich die gleiche Geschichte erzähle.“

„Tut mir leid“, sagte Elizabeth und fühlte sich plötzlich völlig erschöpft.

KAPITEL 34

Kurz nachdem sie am Montag das Büro betreten hatte, klopfte Karen an Elizabeths Tür.

„Wie läuft's?", fragte sie.

„Gut", antwortete Elizabeth. Seit ihrem Gespräch über Max hatte sie so getan, als hätten Karens aufmunternde Worte ihr geholfen und als wäre sie wieder ganz die Alte. Alles war großartig – zumindest sagte sie das gegenüber Karen so. Sie wollte nicht noch einmal hören, dass sie sich mit Phil Mühe geben sollte. Sie konnte sich beim besten Willen nicht vorstellen, wie sie sich noch mehr anstrengen könnte.

„Ich bin froh, dass es dir besser geht", sagte Karen. „Das war bestimmt nur die Torschlusspanik vor der Hochzeit."

„Vermutlich", stimmte Elizabeth ihr zu. „Ist bei dir alles in Ordnung?"

„Ja", sagte Karen, seufzte jedoch, als sie sich setzte. „Aber Heidi macht schon wieder Schwierigkeiten. Du wirst wieder einmal dein Taktgefühl und deine Diplomatie spielen lassen müssen. Vielleicht wäre es besser, wenn wir die Horoskope wieder selbst schreiben. Das hat doch immer Spaß gemacht."

„Keine Chance", entgegnete Elizabeth. „Ich mache das nicht mehr. Was ist los mit Heidi?"

„Sie hat keine klare Linie. Pass auf …“ Karen tippte auf ihrem Tablet herum und hielt es Elizabeth dann entgegen. „Das ist Schütze.“

Elizabeth blickte auf den Text. „Das scheint ein bisschen lang zu sein.“

„Es ist viel zu lang und sehr spezifisch.“ Karen las vor: *„Wenn Sie darüber nachdenken, ein neues Kissen zu kaufen, dann ist jetzt der richtige Zeitpunkt dafür.* Ernsthaft? Woher hat sie sowas? *Tragen Sie gelbe Shorts für mehr Glück im Leben.* Das ist für die Dezember-Ausgabe. Wer trägt Shorts im Dezember?“

„Ich werde mit ihr sprechen“, sagte Elizabeth. „Aber es ist ziemlich witzig.“

„Ein paar Leute nehmen das Zeug ernst. Zuletzt erfriert noch eine verirrte Seele, die in gelben Shorts loszieht, um sich ein neues Kissen zu kaufen!“

„Niemand nimmt Horoskope ernst“, warf Elizabeth ein. „Außer vielleicht Heidi.“

„Was bist du? Widder?“ Sie wischte mit dem Finger über das Tablet. „Lass mal sehen …“

„Ich will es nicht wissen.“

„Oooooh!“, rief Karen dramatisch. „Heidi hat sechs Worte für dich. Sechs! Als ob sie diesen Text als letzten geschrieben und keine Lust mehr gehabt hätte.“

„Also dann“, sagte Elizabeth mit einem Lächeln, „her mit den sechs Worten.“

Karen schlug einen mysteriösen Tonfall an. *„Nutze deine Chance. Verändere dein Leben.“*

„Nein“, entgegnete Elizabeth. „Das steht dort nicht.“

„Aber natürlich, lies selbst.“ Karen drehte das Tablet zu ihr und Elizabeth schüttelte den Kopf.

„Das ist doch verrückt“, sagte sie.

„Ich weiß. Du wirst also mit ihr sprechen?“

Elizabeth hielt sich die Hand vor den Mund, doch das

Lachen brach aus ihr heraus und sie konnte es nicht mehr stoppen.

„Das ist nicht lustig“, sagte Karen.

„Doch, das ist es.“ Sie brach in Tränen aus. „Es ist zum Totlachen.“

Karen wurde ernst. „Ich mache mir Sorgen um dich.“

„Das musst du nicht“, sagte Elizabeth und atmete tief durch, um sich zu beruhigen. „Es geht mir gut. Ich werde mit Heidi sprechen.“

Karen verließ das Büro, doch ihre Worte hallten in Elizabeths Kopf wider: *Nutze deine Chance. Verändere dein Leben.* Das hysterische Lachen brach erneut unkontrolliert aus ihr heraus und sie bemerkte gar nicht, in welchem Moment es sich in ein Weinen gewandelt hatte, aber sie fühlte sich furchtbar und es dauerte eine ganze Weile, bis sie sich so weit beruhigt hatte, dass sie wieder arbeiten konnte.

Die Worte beschäftigten sie den ganzen Tag über. Sie hielt Horoskope für Unsinn, aber gleichzeitig glaubte sie, dass ihr das Universum ein Zeichen schickte. Schließlich war es genau das, was sie tun wollte: ihr Leben verändern. Wie lange konnte sie noch weitermachen wie bisher? Es fühlte sich an, als kämpfte sie für etwas, das sie gar nicht mehr wollte.

Sie versuchte sich verzweifelt auf die Arbeit zu konzentrieren, aber ihre Gedanken kehrten immer wieder zu der Frage zurück, ob es möglich wäre, ihren Job zu kündigen. Und Phil zu verlassen. Sie hatte Geld zur Seite gelegt. Er könnte sie aus dem Haus auszahlen und sie würde darüber hinaus nicht viel von ihm wollen. Finanziell war sie in einer guten Position. Wenn Josie wüsste, wie viel Geld Elizabeth auf der hohen Kante hatte, würde sie sich fragen, warum sie überhaupt arbeitete, geschweige denn in einem Job, der ihr keinen Spaß mehr machte.

Zum ersten Mal seit sie denken konnte, ging Elizabeth früher von der Arbeit. Sie fuhr direkt zu Josie.

„Was ist jetzt schon wieder los?“, fragte Josie, als Elizabeth in die Wohnung platzte.

„Nun, zunächst einmal hasse ich meinen Job“, sagte sie und ging im Wohnzimmer auf und ab. „Ich hasse ihn wirklich.“

„Das ist einfach zu beheben.“

Elizabeth setzte sich neben Josie auf die Couch. Während der Fahrt hatte sie zwischenzeitlich ihre Meinung wieder geändert und eine rationale Stimme in ihrem Kopf sagte ihr, sie wolle weder ihren Job noch Phil aufgeben und dass sie einfach nur verrückt war.

„Ich weiß! Ich sollte kündigen! Aber das ist nicht so einfach. Ich habe einen tollen Job. Und in ein paar Jahren werde ich Herausgeberin sein. Wie kann ich das einfach aufgeben?“

Josie zog die Beine an. „Ich sage ja nicht, dass der Job nicht großartig ist. Aber vielleicht ist es nicht der richtige Job für dich …“

Elizabeth versuchte sie zu unterbrechen, doch Josie redete weiter. „Und ich sage auch nicht, dass es einfach ist, seinen Job aufzugeben, aber vielleicht musst du es dennoch tun. Egal, wie schwer es ist.“

Elizabeth zog einen Schmollmund. „Seit wann bist du so klug?“

„Vielleicht seitdem du so verrückt bist!“

Sie lächelten einander an und Elizabeth wünschte sich, all ihre Probleme könnten hier auf der Couch ihrer Schwester gelöst werden. „Es geht nicht nur um den Job“, sagte sie leise.

„Phil?“

Sie biss sich auf die Lippe, erkannte aber, dass sie Josie die Wahrheit sagen musste. Sie rang sich die Worte ab. „Es geht um Max.“

„Max?“ Josie warf die Hände in die Höhe. „Wer in aller Welt ist Max?“

„Jemand, den ich kennengelernt habe. Erinnerst du dich an

die Woche, als ich in Hope Cove war?“

Josie nickte.

„Nun, wir sind uns dort begegnet.“

„Okay.“ Josie klang ehrlich überrascht über ihr Geständnis.

„Ich dachte es wäre nur ein Techtelmechtel oder nicht einmal das, mehr so ein Urlaubsflirt. Aber ich kann nicht aufhören, an ihn zu denken.“

„Was ist mit Phil?“

„Phil ist großartig. Und ich bin einfach eine schreckliche Freundin!“

„Ach Liz“, seufzte Josie. „Sag das doch nicht. Phil ist ein guter Kerl, aber das heißt nicht, dass er zwangsläufig der Richtige für dich ist. Wenn du nicht glücklich bist …“

„Du siehst alles viel zu einfach“, fuhr Elizabeth sie plötzlich an. „Dir fällt das leicht, nicht wahr? Du magst deinen Job nicht? Schmeiß ihn hin! Du hast genug von deinem Verlobten? Verlass ihn doch und such dir einen anderen!“

Josie starrte sie mit aufgerissenen Augen an.

„Ich weiß nicht, warum ich hergekommen bin“, sagte Elizabeth und stand auf. „Frag mich nicht, warum ich geglaubt habe, du könntest mir einen Rat geben.“

„Komm schon, setz dich wieder“, rief Josie. „Du wusstest, was ich sagen würde, und genau das wolltest du hören. Wenn du gewollt hättest, dass dir jemand sagt, du solltest aufhören zu jammern und einfach weitermachen wie bisher, wärst du zu Mum oder Karen gegangen. Aber du bist hierhergekommen, also setz dich und lass uns einen Plan schmieden!“

„Das kann ich nicht.“ Elizabeth stiegen die Tränen in die Augen. „Ich bin nicht wie du. Ich kann doch nicht alles aufgeben, nur weil ich plötzlich etwas anderes will als bisher. Das ergibt doch keinen Sinn.“

Josie zog sie zurück auf die Couch. „Wovor hast du am meisten Angst? Dass du deinen Job aufgibst, Phil verlässt und dann alleine und obdachlos dastehst?“

„Nein!“ Elizabeth wischte sich die Tränen fort. „Ich kann

einen neuen Job finden. Und ich habe Ersparnisse."

„Wovor hast du dann Angst?"

„Dass ich Max nie wiedersehe", sagte sie. Sie atmete tief durch. Es war eine solche Erleichterung, offen über ihn und ihre Gefühle zu sprechen. Normalerweise war sie – was Max betraf – nicht einmal sich selbst gegenüber so ehrlich.

„Also, das ist doch heutzutage kein Problem. Die Welt ist klein. Wir werden ihn im Internet finden."

„Was, wenn er nicht dasselbe fühlt? Er ist ebenfalls verlobt. Vielleicht lebt er einfach glücklich sein Leben weiter."

„Das können wir ganz einfach auf Social Media herausfinden!" Josie griff nach ihrem Laptop. „Wie ist sein Nachname?"

Elizabeth schüttelte den Kopf. „Ich weiß es nicht."

Josie runzelte die Stirn. „Liz, das Internet ist gut, aber nicht *so* gut. Gib mir einen Hinweis. Wo arbeitet er?"

Elizabeth schüttelte erneut den Kopf. „Bei einer Kosmetikfirma."

„Wirklich?", fragte Josie verwundert.

„Er arbeitet dort als Anwalt."

„Das klingt schon mehr nach deinem Typ. Welche Kosmetikfirma?"

„Das weiß ich nicht."

„So kommen wir nicht weiter. Ich weiß nicht einmal, wie es möglich sein kann, sich in jemanden zu verlieben, ohne vorher seine Social-Media-Kanäle überprüft zu haben. Du bist ein ziemlicher Freak!"

„Ich habe nicht gesagt, dass ich mich in ihn verliebt habe", sagte Elizabeth, spürte aber sofort ein Stechen in ihrer Brust. Sie runzelte die Stirn. „Du musst mir helfen! Was soll ich tun?"

„Ich habe keine Ahnung", sagte Josie. „Vielleicht solltest du bei Phil bleiben?"

„Nein!", entgegnete Elizabeth. „Ich kündige meinen Job. Und ich verlasse Phil …" Sie hielt kurz inne und atmete tief durch. „Und dann werde ich Max finden. Irgendwie."

Josie stieß einen Freudenschrei aus.

KAPITEL 35

Elizabeth fuhr an diesem Montagabend nicht mehr nach Hause. Stattdessen schmiedete sie mit Josie Pläne und verfasste ihr Kündigungsschreiben. Was Karen wohl sagen würde? Elizabeth fürchtete sich vor dem Gespräch, doch gleichzeitig verspürte sie auch das schwindelerregende Gefühl der Aufregung. Sie würde es durchziehen: ihren Job kündigen, Phil verlassen, nach Max suchen. Was Letzteres betraf, war sie sich jedoch nicht zu hundert Prozent sicher oder wollte zumindest nicht zu sehr darüber nachdenken. Sie wollte sich keine falschen Hoffnungen machen. Immerhin war er verlobt.

Elizabeth und Josie blieben lange wach und lachten, bis sie in den frühen Morgenstunden auf der Couch einschliefen.

Als Elizabeth am nächsten Morgen nach Hause fuhr, um zu duschen und sich umzuziehen, wartete Phil bereits auf sie. Er schlich wie ein Gefängniswärter herum und bemühte sich, ungezwungen zu wirken, als er fragte, warum sie bei Josie übernachtet hatte. Wenn sie es ihm gleich sagte, wäre es geschafft. So als ob man ein Pflaster abriss: Ich verlasse dich. Es tut mir leid. Tschüss.

Aber es war nicht schnell zu erledigen und es würde kompliziert werden. Sie schuldete ihm eine Erklärung, wusste aber nicht, wo sie anfangen sollte. Stattdessen sagte sie, dass sie es eilig hätte, sie aber am Abend in Ruhe miteinander sprechen würden. So hatte sie es sich vorgenommen. Sie würde ihm alles sagen, ihre Taschen packen und gehen. Es würde ein interessanter Tag werden.

Ihre Entschlossenheit wurde auf die Probe gestellt, als sie mit ihrem Kündigungsschreiben bewaffnet Karens Büro betrat. Sie hielt es zunächst ein wenig versteckt und ließ Karen über bevorstehende Deadlines und Besprechungen sowie andere profane Dinge jammern.

„Ich wollte eigentlich etwas mit dir besprechen …“, sagte Elizabeth ernst, setzte sich und hoffte, Karen würde den Wink verstehen und sich ebenfalls setzen. Erleichtert beobachtete sie, wie Karen tatsächlich zu ihrem Schreibtisch zurückging und sich in ihren Drehstuhl fallen ließ.

„Das klingt ernst.“

„Das ist es auch“, sagte Elizabeth. Sie wusste nicht, ob sie damit herausplatzen oder sich langsam vortasten sollte. Karen würde wohl die direkte Art bevorzugen. „Ich werde gehen …“ Sie stammelte die Worte und als Karen sie verwirrt ansah, begriff sie, dass sie nicht so direkt war, wie sie es beabsichtigt hatte. „Kündigen, meine ich. Ich kündige meinen Job. Hier ist mein Schreiben …“ Sie winkte mit dem Umschlag in ihrer Hand. Das war wohl eindeutig genug.

Karen schüttelte den Kopf. „Du tust was?“ Sie griff nach dem Umschlag, überflog das Schreiben und starrte Elizabeth an. „Du gehst?“

Elizabeth nickte. „Ich weiß, dass die Kündigungsfrist vier Wochen beträgt, aber wenn es möglich ist, würde ich gerne meine zwei Wochen Resturlaub nehmen und in zwei Wochen aufhören.“

Karen schienen die Worte zu fehlen und so brach Elizabeth das Schweigen. „Dann könnten wir noch den nächsten Drucktermin gemeinsam machen und ich denke, dass das ein gutes Timing ist. Ich möchte dich nicht einfach so hängen lassen …“

Ruhig gab ihr Karen das Schreiben zurück. „Ich denke, du solltest noch einmal darüber nachdenken."

Elizabeth war erstaunt. „Nein", sagte sie. „Ich habe lange darüber nachgedacht. Ich brauche eine Veränderung."

„Du warst ein wenig abgelenkt", Karen vermied den Augenkontakt mit Elizabeth und schien laut nachzudenken, „aber ich dachte, es geht dir besser."

„Das war ich wohl. Es geht auch nicht nur um die Arbeit, um ehrlich zu sein. Ich bin in mich gegangen …"

„Ist es die gute alte biologische Uhr? Du hast letzthin Kinder erwähnt. Du kannst auch Familie und Karriere haben. Lass dir nicht einreden, dass das nicht geht."

„Nein." Elizabeth schüttelte den Kopf. Sie hatte geglaubt, dass das einfacher werden würde. „Das ist es nicht. Ich will keine Kinder." Aus dem Nichts tauchte ein Bild vor ihr auf: sie, am Strand von Hope Cove, mit Max, der seinen Arm um sie gelegt hatte und mit ihr ihre Kinder beobachtete, die in den Wellen sprangen. Sie hörte sogar ihr Lachen. Ihre Brust zog sich zusammen, als sie sich zwang, sich auf das Hier und Jetzt zu konzentrieren. „Ich brauche eine Veränderung."

„Dann nimm dir eine Auszeit. Ein Sabbatical. Lade deine Batterien auf und komm dann wieder zurück. Ich halte dir den Job frei."

Elizabeth schüttelte entschlossen den Kopf. Sie sollte sich klarer ausdrücken. „Ich werde wegziehen", sagte sie.

„Wohin?"

Elizabeth zögerte. Wo wollte sie hinziehen? Und wo war ihr ordentlicher Plan? *Job kündigen und Phil verlassen*, das war doch recht vage. Wo sollte sie leben, wenn sie Phil verlassen hatte? Was würde sie arbeiten? Zumindest darüber hatte sie sich Gedanken gemacht. Während sie Emilys Buch lektorierte, hatte sie darüber sinniert, wie es wäre, hauptberuflich als Lektorin zu arbeiten. Es fühlte sich allerdings wie ein Wunschtraum an. Und vermutlich sollte sie sich zuerst Gedanken darüber machen, wo sie wohnen wollte.

Leider fiel ihr bei dieser Frage wieder Max ein, wie er in der Küche des Seaside Cottage für sie kochte, während sie an dem kleinen Tisch saß und ihm zusah. Das war doch lächerlich. Sie konnte nicht ihr ganzes Leben für eine dumme Romanze aufgeben. Oder doch?

„Ich weiß noch nicht genau, wohin ich ziehe …"

„Hat Phil einen neuen Job?", fragte Karen, die zunehmend verwirrt war.

„Nein. Ich werde Phil verlassen", sagte sie rasch. Im selben Moment dachte sie, es wäre vielleicht besser gewesen, ihm zuerst Bescheid zu sagen, aber dafür war es nun zu spät. „Deshalb werde ich wegziehen. Ich werde ganz von vorne anfangen."

Karen sah Elizabeth an, als wäre sie verrückt geworden. In diesem Moment hätte Elizabeth ihr wohl auch zugestimmt.

„Das hat doch nichts mit diesem Kerl in Devon zu tun?"

„Nein", sagte sie. „Nun, ein bisschen."

„Ich dachte, das läge alles hinter dir."

„Nicht wirklich, nein."

„Ich glaube, du brauchst Zeit, um das alles zu durchdenken", sagte Karen herablassend. Sie gab ihr erneut das Kündigungsschreiben zurück.

Elizabeth schob es von sich fort. „Es tut mir leid", sagte sie, nahm sich zusammen und zwang sich, selbstbewusst zu klingen. „Ich weiß, das mag unprofessionell wirken, aber ich habe mich entschieden. Ich habe es mir gut überlegt. Bitte mach es mir nicht noch schwerer."

Karen sah Elizabeth ernst an. „Ich dachte, du würdest Herausgeberin werden."

„Das wollte ich auch. Aber manche Dinge ändern sich. Ich möchte das nicht mehr und kann auch nicht vorgeben, dass ich es noch will."

„Schade, dass du gehen willst", sagte Karen. „Aber wenn du dir sicher bist …"

„Das bin ich."

„Dann wünsche ich dir alles Gute."

„Danke."

Karens Züge erweichten sich. „Wir bleiben doch in Kontakt? Ich werde dich vermissen."

Elizabeth versprach es und schlüpfte dann wieder aus dem Büro. Für den Rest des Tages versuchte sie, ganz normal weiterzuarbeiten, aber es fiel ihr schwer, sich zu konzentrieren. Sie wollte jetzt nicht nachlassen, nur weil sie wusste, dass sie das Unternehmen verließ, aber es war nicht leicht, die Dinge noch wichtig zu nehmen.

Ihre Gedanken gingen auf Wanderschaft, es ließ sich nicht verhindern. Das Bild von Max, das sie ihn Karens Büro vor sich gesehen hatte, ließ ihr keine Ruhe. Es war reine Fantasie und wenn sie ihren Job kündigte und Phil verließ, nur weil sie einer verrückten, romantischen Idee von einer Zukunft mit Max hinterherrannte, dann machte sie einen großen Fehler. Ihre Gründe waren die falschen.

Als sie am Abend nach Hause kam, waren ihre Gedanken bereits klarer und sie fühlte sich besser. Sie tat das alles nicht, um bei Max sein zu können. Sie tat das für sich selbst. Es war das Richtige für sie – egal, ob sie Max wiedersehen würde oder nicht.

Sie blieb noch einmal vor ihrem Haus stehen, sah an ihm hinauf und spürte nichts. Es hatte sich nie wie ein Zuhause angefühlt und sie würde den Ort nicht vermissen.

Phil saß in der Küche und trank ein Glas Wein. Sie nahm an, dass er wusste, was auf ihn zukam. Er musste eine Vorahnung haben.

Als sie sich zu ihm setzte, legte sich ein gequältes Lächeln auf sein Gesicht, das aber genauso schnell wieder verschwand.

„Sei bitte ehrlich zu mir", sagte er und hielt ihr seine Hand entgegen. Sie nahm sie und nickte. „Was ist los mit dir?"

Sie zögerte. Nicht, weil sie nicht wusste, was sie sagen sollte, sondern weil sie es nicht sagen wollte. Er war so lange Zeit ein wichtiger Teil ihres Lebens gewesen und sie wollte ihn nicht verletzen.

„Triffst du dich mit jemand anderem?“, fragte er.

Sie schüttelte den Kopf und Tränen stiegen ihr in die Augen. „Nein.“

„Du sagtest, du würdest ehrlich zu mir sein …“

„Ich treffe mich mit niemandem“, sagte sie traurig. „Aber ich kann so nicht weitermachen …“

„Was meinst du damit?“

Tränen liefen lautlos über ihre Wangen und landeten auf dem Tisch. „Ich liebe dich nicht mehr.“

„Du verlässt mich?“, fragte er.

Sie nickte traurig. „Es tut mir leid.“

„Kannst du mir zumindest erklären, warum?“, fragte er und war dabei viel zu ruhig.

Als sie zögerte, verflog seine Ruhe mit einem Schlag und er schoss von seinem Stuhl hoch. „Wenn es jemand anderen gibt, dann werde ich es sowieso herausfinden. Du kannst es mir also genauso gut persönlich sagen!“

Sie beobachtete, wie er im Raum auf- und ablief. „Ich verlasse dich nicht für jemand anderen“, sagte sie langsam. „Aber ich verlasse dich *wegen* eines anderen.“

Er blieb abrupt stehen. Elizabeth holte tief Luft und hoffte, sie würde ihm die Dinge besser erklären können als Karen.

„Ich habe jemanden kennengelernt, als ich in Devon war.“

Er nickte. Offenbar war ihm aufgefallen, dass sie sich seit ihrem Urlaub verändert hatte. Dass die Probleme danach begonnen hatten.

„Es ist eigentlich nichts passiert“, sagte sie gequält. Mit Phil über Max zu sprechen war merkwürdig. „Wir wurden nur Freunde und ich habe ihn seither nicht mehr gesehen. Aber ich habe etwas für ihn empfunden. Mehr als Freundschaft. Ich habe versucht, wie zuvor weiterzumachen, aber diese Woche hat mich mein ganzes Leben anzweifeln lassen … und ich erkenne nun, dass ich etwas anderes für mich möchte. Ich weiß noch nicht einmal, was das ist, aber ich muss es herausfinden.“

Er schlug mit der Faust auf die Theke, was sie erschrocken

zusammenzucken ließ. Schweigen legte sich über die Küche, als Phil zum Fenster ging und hinaus in den Garten blickte. Ein Teil von ihr wünschte sich, er würde sie anschreien. Ihn so verletzt zu sehen, war schrecklich.

„Ich habe meinen Job gekündigt", sagte sie in dem Verlangen, das Schweigen zu brechen.

Er setzte sich wieder neben sie. „Liebst du mich wirklich nicht mehr?", fragte er. „Können wir das nicht hinbekommen?"

Sie schüttelte traurig den Kopf. „Nein."

„Du weißt also nicht, was du willst, weißt aber, was du *nicht* willst?"

Sie nickte. Genau das war es. Das nächste Kapitel in ihrem Leben war noch ein großes Mysterium, aber sie wusste, dass sie weiterziehen musste. In diesem Moment machte es ihr so viel Angst, dass sie sich beinahe übergeben musste.

Sie hoffte nur, dass am Ende alles gut werden würde.

KAPITEL 36

Phil hatte alles überraschend ruhig aufgenommen. Nachdem sie ihr Gespräch beendet hatten, hatte sie eilig ein paar Dinge gepackt und war zu Josie gefahren. Sie würde ihre übrigen Habseligkeiten ein anderes Mal holen und sie würden sich überlegen müssen, was mit dem Haus geschehen soll. Außerdem mussten sie die Hochzeit absagen. Zum Glück waren sie noch nicht verheiratet, ansonsten wäre alles noch komplizierter gewesen.

Elizabeth lag wach neben Josie, als später am Abend ihr Telefon klingelte. Sie schlich sich aus dem Zimmer, um ranzugehen. Es war Phil. Sie überlegte, den Anruf zu ignorieren, verspürte aber plötzlich Mitleid mit ihm. Sie hatte den ganzen letzten Monat damit verbracht, sich mit ihrer Zukunft zu beschäftigen, und es war eine Erleichterung, dass diese Gedanken nun ihrer Vergangenheit angehörten. Es war keine schreckliche Vergangenheit, denn sie dachte nicht, dass sie ihre Zeit mit ihm vergeudet hatte. Er war einmal der Richtige für sie gewesen und sie hatten schöne gemeinsame Jahre verbracht. Sie würde sie in guter Erinnerung behalten.

Bereits nach den ersten Worten war jedoch klar, dass er betrunken war. Er war kein großer Trinker und sie erinnerte sich nur an einige wenige Male, an denen er zu viel Wein erwischt hatte.

„Du kannst mich nicht verlassen“, lallte er ins Telefon. Elizabeth seufzte. Vielleicht würde das alles doch nicht so einfach werden, wie sie gedacht hatte.

„Ich liebe dich“, sagte er. „Wir werden heiraten. Du kannst mich nicht verlassen.“

Sie ließ sich auf die Couch sinken und kuschelte sich unter eine Decke. „Es stimmt schon lange nicht mehr zwischen uns, Phil. Das musst du bemerkt haben. Wir haben uns auseinandergelebt. Wir haben uns zu sehr auf die Arbeit konzentriert und zu wenig auf uns.“

„Ich habe mich nicht auseinandergelebt“, sagte er. „*Du* warst das. Und du musst zu mir zurückkommen. Das ist nur eine Phase …“

Sie hätte nicht abnehmen sollen. Es würde ein langes Gespräch werden, das nirgendwohin führte.

„Ja, es lag an mir“, stimmte sie ihm zu. „Ich habe mich verändert und will eine Veränderung. Wir können keine Beziehung führen, wenn wir unterschiedliche Dinge im Leben wollen.“

„Du entscheidest. Was immer du willst, will ich auch.“

„Nein, das tust du nicht“, sagte sie entschlossen und fragte sich, warum sie mit ihm in einem solchen Zustand überhaupt diskutierte.

„Du kannst alles haben, was du willst.“

„Aber du willst doch offensichtlich nach Paris ziehen und deine Karriere vorantreiben …“

„Das war doch nur ein Witz mit Paris“, lallte er. „Wir ziehen nicht nach Frankreich. Und wenn du ein Baby willst, dann machen wir ein Baby.“

„Ich will kein Baby mit dir, Phil, und ich will das auch nicht jetzt mit dir diskutieren. Du bist betrunken. Schlaf dich aus und wenn du möchtest, unterhalten wir uns, wenn du wieder nüchtern bist.“

„Ich will einfach nur, dass du nach Hause kommst."

Ach herrje, er weinte.

„Es tut mir wirklich leid", sagte sie.

„Kannst du nicht nach Hause kommen?", schluchzte er.

„Nein, Phil, das kann ich nicht. Ich werde jetzt auflegen. Geh ins Bett, okay?"

Nur wenige Sekunden, nachdem sie den Anruf beendet hatte, klingelte das Telefon erneut. Sie schaltete es aus, um ihm einen Gefallen zu tun. Morgen würde ihm das bestimmt alles peinlich sein.

Sie blieb mit schrecklichen Gewissensbissen auf der Couch sitzen und fragte sich, ob sie das Richtige tat. Natürlich würde es nicht einfach werden, sich von Phil zu trennen. Sie musste ihm Zeit geben. Vielleicht könnten sie sogar Freunde bleiben, wenn sich der Schock erst einmal gelegt hatte.

Alles würde gut werden, sagte sie sich, bevor sie endlich einschlief.

Am nächsten Morgen schaltete sie ihr Handy an und sah die Anzahl an SMS und AB-Nachrichten, die sie von Phil erhalten hatte. Doch sie las oder hörte sich keine davon an. Sie würde ihn später anrufen.

Im Büro vertiefte sie sich für ein paar Stunden in die Arbeit und steckte dann ihren Kopf durch die Bürotür, um nach Emily Ausschau zu halten.

„Pssst!", zischte sie und zog damit Emilys Aufmerksamkeit, aber auch die vieler anderer im offenen Büro, auf sich. „Kommst du mal für eine Minute?"

„Ist alles in Ordnung?", fragte Emily und folgte ihr in das Einzelbüro.

„Ja", sagte Elizabeth und drehte sich in ihrem Stuhl. „Ich habe mit dem Lektorieren deines Buches begonnen."

„Wirklich?", rief Emily aufgeregt.

„Ja. Es sollte in ein paar Wochen fertig sein."

„Das ist toll!"

„Du musst allerdings eines tun", sagte Elizabeth. „Sobald ich fertig bin, muss du dir einen Agenten suchen und es veröffentlichen lassen."

„Ich hoffe, das kann ich eines Tages."

„Unbedingt", bekräftigte sie Elizabeth. „Ich finde es großartig."

Emily runzelte die Stirn. „Warum ist dir das so wichtig?"

„Ich will, dass es ein Bestseller wird, damit ich allen sagen kann, dass ich es lektoriert habe!"

„Was ist denn mit dir los?", fragte Emily. So langsam nervte sie Elizabeths gute Laune.

„Ich habe gestern meinen Job gekündigt!"

„Was? Wirklich?"

„Ja", bestätigte Elizabeth. Jemand anderem davon zu erzählen, fühlte sich fantastisch an.

„Aber warum? Ich dachte, du magst deinen Job."

„Ich will Bücher lektorieren", erklärte Elizabeth. „Es macht so viel Spaß und ich brauche etwas Neues. Ich werde selbstständige Lektorin werden und an Projekten arbeiten, die mich interessieren, so wie dein Buch."

Die Idee war ihr gekommen, als sie wachgelegen und sich Sorgen um ihre Zukunft gemacht hatte. Sie hatte sich noch nicht ganz von ihrem ursprünglichen Plan verabschiedet, für einen Verlag zu arbeiten, aber sie wusste, dass sie aufgrund ihrer fehlenden Erfahrung im Romanbereich kaum einen Job bekommen würde. Aber dann kam ihr der Gedanke, freiberuflich zu arbeiten. Sie würde sich weiterbilden, Erfahrung sammeln und ihr eigener Chef werden.

Nachdem sie eine Nacht darüber geschlafen hatte, war sie sich sicher, dass es das war, was sie machen wollte. Je mehr sie darüber nachdachte, desto überzeugter war sie, das Richtige zu tun.

„Das ist fantastisch", rief Emily und setzte sich.

„Ich bin so aufgeregt", gestand Elizabeth. „Und ich freue mich für dich, dein Buch ist wirklich gut! Es wird das erste Werk sein, das ich in meinem Portfolio aufführen kann."

Emily lachte. „Vielleicht werde ich mich wirklich nach einem Verlag umsehen. Wenn du deine Träume verwirklichst, sollte ich das vermutlich auch versuchen. Du bist heute ziemlich inspirierend!"

„Das freut mich", sagte Elizabeth glücklich. „An seinen Träumen zu arbeiten ist toll! Ich glaube allerdings nicht, dass es einfach werden wird. Ich muss zuerst ein paar Aufträge bekommen, damit ich mein Portfolio aufbauen kann."

„Wärst du bereit, ohne Honorar und nur der Erfahrung wegen zu arbeiten?"

„Ja, ich werde zunächst kostenlos arbeiten müssen. Somit kann ich Erfahrungen sammeln, während ich mich weiterbilde, und habe dann die notwendigen Referenzen. Ich muss nur ein paar Autoren finden."

„Ich kenne welche", sagte Emily aufgeregt. „Und die würden sich darum prügeln, ein kostenloses Lektorat zu bekommen."

„Warum kennst du Autoren?"

„Ich bin in ein paar Online-Schreibgruppen und Autorenforen. Die Leute fragen ständig nach Empfehlungen für Lektoren."

„Ernsthaft?"

„Natürlich. Ich kann in die Gruppen posten und deine E-Mail-Adresse weitergeben, sollte jemand Interesse haben. Natürlich nur, wenn du das möchtest."

„Das wäre fantastisch."

„Das würde mich ziemlich beliebt machen", grinste Emily. „Ein Gratis-Lektorat. Du wirst von Anfragen überschwemmt werden."

„Das hoffe ich", sagte Elizabeth. Plötzlich wirkte alles so real. Sie musste sich nach Weiterbildungskursen umsehen.

„Ich kann kaum glauben, dass du gekündigt hast", sagte Emily.

„Ich auch nicht. Es wird bestimmt komisch, nicht mehr hier zu sein. Vielleicht solltest du auch kündigen. Konzentriere dich aufs Schreiben und mach dich gleich an das nächste."

„Du bist ja lustig drauf", kicherte Emily.

„Ich weiß. Jetzt, wo ich weiß, dass ich gehe, habe ich meine ganze Motivation verloren. Ich wünschte, ich könnte schon heute aufhören. Ich habe noch zwei Wochen vor mir und fürchte, es werden die zwei längsten Wochen meines Lebens."

„Sie gehen bestimmt schnell vorbei", sagte Emily und stand auf. „Ich mache mich mal besser an die Arbeit."

„Tu das." Elizabeth versuchte, streng zu wirken. „An die Arbeit, Emily!"

KAPITEL 37

Die Woche verging überraschend schnell – wahrscheinlich, weil ihr so vieles durch den Kopf ging. Als sie Phil anrief, war er distanziert und tat so, als wäre alles in Ordnung und sein betrunkener, nächtlicher Anruf nie vorgefallen. Er bat sie, nicht ins Haus zu kommen, ohne vorher anzurufen. Offenbar gefiel ihm der Gedanke nicht, dass sie einfach kommen und gehen konnte und wollte wohl auch lieber nicht dort sein, wenn sie ihre Sachen holte.

Sie war versucht, ihm zu sagen, dass es auch immer noch ihr Haus war und dass sie tun und lassen konnte, was sie wollte, aber es erschien ihr kleinlich. Ganz offensichtlich war er verletzt und ging so gut er konnte damit um. Außerdem hatte sie sowieso keine Lust darauf, ihm einen spontanen Besuch abzustatten, und hatte es auch nicht besonders eilig, ihre Sachen abzuholen.

Als sie am Samstag aufwachte, fand sie erst eine schnarchende Josie neben sich und dann eine schlafende Emily auf der Couch im Wohnzimmer. Die beiden hatten sie am Abend zuvor eingeladen, mit ihnen auszugehen, aber sie hatte abgelehnt und stattdessen das Internet nach Webdesignern durchforstet. Sie vermutete, dass sie auch selbst eine Webseite aufsetzen könnte, aber sie brauchte einen professionellen Auftritt und das wäre bestimmt nur viel Arbeit und Stress. Sie kontaktierte ein paar Designer per E-Mail und wartete nun auf deren Angebote.

Und sie hatte noch etwas getan: Sie war dem Verband der Lektoren und Korrekturleser beigetreten, der Berufsvereinigung der Lektoren in Großbritannien. Aufgeregt hatte sie sich durch deren Seite geklickt und sich sofort für ein paar Onlinekurse angemeldet. Sie musste nur noch eine Woche Arbeit überstehen.

Da steckte Josie den Kopf ins Wohnzimmer, knurrte etwas von Kaffee und verschwand dann wieder. Bislang funktionierte das Zusammenleben mit Josie überraschend gut. Es war kaum zu glauben, dass sie sich vor ein paar Monaten nicht einmal im selben Raum aufhalten hatten können, ohne sich zu streiten.

Sie würde sich eine eigene Wohnung suchen müssen, aber sie hatte so viel im Kopf, dass sie dazu noch nicht bereit war. Außerdem fühlte sich das Leben mit Josie geborgen an, gerade jetzt, wo so vieles in ihrem Leben unklar war. Als sie Anfang der Woche eine „Was zum Teufel mache ich hier?"-Attacke heimgesucht hatte, hatte Josie sie beruhigt und ihr versichert, dass alles gut werden würde.

„Hattet ihr einen schönen Abend?", fragte Elizabeth, als Josie zurückkehrte.

„Ja, es war großartig", sagte Josie, doch ihr Tonfall passte nicht zu den Worten. Elizabeth war froh, dass sie zuhause geblieben war. Ein Kater war das letzte, was sie gebrauchen konnte.

„Wie war dein Abend?", fragte Josie.

„Produktiv", erzählte Elizabeth. „Ich habe ein paar Webdesigner angeschrieben. Hoffentlich höre ich bald von ihnen."

Emily hatte sich auf der Couch noch keinen Millimeter bewegt. Josie machte es sich an ihren Füßen gemütlich. „Kannst du das nicht selbst machen?"

„Vielleicht, aber ich denke, es ist besser, wenn ein Profi das übernimmt."

„Ich könnte mich darum kümmern."

Elizabeth runzelte die Stirn. „Es soll professionell aussehen."

„Das wird es“, lachte Josie und zuckte gleich darauf zusammen und hielt sich den Kopf. „Autsch, zu laut.“ Sie senkte ihre Stimme ein wenig. „Ich kann dir eine Webseite bauen, kein Problem.“

„Ich weiß nicht.“

Josie schüttelte Emilys Bein. „Emmy, wir können eine Webseite für Liz bauen, nicht wahr?“

Emily streckte sich und grunzte: „Was?“

„Liz braucht eine Webseite für ihre Arbeit. Sie wollte jemanden dafür bezahlen.“

„Das können doch wir machen“, sagte Emily. „Es ist ganz einfach.“

„Wirklich?“

„Ja“, antworteten Emily und Josie im Chor.

„Aber wir brauchen dazu gebratenen Speck“, sagte Josie.

„Und Kaffee“, fügte Emily hinzu.

Josie richtete sich auf. „Du kannst uns bezahlen. Nachdem du einem Unbekannten dein Geld …“

„Ich werde euch nicht bezahlen“, sagte Elizabeth. „Du kannst es aus reiner Geschwisterliebe tun.“

„Ich nicht“, grinste Emily.

„Komm schon“, bettelte Josie. „Ich bin pleite und heute Abend ist ein Konzert, auf das wir gehen wollten …“

„Okay“, gab Elizabeth nach. „Ich zahle euren Abend. Aber die Webseite muss gut werden.“

„Kümmere du dich einfach um den Speck“, sagte Josie. „Und gib mir deinen Laptop!“

Trotz ihrer Katerstimmung waren die beiden ziemlich produktiv. Emily arbeitete an Josies Laptop und suchte nach ähnlichen Webseiten, um ein paar Inspirationen für Elizabeths Seite zu sammeln. Währenddessen richtete Josie ein Wordpress-Konto ein und durchsuchte die Vorlagen. Sie saßen nebeneinander, besprachen das Layout, Schriften, Menüs und Bilder. Die beiden waren überraschend professionell. Elizabeth wich ihnen nicht von der Seite, stellte Fragen und gab ihren Input. Das alles machte unglaublich viel Spaß.

Der Tag verflog und bereits am späten Nachmittag hatten sie eine professionell wirkende Webseite gebaut, für die Elizabeth sogar bezahlt hätte. Josie und Emily auf einen Abend einzuladen, war das mindeste, was sie tun konnte. Zur Feier des Tages bestellte sie Pizza.

Als es an der Tür klingelte, saßen sie gerade in der Küche und diskutierten ein paar letzte Details der Webseite. Josie öffnete dem Pizzaboten die Tür zum Haus ohne die Gegensprechanlage zu betätigen und so waren sie alle überrascht, als Phil und nicht der Pizzabote die Treppe heraufkam.

„Hi", sagte er verlegen. „Ich wollte fragen, ob wir uns kurz unterhalten können?"

„Sollen wir ins Schlafzimmer gehen?", fragte Josie.

„Danke", sagte Elizabeth und Emily und Josie machten sich aus dem Staub. Elizabeth bedeutete Phil hereinzukommen und fragte sich für einen Moment, warum sie nicht unangekündigt nach Hause kommen sollte, er aber einfach so bei ihr aufmarschieren konnte. Aber sie entschied, den Gedanken für sich zu behalten.

„Wie geht es dir?", fragte sie.

„Gut", sagte er, ohne ihr in die Augen zu sehen. „Dir?"

„Alles in Ordnung."

„Gut." Eine kurze Pause entstand. „Ich wollte dir nur sagen, dass ich den Job in Paris angenommen habe. Ich soll so schnell wie möglich umziehen, deshalb müssen wir uns überlegen, was wir mit dem Haus machen."

Elizabeth riss die Augen auf. „Du ziehst nach Paris?" Es sollte sie eigentlich nicht überraschen. Wenn sie so darüber nachdachte, ergab es sogar Sinn. Es ging nur so schnell.

„Ja, ich glaube, es ist das Beste für mich. Ein Neustart."

Er sprach derart emotionslos, dass es Elizabeth bereits unangenehm war. Sie waren so lange zusammen gewesen, aber nun war er wie ein Fremder für sie.

„Ich wollte wissen, ob du das Haus haben möchtest“, sagte er. „Du könntest mich auszahlen. Das wäre vielleicht am einfachsten … Ich nehme an, du willst nicht ewig hier bleiben.“ Seine Mundwinkel zuckten, als er sich in dem Chaos umsah.

„Ich möchte das Haus nicht“, sagte sie.

„Okay, wenn du dir sicher bist … Du möchtest nicht noch darüber nachdenken?“

„Nein, ich möchte es nicht haben.“

„Dann werde ich am Montag mit dem Makler sprechen und es zum Verkauf anbieten. Du musst natürlich noch deine Sachen holen und mich wissen lassen, ob du irgendwelche Möbel willst.“

„Ich glaube nicht“, sagte sie. Ihr fiel nichts ein, an dem sie besonders hing. Sie wollte einen Neuanfang.

„Okay“, antwortete er. „Dann werde ich die Möbel verkaufen und wir teilen uns das Geld.“

„Soll ich dir etwas abnehmen?“

„Ich mache das lieber selbst, wenn es dir nichts ausmacht. Ich habe ein paar Kontakte und denke, ich werde das schnell voranbringen. Ich halte dich auf dem Laufenden und rufe dich an, wenn es etwas gibt, das wir gemeinsam entscheiden müssen.“

„Das ist in Ordnung“, sagte sie. „Danke. Wann wirst du nach Frankreich gehen?“

„Sobald ich alles mit dem Haus geregelt habe und in der Arbeit die letzten Projekte abgeschlossen habe. Ich hoffe aber bald.“

„Es wird sicher toll für dich.“ Sie seufzte. „Es tut mir wirklich leid.“

Er zuckte mit den Schultern, die Stirn in tiefe Furchen gelegt.

„Ich rufe dich an, sobald ich mehr weiß“, sagte er. „Aber es wäre gut, wenn du deine Sachen bald holen könntest. Vielleicht morgen?“

„Okay“, sagte sie. „Ich komme am Vormittag.“

„Hast du noch deinen Schlüssel? Ich werde mich vermutlich verziehen."

Sie begann zu weinen. Nun war alles entschieden. „Werden wir in Kontakt bleiben? Meldest du dich, wie es dir in Frankreich geht?"

„Ich denke nicht", sagte er traurig. „Zumindest nicht gleich. Das ist im Moment zu schwierig für mich. Ich hoffe, du verstehst das."

Sie nickte und biss sich auf die Lippe. Dann war er fort und bei ihr brachen alle Dämme. Elizabeth sank auf die Couch und schluchzte. Josie kam ein paar Minuten später und nahm sie in die Arme.

„Er sah so traurig aus", stotterte Elizabeth. „Ich kann nicht fassen, dass ich ihm das antue."

„Er wird schon wieder", sagte Josie. „Und du auch. Auf lange Sicht wird es euch damit bessergehen."

Als Elizabeth sich beruhigt hatte, erzählte sie Josie von Phils Umzug und dem Verkauf des Hauses.

„Ich muss morgen meine Sachen holen", sagte sie. „Es fühlt sich so endgültig an."

„Ich werde dir helfen", bot Josie an.

„Du wirst nach dem Konzert viel zu verkatert sein!"

„Wir gehen nicht aus", sagte Josie. „Wir bleiben hier bei dir."

„Nein, ihr solltet gehen. Es geht mir gut. Ich brauche nur ein bisschen Zeit für mich, um das alles zu verarbeiten."

„Okay, ich werde dir morgen trotzdem helfen."

An der Tür zum Wohnzimmer räusperte sich Emily diskret. „Wir sind ziemlich produktiv, wenn wir verkatert sind." Sie schenkte Elizabeth ein tröstendes Lächeln. „Wir werden dir helfen."

Noch mehr Tränen flossen. Ihre Hilfe war eine Erleichterung. Elizabeth war sich nicht sicher, ob sie es alleine schaffen würde. „Danke", sagte sie und brachte ein zaghaftes Lächeln zustande.

KAPITEL 38

Mit der Hilfe von Josie und Emily bereitete es ihr keine große Mühe, ihre restlichen Sachen abzuholen. Sie stellte einige Kisten in das freie Zimmer bei ihren Eltern und die restlichen in Josies Wohnung. Am Abend saß sie dann neben Josie auf der Couch, die eine Reality-Show im Fernsehen ansah, nach der sie regelrecht süchtig war. Elizabeth war erschöpft.

Das gerahmte Bild vom Strand in Hope Cove hatte sie endlich aus dem Auto geholt und an die Wand im Wohnzimmer gelehnt. In der Werbepause holte Josie sich etwas zu trinken und Elizabeth ging bedächtig hinüber zu dem Bild. Sorgfältig nahm sie die Blisterfolie ab. Ab und zu hatte sie im Auto einen schnellen Blick darauf geworfen, aber nie wirklich lange.

Nun fühlte sie sich nach Hope Cove zurückversetzt. Die Möwen schrien, während sie durch die salzige Brise segelten, und der Geruch des Meeres strömte in ihre Nase. Sie saß in dem Café, die warme Sonne schien ihr ins Gesicht und sie hörte im Hintergrund Verity mit ihren Gästen plaudern.

Das alles war so vertraut. In ihren Gedanken erschien Max, der neben ihr saß und breit grinste. Sie lachten über irgendetwas.

„Alles okay?“, holte Josie Elizabeth aus ihrem Tagtraum.

„Wäre es in Ordnung, wenn ich das Bild hier aufhänge?"

„Natürlich." Josie stellte ihr Glas ab. „Ich hole das Werkzeug!"

Das Bild sah an der Wohnzimmerwand einfach großartig aus. Josie hatte ihr Band mit dem Treibglas ins Küchenfenster gehängt und Elizabeth war gefesselt gewesen, als sich zum ersten Mal die Morgensonne darin gespiegelt hatte. Das Glas funkelte und schickte herrliche Farbstrahlen durch die Küche. Als Elizabeth es anmerkte, hatte Josie nur mit den Schultern gezuckt, als ob sie das immer schon gesehen hätte.

„Wirst du nach ihm suchen?", fragte Josie und blickte auf das Bild an der Wand.

„Ich weiß nicht."

„Wenn ich du wäre, wäre ich ihm schon lange auf den Fersen."

„Ganz bestimmt", sagte Elizabeth belustigt. „Ich weiß nicht, was ich tun soll. Er hat immerhin eine Freundin."

„Ich kann nicht glauben, dass ihr keine Handynummern ausgetauscht habt. Wie seid ihr denn verblieben?"

Josies Bemerkung versetzte sie zurück an den Strand, wo sie ihm gesagt hatte, dass es niemals funktionieren würde und alles nur ein Urlaubsflirt war. Mit einem tiefen Seufzer zwang sie sich, ins Hier und Jetzt zurückzukehren.

„Er wollte in Kontakt bleiben", erklärte sie nüchtern. „Er deutete an, dass er seine Freundin verlassen würde, aber ich sagte ihm, dass das lächerlich war. Ich wollte seine Nummer nicht."

Josie starrte sie nur an.

„Du brauchst mir nicht sagen, dass ich eine Vollidiotin bin", sagte Elizabeth.

„Dann verkneife ich mir das!" Eine kurze Pause entstand. „Ich finde, du solltest nach ihm suchen. Es könnte gut sein, dass er gar nicht mehr mit seiner Freundin zusammen ist, wenn er über Trennung gesprochen hat."

„Ich glaube, ich habe Angst davor, ihn zu finden und dann gleich wieder zu verlieren.“

„Dann weißt du es zumindest“, sagte Josie. „Glaubst du, du wirst je aufhören, an ihn zu denken, wenn du es nicht versuchst?“

„Vermutlich nicht“, gestand Elizabeth. „Ich werde darüber nachdenken. Ich muss zuerst meine letzte Arbeitswoche überstehen und dann überlege ich, was ich wegen Max mache.“

Josie war einigermaßen zufrieden mit dem Plan. Als ihre Sendung vorbei war, ging sie ins Bett und überließ Elizabeth ihren Gedanken.

Sie starrte auf das Bild von Hope Cove und gab sich erneut dem Tagtraum hin, dort mit Max zu sitzen. Nach einer Weile griff sie nach ihrem Laptop. Eine schnelle Internetsuche brachte die Verkaufsanzeige des Seaside Cottage zutage. Die Fotos waren beeindruckend und sie betrachtete jedes davon eine ganze Weile.

Eine weitere kurze Recherche führte sie auf die Webseite der Oakbrook Farm Hundepension. Es war eine der einfachsten Webseiten, die sie je gesehen hatte. Vielleicht sollte sie Annette mit Josie in Kontakt bringen, damit diese sie aufpeppte. Eigenartig war jedoch die Information auf der Startseite, dass die Hundepension vorübergehend geschlossen war. Bei Elizabeths Besuch waren noch alle Plätze belegt gewesen. Sie erinnerte sich aber auch daran, wie gebrechlich Wendy gewesen war und dass Max ihren schlechten Gesundheitszustand erwähnte. Hoffentlich war alles in Ordnung. Es war zu spät für einen Anruf, aber sie notierte sich die Telefonnummer. Sie wusste nicht, was sie sagen wollte, wenn sie dort anrief, aber es war doch beruhigend zu wissen, dass sie so vermutlich Max aufspüren konnte, wenn sie es denn wollte.

Ihre letzte Arbeitswoche verging wie im Flug. Die Woche vor Druckschluss war immer hektisch, worüber Elizabeth ganz froh war. Das bedeutete nämlich zumindest, dass die Woche rasch vorübergehen würde. An ihrem letzten Tag gab es dann Kuchen und sie erhielt eine Karte und viele Blumensträuße. Aber schlussendlich waren alle im Stress, sodass nicht viel Zeit für großes Trara blieb.

Bevor sie sich versah, hatte sie ein neues Kapitel aufgeschlagen. Es war in der letzten Septemberwoche, weniger als sechs Wochen nach ihrem Aufenthalt in Hope Cove, als sich ihr Leben derart verändert hatte. Es war kaum zu glauben, dass eine Woche solchen Einfluss auf ihr Schicksal genommen hatte. Innezuhalten und darüber nachzudenken würde sie nur überwältigen. Zum Glück gab es eine Menge Dinge, die sie auf Trab hielten.

„Ich dachte, du würdest zumindest ein paar Tage freinehmen", sagte Josie, als sie am Montagnachmittag nach Hause kam. Elizabeth hatte den ganzen Vormittag damit verbracht, einen Onlinekurs über das Lektorieren von Romanen durchzuarbeiten – nur einer von vielen Kursen, den sie in den nächsten Monaten absolvieren wollte. Am Nachmittag hatte sie die Arbeit an Emilys Buch abgeschlossen. Sie hatte auch einige von Emilys Autorenfreunden kontaktiert und weitere Aufträge angenommen, um mehr Erfahrung, aber auch zufriedene Kundenstimmen für ihre Webseite zu sammeln.

„Ich muss mich beschäftigen", sagte Elizabeth. „Wie war es in der Bibliothek?"

„Gut. Ich habe ein paar Jobs gefunden und meine Bewerbung abgeschickt."

„Bist du etwa in die Bibliothek gegangen, um deine Ruhe vor mir zu haben?", fragte Elizabeth, schloss ihren Laptop und legte ihn zur Seite. Josie ließ sich auf die Couch fallen. „Es ist deine Wohnung. Ich kann in der Bibliothek arbeiten, wenn du deine Ruhe brauchst." Das Zusammenleben funktionierte gut, aber Elizabeth fürchtete, dass sie sich nun, wo sie nicht mehr ins

Büro musste, vielleicht auf die Füße traten. Josie so nahe zu sein war eine der positiven Wendungen in ihrem Leben und die wollte sie nicht aufs Spiel setzen.

„Nein, schon gut. Ich gehe oft in die Bibliothek. Ein kleiner Tapetenwechsel."

„Ich werde mich bald nach einer Wohnung umsehen, versprochen."

„Keine Sorge", sagte Josie. „Ich habe dich gerne hier und es läuft überraschend gut, findest du nicht?"

„Oh ja!", stimmte Elizabeth ihr zu. Sie wurde ernst. „Es war meine Schuld, dass wir nicht miteinander klargekommen sind, habe ich recht?"

„Das würde ich sagen, ja", meinte Josie, streifte ihre Schuhe ab und legte ihre Füße auf den Couchtisch. „Du warst nicht gerade mein größter Fan."

„Tut mir leid."

„Ich freue mich einfach nur, dass wir jetzt Freundinnen sind. Und dass du so glücklich bist."

„Bin ich das?", fragte sie überrascht.

„Du bist so entspannt. Das hast du doch bestimmt selbst bemerkt?"

„Irgendwie schon." Elizabeth fühlte sich ruhiger und sie war auf jeden Fall hoffnungsvoll. Sie war sich nur nicht sicher, ob sie schon glücklich war.

„Wie dem auch sei", sagte Josie. „Ich habe morgen ein Vorstellungsgespräch. Der Job klingt sehr interessant und könnte ein Durchbruch für mich werden."

„Was ist es denn für eine Arbeit?"

„Das sage ich dir, wenn ich den Job bekomme. Ich möchte es nicht verschreien. Es wäre schön, wenn ich endlich wieder selbst meine Miete bezahlen könnte. Eine Weile auf Kosten von Mum und Dad zu leben ist ganz schön, aber langsam setzt das schlechte Gewissen ein."

Elizabeth konnte Josies Entscheidungen nicht nachvollziehen. Sie könnte sich nicht vorstellen, von jemand anderem finanziell abhängig zu sein.

„Halt mir jetzt keinen Vortrag“, warf Josie ein, als hätte sie Elizabeths Gedanken gelesen. „Es war Mums Idee, den Job im Kino hinzuschmeißen und etwas zu suchen, das mir Spaß macht.“

„Ist es denn so schwierig, etwas anderes zu finden?“

„Nicht wirklich. Ich hatte ein paar Gespräche und sogar einige Angebote, aber die habe ich abgelehnt.“

Elizabeth schüttelte den Kopf. „Warum?“

„Die Angebote begeisterten mich nicht“, sagte Josie lediglich. „Ich möchte etwas finden, das ich langfristig machen will. Etwas, das mir Spaß macht. Ich finde nur einfach nicht heraus, was das sein soll.“

Elizabeth griff nach ihrer Teetasse, doch sie war leer. „Hast du darüber nachgedacht, Webdesignerin zu werden?“, fragte sie. „Du bist gut darin.“

Josie hatte sie mit ihrer Arbeit an ihrer Webseite überrascht und zeigte sowohl das kreative als auch das technische Geschick, das eine Webdesignerin brauchte.

„Langweilig!“, seufzte Josie. „Und jetzt hör auf, mich zu nerven. Du bist schließlich diejenige, die sich in meiner Wohnung breitmacht. Kümmern wir uns lieber um deine Probleme. Wann machen wir uns also auf die Jagd nach diesem Max?“

Elizabeth versetzte Josie einen sanften Tritt. „Wir werden nicht mehr über ihn sprechen! Ich habe beschlossen, dass er nur ein Weckruf war und nicht mehr.“

Josie seufzte dramatisch. „Aber er könnte die Liebe deines Lebens sein! Und du gibst ihn einfach so auf?“

„Ich gebe nicht einfach so auf“, sagte Elizabeth. „Ich habe es versucht. Seine Tanten, die ich damals in Hope Cove kennengelernt habe, führen eine Hundepension. Ich habe die Nummer herausgesucht und angerufen, aber niemand hebt ab. Auf der Webseite steht, dass die Pension geschlossen ist.“

Sie war so aufgeregt gewesen, als sie die Nummer gewählt hatte, und dann furchtbar enttäuscht, als sie niemanden erreichen konnte.

„Fahr hin“, schlug Josie vor. „Gib doch nicht so schnell auf.“

„Das wäre doch total peinlich. Die denken noch, ich bin verrückt, wenn ich einfach so auftauche und nach seiner Nummer frage.“

„Für die Liebe muss man verrückte Dinge tun!“

„Das sind über sechs Stunden Fahrt hin und zurück. Das muss doch einfacher gehen.“ Sie hielt inne und dachte nach. „Das Haus seiner Mutter, das Cottage in Hope Cove, steht zum Verkauf. Ich habe mir überlegt, ob ich sie kontaktieren und mich danach erkundigen soll. Ich könnte mit ihr plaudern und so tun, als wäre ich mit Max in die Schule gegangen und fragen, wie es ihm so geht …“

„Okay“, sagte Josie wenig überzeugt.

„Glaubst du, der Makler wird mir ihre Nummer geben?“

Josie schüttelte den Kopf und dachte nach. „Ich glaube, ich würde mich an die Tanten halten.“

„Ich habe dir doch gesagt, dass ich das schon versucht habe.“

„Du hast sie nur angerufen. Fahr hin.“

„Das habe ich schon getan“, überraschte Elizabeth sie. „Gestern, als ich sagte, ich würde einkaufen gehen und mich mit Karen treffen, bin ich stattdessen nach Devon gefahren und habe an ihre Tür geklopft. Es war niemand dort.“

Der spontane Besuch hatte sie viel Überwindung gekostet und sie war den ganzen Weg dorthin nervös gewesen. Dass die Farm verlassen war, war nicht nur enttäuschend gewesen, sondern besorgte sie auch. Das letzte Mal war sie dank der herumtollenden Hunde voller Leben gewesen, dieses Mal war es dort jedoch merkwürdig still gewesen und es war kein Hund zu sehen gewesen. Sie war sogar ins Pub im Dorf gegangen, um sich nach der Hundepension zu erkundigen, wo ihr der Wirt ihr gesagt hatte, dass sie wegen Krankheit vorübergehend geschlossen war. Das hatte Elizabeth bereits vermutet und es tat ihr leid, das zu hören. Sie dachte daran, wie gerne Max seine Tanten hatte und wie freundlich sie ihr gegenüber gewesen waren.

„Es muss noch einen anderen Weg geben, um ihn zu erreichen", sagte Josie.

„Langsam glaube ich, dass es nicht sein soll. Außerdem hat er ja auch nicht nach mir gesucht."

„Vielleicht tut er das ja und du weißt es nur nicht", entgegnete Josie. Plötzlich erhellte sich ihr Gesicht. „Ist dein Facebook-Profil öffentlich einsehbar?"

„Keine Ahnung. Ich sagte doch, ich bin nie auf Facebook."

„Wirklich nie?", fragte Josie.

Elizabeth schüttelte den Kopf. „Nie."

„Dann hat er dir vielleicht eine Nachricht geschickt und du weißt es gar nicht", sagte Josie.

Elizabeth griff sofort nach ihrem Handy. „Oh mein Gott!", rief sie, als sie die Facebook-App öffnete.

„Hat er dir geschrieben?", fragte Josie aufgeregt.

„Wo kommt dieses Foto her?", fragte Elizabeth und hielt ihr das Handy entgegen. Ihr Profilbild war ein Selfie von Phil und ihr. Sie lachte und versuchte, sich wegzudrehen, während Phil ihr einen Kuss auf die Wange drückte. Phil hatte es witzig gefunden, ein Selfie zu schießen, gerade als Elizabeth gemeckert hatte, wie sehr ihr dieses ganze Selfie-Getue auf den Geist ging.

„Ach das?", rief Josie grinsend. „Ich habe mit deinem Profil gespielt, als wir beim Einkaufen waren."

„In meinem Status steht ‚Kann es kaum erwarten, meinen Traumprinzen zu heiraten'."

Josie kicherte. „Ich habe dir doch gesagt, dass ich deine Verlobung verkünden werde. Ich kann nicht glauben, dass du dich seither nicht mehr eingeloggt hast."

„Kann das irgendjemand sehen?"

„Nur deine Freunde", sagte Josie. „Außer, du bist ein Dummkopf und hast deine Privatsphäre-Einstellungen auf öffentlich gestellt …"

Sie blickten sich an. Elizabeth reichte Josie das Handy.

„Du *bist* ein Dummkopf“, verkündete Josie und verzog das Gesicht, als sie Elizabeths Einstellungen überprüfte. „Warum setzt du das auf öffentlich? Bist du verrückt?“

„Ich habe dir doch gesagt, dass ich es nie nutze“, antwortete Elizabeth und ihre Stimme wurde nun immer schriller. „Warum spielst du auch an meinem Profil herum?“

„Es war ein Scherz“, sagte Josie. „Ich dachte, du würdest es wieder ändern!“

„Josie! Ich kann nicht fassen, dass du das getan hast.“

„Lass uns mal nicht vergessen, dass du dich damals wie eine blöde Kuh verhalten hast“, gab Josie zurück. Für einen Moment legte sich Zorn über ihr Gesicht, doch der wich sogleich wieder der Belustigung. „Es könnte schlimmer sein. Ich hätte etwas über deine Vorliebe für verschwitzte Achseln posten können, aber ich dachte mir, dass du bestimmt nie wieder mit mir sprichst, wenn ich das tue.“

Unter anderen Umständen hätte Elizabeth das bestimmt auch witzig gefunden. „Was ist, wenn Max nach mir gesucht hat?“, fragte sie niedergeschlagen. „Dann denkt er, dass ich noch verlobt bin.“

„Keine Sorge“, tröstete sie Josie, während sie auf dem Handy herumtippte. „Ich bringe deine Facebook-Seite in Ordnung … danach finden wir ihn und sagen ihm, dass du wieder zu haben bist und ganz furchtbar in ihn verliebt bist!“

„Nur wissen wir immer noch nicht, wie ich ihn finden soll.“

„Du könntest versuchen, mit seiner Mutter in Kontakt zu treten, wie du gesagt hast. Vielleicht klappt es ja.“

„Vielleicht“, sagte Elizabeth. Sie überlegte für eine Weile und ihre Stirn legte sich in Falten, als sie ihre Erinnerungen durchging. „Ihr Name ist Charlotte. Sie ist gerade in ein Altersheim gezogen. Ein schickes …“ Sie starrte an die Wohnzimmerwand, während sie versuchte, sich an den Namen zu erinnern. „Henley House.“

Josie klatschte in die Hände.

Elizabeth schüttelte den Kopf und wünschte sich beinahe, sie hätte ihre Gedanken für sich behalten. Sollte sie wirklich seine Mutter anrufen? Was in aller Welt sollte sie sagen?

Aber da hatte Josie auch bereits grinsend nach ihrem Laptop gegriffen.

KAPITEL 39

Elizabeth fuhr gleich am nächsten Morgen los, denn sie wusste, dass sie niemals aufhören würde, darüber nachzudenken, wenn sie es nicht tat. Henley House lag am Rande von Bath, eine halbe Stunde Autofahrt von Josies Wohnung in Oxford entfernt. Die ganze Fahrt über führte Elizabeth ein Zwiegespräch mit sich selbst darüber, ob sie nicht einfach wieder umkehren und nach Hause fahren sollte. Wollte sie wirklich Max' Mutter einen Besuch abstatten?

Doch sie musste es tun. Dieser kleine Hoffnungsschimmer, der immer dann aufblinkte, wenn sie an Max dachte, wollte einfach nicht verschwinden. Sie musste ihn wiedersehen, zumindest einmal. Selbst wenn es ihr nur dabei half, alles hinter sich zu lassen.

Das Heim war ein imposantes Gebäude inmitten weitläufiger, schön gepflegter Gärten. Elizabeth parkte ihren Wagen und blickte auf das große Haus vor ihr. Sie war wirklich nervös.

Es kostete sie all ihren Mut, die Türklingel zu betätigen, und es dauerte eine gefühlte Ewigkeit, bis das Summen des Türöffners ertönte. An der Rezeption stand eine große, dunkelhaarige Pflegerin, deren Namensschild sie als Kelly vorstellte.

„Guten Tag", sagte Elizabeth. Ach herrje, sie würde sich so

lächerlich machen. „Ich möchte gerne eine Ihrer Bewohnerinnen besuchen. Charlotte …“

„Mrs. Anderson?“, kam Kelly ihr zu Hilfe und bewahrte damit Elizabeth vor der Peinlichkeit, die sie so gefürchtet hatte, denn sie kannte ihren Nachnamen nicht. Hoffentlich lebte nur eine Charlotte hier, ansonsten würde die Begegnung wohl äußerst merkwürdig verlaufen. „Ich glaube, ich habe sie vorhin im Aufenthaltsraum gesehen. Erwartet sie Sie?“

„Nein.“

„Alles klar“, sagte Kelly fröhlich. Sie hielt ihr ein Klemmbrett und einen Stift über dem Tresen entgegen. „Melden Sie sich bitte an, dann schauen wir mal, ob wir sie finden.“

Elizabeth schrieb eilig ihren Namen und setzte ihre Unterschrift auf das Papier, dann folgte sie Kelly durch eine beeindruckende Tür in einen großen Salon, in dem einige Bewohner in großen Ohrensesseln saßen.

„Mrs. Anderson!“, rief Kelly und winkte einer elegant gekleideten Frau zu, die mit einigen älteren Damen zusammensaß. „Sie haben Besuch.“

Charlotte runzelte die Stirn, ganz offenbar erkannte sie Elizabeth nicht.

„Gehören Sie zur Familie?“, fragte Kelly unsicher. Elizabeth ignorierte die Frage.

„Guten Tag“, sagte Elizabeth, als Charlotte selbstbewusst zu ihnen herüberkam. Es war kaum vorstellbar, dass sie Max’ Mutter war. Elizabeth erkannte keine offensichtliche Ähnlichkeit, ihre Züge waren ernst und ihre Haltung aufrecht und streng. Sie war nicht die gebrechliche alte Dame, die sie erwartet hatte. „Es tut mir leid, dass ich Sie störe“, sagte sie und streckte ihre Hand aus. „Ich heiße Elizabeth, ich bin eine Freundin Ihres Sohnes …“

Charlottes Miene erhellte sich und Kelly entfernte sich nach einem raschen Nicken von Charlotte in ihre Richtung. Sie ließ sich in den nächstgelegenen Sessel sinken und blickte Elizabeth an.

„Setzen Sie sich", sagte sie und deutete auf den Sessel neben sich. „Sie machen mich nervös."

„Tut mir leid." Elizabeth tat wie ihr geheißen und setzte sich an den Rand des Ohrensessels.

„Verzeihen Sie", sagte Charlotte, als sich das Schweigen zwischen ihnen einen Moment zu lange hinzog. „Mein Gedächtnis ist normalerweise gut, aber ich fürchte, ich erinnere mich nicht an Sie."

Was in aller Welt sollte sie sagen? Sie hatte sich in ihrem Kopf einen Text zurechtgelegt, aber der wollte ihr just nicht mehr einfallen. „Wie ich sagte, ich bin eine Freundin Ihres Sohnes." Ihr Herz raste bei dem Gedanken an Max und sie suchte nach den richtigen Worten, um ihr Anliegen zu erklären.

„Waren Sie auf der Hochzeit?", fragte Charlotte. „Es tut mir leid, es waren so viele Menschen dort und ich kannte nicht einmal die Hälfte davon …"

Elizabeths Magen drehte sich um und ihr wurde übel und schwindelig zugleich. „Nein", sagte sie und hörte sich dabei selbst kaum noch, als das dröhnende Geräusch in ihren Ohren alles übertönte.

Er konnte doch noch nicht verheiratet sein. Er hatte ihr gesagt, er würde im Juli heiraten. Irgendetwas stimmte nicht.

Charlotte sah sie erwartungsvoll an.

„Wir sind nur Bekannte", sagte Elizabeth und bemühte sich um Fassung. „Seine Frau kenne ich gar nicht."

Charlotte verdrehte die Augen. „Da entgeht Ihnen nichts. Sie ist gewöhnungsbedürftig, das sage ich Ihnen. Meiner Meinung nach war die Hochzeit viel zu übertrieben. Ich habe ja nichts gegen Geld ausgeben, aber sie wollte sich offenbar selbst etwas beweisen."

„Tut mir leid", sagte Elizabeth verwirrt. „Aber ich hatte im Kopf, dass die Hochzeit erst nächstes Jahr stattfinden sollte."

„Sie haben das Datum geändert! Einfach so! Es ist doch absurd anzunehmen, dass jeder einfach in letzter Sekunde seine Pläne ändern kann. So etwas habe ich ja noch nie gehört. Aber offenbar hat ein anderes Paar storniert. Max meinte, das war alles ihre Idee. Ach, der arme Max, er hielt die Idee für genauso lachhaft wie ich. Nicht, dass er es jemals zugeben würde. Er bewahrt gerne den Frieden. Ich weiß nicht, was ich falsch gemacht habe. Wenn meine Söhne eines gemeinsam haben, dann ihren furchtbaren Frauengeschmack." Sie hielt inne. „Es tut mir leid. Wenn ich erst einmal anfange, über meine Jungs zu sprechen, kann ich nicht mehr aufhören."

„Schon gut", sagte Elizabeth und fühlte sich plötzlich schwach. Es war, als hätte sämtliche Energie ihren Körper verlassen. Sie drückte ihre Hände fest zusammen, damit sie nicht zitterten. Sie war so entschlossen gewesen, ihn zu finden, und nun war es zu spät. Er war bereits verheiratet.

Charlotte sah sie besorgt an. „Brauchen Sie eine Tasse Tee, Liebes?"

„Das wäre wunderbar", sagte Elizabeth, die am liebsten davonlaufen wollte, aber sie fürchtete, dass ihre Beine nicht mitspielen würden. „Entschuldigen Sie, ich fühle mich gerade etwas merkwürdig."

Charlotte stand auf und ging zur anderen Seite des Salons, wo große Tee- und Kaffeekannen bereitstanden.

„Trinken Sie das, dann wird es Ihnen besser gehen", sagte sie, als sie mit einer Tasse zurückkam.

„Es tut mir leid, dass ich Ihren Vormittag störe", sagte Elizabeth. „Ich hatte nicht vorgehabt, mich von Ihnen bedienen zu lassen."

Charlotte setzte sich wieder. „Wenn Sie die Frage erlauben, was ist der Grund für Ihren Besuch?"

Elizabeth lächelte traurig. Max war verheiratet. Sie war zu spät und nun würde er sein Leben mit einer anderen Frau verbringen. Sie versuchte, den Gedanken so weit wie möglich von sich zu schieben. Sie würde später noch ausreichend Zeit haben, darüber nachzugrübeln.

„Ich wollte mit Ihnen über Ihr Haus sprechen", improvisierte

Elizabeth. „Das Cottage in Hope Cove. Ich habe gehört, dass Sie es verkaufen. Ist es noch zu haben?“

Charlotte seufzte. „Ein weiteres Thema, über das ich den ganzen Tag sprechen könnte.“

Elizabeth verspürte plötzlich das Bedürfnis, mehr über das Seaside Cottage zu erfahren. Dies musste sich in ihrem Gesicht widergespiegelt haben, denn Charlotte plauderte weiter.

„Ich habe ein Angebot erhalten. Mehrere sogar. Ich habe eines angenommen, aber nun behaupten die, dass es laut Gutachten Probleme mit dem Dach gebe. Mit dem Dach ist alles in Ordnung, die Käufer wollen nur den Preis drücken. Außerdem möchten sie nun die Möbel doch nicht behalten und bestehen darauf, dass ich sie entsorge. Ich glaube, sie fanden heraus, dass ich im Heim lebe, und halten mich wohl für eine gebrechliche alte Dame, die sie über den Tisch ziehen können. Aber das wird nicht passieren! Ich habe dem Makler gesagt, er solle sie sonst wohin schicken. Ich werde entweder das andere Angebot annehmen oder das Cottage neu ausschreiben. Aber mit solchen Leuten verhandle ich nicht.“ Sie brach ab, als sie bemerkte, dass sie offenbar wieder abschweifte. Eine kurze Pause entstand, bevor Elizabeth sprach.

„Ich möchte es gerne kaufen“, sagte sie und beugte sich hinunter, um die Tasse auf den Boden zu stellen. Sie konnte die Tränen in ihren Augen nicht zurückhalten.

Charlotte kicherte, hielt dann aber inne, als sie den flehenden Blick in Elizabeths Augen sah. „Meinen Sie das ernst?“

„Ja“, sagte Elizabeth und räusperte sich. „Ich würde es ohne Gutachten nehmen. Das mit dem Dach riskiere ich. Die Möbel übernehme ich auch. Ich zahle Ihnen den ausgeschriebenen Preis und ich werde Ihnen keine Schwierigkeiten machen.“

„Sie würden es kaufen, ohne es zuvor besichtigt zu haben?“

Tränen liefen über Elizabeths Wangen, die sie sanft fortwischte. „Ich war kürzlich in Hope Cove im Urlaub“, sagte sie. „Ich war begeistert. Vom Cottage und Hope Cove … Ich habe wunderschöne Erinnerungen daran, es war die schönste Zeit meines Lebens."

Sie wischte ihre Tränen fort und wünschte, sie könnte aufhören zu weinen. „Ich weiß, ich wirke gerade wie ein nervliches Wrack, aber ich bin ein anständiger Mensch und das Cottage wäre bei mir in guten Händen." Sie berührte Charlottes Arm, als die Entschlossenheit in ihr immer stärker wurde. „Ich verspreche, gut darauf aufzupassen."

Charlotte legte ihre Hand auf die von Elizabeth.

„Bitte lassen Sie mich nicht betteln", sagte Elizabeth.

KAPITEL 40

Josie wartete bereits auf sie, als Elizabeth an diesem Nachmittag nach Hause kam. „Wie ist es gelaufen?“, fragte sie und konnte dabei ihre Aufregung nicht verbergen. Sie war schon immer eine Optimistin gewesen und Elizabeth wollte ihr die schlechten Nachrichten gar nicht überbringen. „Ich habe Champagner im Kühlschrank!“, sagte Josie strahlend.

Elizabeth konnte ihre Überraschung nicht verbergen. „Wirklich?“

„Na gut, billigen Sekt. Aber das ist doch dasselbe. Na los, erzähl mir alles, bevor ich noch explodiere. Hast du ihn gefunden?“

Elizabeth ging ins Wohnzimmer und ließ sich auf die Couch fallen. „Er ist verheiratet“, sagte sie traurig.

„Was? Nein!“ Josie stiegen die Tränen in die Augen und ihr Kinn begann zu zittern. Sie setzte sich neben Elizabeth. „Oh mein Gott, das tut mir so leid.“

„Warum bist du so traurig?“, fragte Elizabeth. Sie versuchte angestrengt, ihre Gefühle unter Kontrolle zu halten, aber Josies Tränen ließen auch ihre Augen feucht werden.

„Weil du mich noch nie zuvor um Rat gefragt hast“, sagte

Josie schluchzend. „Und jetzt hast du es einmal getan und ich habe es verbockt.“

„Sei doch nicht dumm“, sagte Elizabeth und nahm sie in den Arm. „Es war ein guter Rat. Ich musste es herausfinden. Jetzt kann ich weitermachen.“

„Was wirst du jetzt tun?“

Elizabeth lehnte sich zurück und starrte an die Decke. „Ich kaufe das Haus seiner Mutter und ziehe ans Meer.“

„Ja klar! Zumindest hast du deinen Sinn für Humor nicht verloren.“

Elizabeth begann zu kichern und schon bald brach sie in schallendes Gelächter aus. Josie beobachtete sie verwirrt.

„Es ist mein Ernst“, sagte Elizabeth, als sie sich beruhigt hatte. „Ich werde das Cottage kaufen und nach Hope Cove ziehen. Als Freiberuflerin kann ich zuhause arbeiten und wohnen, wo ich möchte.“

„Ist das irgendein verworrener Plan, um Max zurückzuerobern?“, fragte Josie ernst. „So ein Flirt ist eine Sache, aber lass dich nicht mit einem verheirateten Mann ein. Das ist nicht gut!“

„Oh mein Gott!“, rief Elizabeth. „Für wen hältst du mich? Ich versuche ihn nicht zurückzuerobern. Ich bin gerne in Hope Cove und brauche einen Neuanfang.“

„Das heißt, du wirst in ein kleines Dorf ziehen, wo du niemanden kennst? Was willst du denn dort machen?“

„Ich werde erst mal damit beschäftigt sein, mein Geschäft zum Laufen zu bringen und dann ist noch ein bisschen etwas am Haus zu tun, um es zu meinem Zuhause zu machen.“ Sie stellte sich vor, wie ihr Leben im Seaside Cottage sein würde. Der Kauf war eine spontane Idee gewesen, aber es fühlte sich richtig an und je mehr sie darüber nachdachte, desto aufgeregter wurde sie. „Ich werde lesen und lange Spaziergänge machen. Ich werde Fish & Chips am Strand essen und viele von Veritys Scones verdrücken. Im Winter werde ich mir jeden Abend ein Feuer anzünden …“

Und dann hoffte sie, dass sie all diese Dinge irgendwann tun können würde, ohne dabei ständig an Max erinnert zu werden.

„Aber du wirst dort ganz alleine sein", sagte Josie traurig.

„Das wird mir guttun", versicherte ihr Elizabeth. „Und vielleicht lege ich mir einen Hund zu!"

Josie ließ sich zurück in die Couch sinken. „Was ist nur mit meiner großen Schwester passiert?"

„Es geht mir gut." Elizabeth tätschelte Josies Bein. „Es wird alles gut werden. Hast nicht du gesagt, dass sich für mich immer alles fügt? Dieses Mal wird es genauso sein. Also, wo ist jetzt der Sekt?"

„Ich hole ihn", sagte Josie und flitzte in die Küche, um gleich darauf mit der Flasche zurückzukehren.

„Josie?", fragte Elizabeth, nachdem sie den ersten Schluck Sekt genommen hatte. „Selbst wenn heute alles nach Plan verlaufen wäre, hätte ich mir nicht mehr erhofft, als Max' Nummer zu bekommen …"

„Und?"

„Warum solltest du deswegen Champagner kaltstellen? Oder so etwas in der Art", fügte sie hinzu und hob ihr Glas.

„Sekt geht doch immer", sagte Josie beiläufig.

„Da gibt es doch etwas, das du mir verschweigst. Hast du Neuigkeiten?"

„Ich wollte es dir jetzt nicht erzählen. Meine guten Nachrichten sind nicht wichtig, wenn du schlechte hast."

„Sei doch nicht dumm", entgegnete Elizabeth. „Sag schon! Hast du den Job?"

„Ja!"

„Erzähl mir alles darüber", sagte Elizabeth und stellte ihr Glas ab. „Ich kann kaum glauben, dass du mir nicht einmal etwas über das Bewerbungsgespräch erzählen wolltest."

„Es war nicht wirklich ein Gespräch", sagte Josie und kreischte dann. „Es war ein Vorsprechen! Ich wurde als Schauspielerin gebucht!"

Elizabeth war schockiert. „Was? Wie?"

„Ich nehme doch schon seit Ewigkeiten Schauspielunterricht.“

„Ich dachte, nur aus Spaß.“

„Am Anfang war es auch so, aber ich wurde recht gut darin, weshalb ich mich vor einer Weile bei einer Agentur anmeldete. Ich hatte auch schon ein paar Vorsprechen und dieses Mal habe ich die Rolle bekommen!“

„Das ist toll“, sagte Elizabeth, war sich aber nicht sicher, was sie von den neuesten Karriereplänen ihrer Schwester halten sollte.

„Ich weiß“, sagte Josie. „Es wird auf BBC laufen. Wenn es ausgestrahlt wird“, fügte sie hinzu. „Aber das wird es. Im Moment drehen wir nur den Piloten, aber es wird fantastisch werden.“

„Worum geht es denn? Welche Rolle spielst du?“, fragte Elizabeth, die langsam, aber sicher von Josies Enthusiasmus angesteckt war.

„Es ist eine Seifenoper, die auf einer Militärbasis spielt.“

„Du bist also eine Soldatin?“, fragte Elizabeth.

„Nein, ich spiele eine Barkeeperin. Das könnte genau das sein, wonach ich gesucht habe. Die Rolle ist perfekt für mich.“

„Ich helfe dir, den Text zu lernen“, bot Elizabeth an.

„Die Rolle hat keinen Text“, erzählte Josie. „Zumindest am Anfang nicht. Ich bin so etwas wie eine wiederkehrende Statistin.“

„Ach so.“ Elizabeth versuchte, sich ihre Ernüchterung nicht anmerken zu lassen. „Die Rolle klingt tatsächlich perfekt für dich.“

„Es wird fantastisch werden!“, sagte Josie und erhob ihr Glas.

Elizabeth brachte den Mut nicht auf, ihr zu widersprechen.

KAPITEL 41

Elizabeth hatte sich mit Karen für die Woche nach ihrem letzten Arbeitstag verabredet. Karen wollte, dass sie sich jede Woche am selben Tag trafen, damit sie den Kontakt nicht verloren. Wenn sie Elizabeth schon nicht im Büro sah, so hatte sie gesagt, musste sie sie zumindest privat regelmäßig sehen. In Anbetracht von Karens vollem Arbeitskalender zweifelte Elizabeth an der Umsetzung des Vorhabens, aber das behielt sie erst einmal für sich. Sie hatte angenommen, dass sie über E-Mail und SMS in Kontakt bleiben würden und sich vielleicht ab und an zu einem Telefonat oder Treffen verabreden würden.

Nun lag Elizabeths letzter Arbeitstag schon vier Wochen zurück und bislang hatte Karen alle ihre Treffen abgesagt, was Elizabeth nicht sonderlich störte. Sie hatte selbst viel zu tun, aber der Kauf des Cottage ging schnell voran und sie wollte Karen persönlich von dem Umzug erzählen. Wenn sie aber so weitermachten, würde Elizabeth schon fort sein, bevor sie sich treffen konnten.

Das Telefon klingelte, als sie sich gerade fertigmachte. Sie seufzte, als sie Karens Namen auf dem Display sah. Würde sie sie etwa schon wieder versetzen?

„Keine Sorge, ich sage nicht ab“, beschwichtigte Karen sie

rasch. „Aber würde es dir etwas ausmachen, wenn wir uns woanders treffen?“

„Überhaupt nicht“, sagte Elizabeth erleichtert. „Woran hast du gedacht?“

Karen zögerte. „Könntest du zu mir ins Büro kommen?“

„Ist das dein Ernst?“

„Bitte! Ich gehe hier unter. Ich habe so viel zu tun, dass ich hier noch bis Mitternacht sitzen werde. Aber ich dachte, du könntest Essen mitbringen und wir könnten ein bisschen tratschen. Wie in den alten Zeiten.“

„Du weißt, dass das lächerlich ist?“, sagte Elizabeth und war froh darüber, dass sie das alles hinter sich hatte.

„Ich weiß. Es tut mir leid. Sobald es wieder ruhiger wird, lade ich dich zu einem ordentlichen Essen ein.“

„Großartig. Darauf kann ich warten, bis die Hölle zufriert …“

„Dieser Ton passt nicht zu dir“, sagte Karen. „Kommst du oder nicht?“

„Ja“, sagte Elizabeth. „Aber nur, weil ich Neuigkeiten habe. Das wird das letzte Mal sein, dass ich einen Fuß in die Redaktion der *MyStyle* setze.“

„Oh, ich bin gespannt. Jetzt beeil dich, ich habe Hunger. Chinesisch, bitte. Du weißt ja, was ich mag.“

Elizabeth verdrehte die Augen, legte dann ihr Handy weg und machte sich fertig.

Es war merkwürdig, ins Büro zurückzukehren. Sie hatte erwartet, dass eine Art Nostalgie aufkommen würde, immerhin hatte sie mehr als zehn Jahre dort gearbeitet. Doch das einzige Gefühl, das sie verspürte, war Erleichterung. Erleichterung darüber, dass sie nur zu Besuch war und nicht zum Arbeiten.

„Du bist die Beste“, sagte Karen, als sie ihr Büro betrat. „Das riecht fantastisch.“

„Auch schön, dich zu sehen!“

„Ja! Schön! Das habe ich gemeint. Na los, lass dich drücken.“ Die beiden umarmten sich herzlich und Elizabeth war froh, ihre alte Freundin wiederzusehen.

„Du hast mir gefehlt“, sagten sie beide gleichzeitig und lachten dann.

„Ich bin so hungrig“, sagte Karen, griff nach der Tüte mit dem Essen und öffnete sie auf dem Schreibtisch. „Ich habe den ganzen Tag nichts gegessen.“

„Ist es denn gerade wirklich so hektisch?“, fragte Elizabeth. „Was ist denn los?“

„Was meinst du damit? Es ist wie immer. Hast du das etwa schon vergessen?“

„Offensichtlich“, sagte sie, aber als sie so zurückdachte, fielen ihr Tage ein, an denen sie auch nicht zum Essen gekommen war.

„Vermisst du das hier nicht?“, fragte Karen und machte sich über ihre gebratenen Nudeln her.

„Ähm, nein“, antwortete Elizabeth. „Ich bin eigentlich ziemlich glücklich.“

„Das glaube ich dir nicht“, sagte Karen. „Und ich bin wirklich überrascht, dass du mich noch nicht angebettelt hast, dir deinen Job zurückzugeben. Ich war mir sicher, dass du das tun würdest.“

„Das wird auf keinen Fall passieren.“

„Was sind also die großen Neuigkeiten?“, fragte Karin nun etwas ruhiger, nachdem sie etwas zu essen hatte. War sie schon immer so verrückt gewesen? Vielleicht wurde es jetzt nur noch deutlicher, nachdem Elizabeth selbst einen Gang runtergeschalten hatte.

„Da gibt es viele“, sagte Elizabeth. „Aber die größte ist, dass ich nach Devon ziehe.“

Karen hielt mit der Gabel im Mund inne. „Was?“

„Ich kaufe ein Cottage an der Küste. Ich werde den Vertrag in ein paar Wochen unterschreiben und dann ziehe ich gleich ein.“

Karen schob ihr Essen zur Seite und lehnte sich in ihrem Sessel zurück. „Hat das etwas mit diesem Typen zu tun, den du dort getroffen hast?“

„Gewissermaßen. Ich kaufe das Cottage seiner Mutter, das hat allerdings nicht mit ihm direkt zu tun. Ich habe nach ihm gesucht, aber es stellte sich heraus, dass er bereits verheiratet ist.“

„Und deshalb kaufst du jetzt sein Haus?“

„Es ist nicht sein Haus“, entgegnete Elizabeth ruhig. „Es gehört seiner Mutter. Er weiß nichts davon.“

„Das hoffe ich doch, wenn er verheiratet ist. Aber ich verstehe das nicht. Warum kaufst du dir ein Haus in Devon? Willst du dort wirklich wohnen?“

„Ja. Ich brauche einen Neuanfang. Und es ist schön dort.“

„Es gibt viele schöne Orte auf der Welt, aber deshalb zieht man doch nicht gleich dorthin. Kennst du dort irgendjemanden?“

„Nein, aber das ist schon in Ordnung. Eine Veränderung ist genauso gut wie eine Pause …“

„Du meinst es wirklich ernst“, stellte Karen fest.

„Ja.“

Karen kaute an einem Fingernagel. „Das ist keine gute Idee. Vielleicht solltest du mal mit einem Psychologen reden. Bist du depressiv?“

„Nein“, sagte Elizabeth und fragte sich, ob sie sich angegriffen fühlen sollte. „Es geht mir gut. Ich bin glücklich.“

„Das ist doch kein rationales Verhalten.“

Elizabeth seufzte verärgert. „Es ist rational“, sagte sie und klang zorniger, als sie es beabsichtigt hatte. „Ich war nicht glücklich mit meinem Job, also habe ich ihn gewechselt. Ich war nicht glücklich mit Phil, also habe ich mich von ihm getrennt. Ich möchte am Meer leben. Also werde ich das tun. Was ist daran nicht rational?“

Karen zog ihre Augenbrauen nach oben und aß dann schweigend weiter.

„Kannst du dich nicht einfach für mich freuen?“, fragte Elizabeth.

„Ist das wirklich das, was du willst?“

„Ja.“

„Okay. Ich vermute, das ist alles, was zählt. Ich mache mir nur Sorgen um dich. Das ist doch ein drastischer Schritt.“

„Ich weiß, aber ich möchte es so.“

„Ich hoffe, es klappt“, sagte Karen. „Ich werde dich also wirklich nicht mehr sehen.“

„Ich komme dich besuchen“, versprach Elizabeth. „Und du könntest mich auch mal besuchen kommen.“

„Du weißt, dass ich London nicht gerne verlasse. Außerhalb der M25 werde ich immer nervös.“

„Ich bin mir sicher, du wirst eine Ausnahme machen.“

„Vielleicht“, stimmte sie zu. „Ich werde mir vermutlich den Ort anschauen wollen, der dieses ganze Chaos verursacht hat. Mal schauen, was der ganze Trubel soll.“

„Ich freue mich darauf, dir alles zu zeigen“, sagte Elizabeth und fragte sich insgeheim, ob Karen jemals nach Hope Cove kommen würde. Und selbst wenn, wie oft würde sie vorher kurzfristig absagen, bevor sie es endlich schaffte?

KAPITEL 42

Der Verkauf des Seaside Cottage verlief ohne Probleme. Als Elizabeth nach den Schlüsseln fragte, erheiterte sie das E-Mail des Maklers, in dem stand, dass die Schlüssel auf dem Küchentisch bereitliegen würden, wenn sie nichts dagegen hatte. Das hatte sie nicht und sie freute sich darauf, an einem Ort zu leben, wo sich die Menschen nicht darum sorgen mussten, ob sie die Tür abgeschlossen hatten. Es würde eine große Veränderung werden, aus Oxford fortzuziehen, aber sie war überzeugt, dass es eine Veränderung zum Guten war.

Sie zog an einem feuchten Dezembertag um. Kein Lieferwagen, keine starken Umzugshelfer mit schweren Kartons, nur Elizabeth und ein Auto voller Habseligkeiten. Das große Ausmisten nach dem Ende ihrer Beziehung hatte gutgetan. Sie hatte ihren Kleiderschrank ordentlich aussortiert und die meisten Hosenanzüge und Schuhe mit Absätzen gespendet. Sie hatte nur ein paar Outfits behalten, falls sie doch einmal ein geschäftliches Meeting haben sollte, aber nun, wo sie nur noch von zuhause aus arbeitete, konnte sie sich deutlich komfortabler kleiden. Ja, sie konnte sogar im Pyjama arbeiten, wenn sie das wollte.

Zum ersten Mal nach langer Zeit in das Seaside Cottage zurückzukehren, war schwieriger, als sie erwartet hatte. Sie wurde von den Erinnerungen heimgesucht und vermisste Max schrecklich. Er war so fest eingebrannt in alles, was sie mit diesem Haus verband, dass es schwer war, sich nicht vorzustellen, dass er jeden Moment um die Ecke kommen würde. Diese ständigen Gedanken befeuerten ihren Liebeskummer, auch wenn sie sich immer wieder sagte, dass es lächerlich war. Wie konnte sie jemanden vermissen, der nur für eine Woche Teil ihres Lebens gewesen war?

Als sie sich an ihrem ersten Abend nach dem Ausladen und Auspacken auf die Couch fallen ließ, wurde sie von düsteren Gedanken heimgesucht. Das Haus zu kaufen war das Lächerlichste, was sie jemals getan hatte und übertraf sogar noch die Geschichte, dass sie das Cottage verwechselt und im falschen Bett geschlafen hatte.

Sie fragte sich, wie sie sich hier, in einem fremden Dorf, in dem sie niemanden kannte, ein Leben aufbauen sollte. Warum hatte sie je geglaubt, dass das eine gute Idee war?

Außerdem vermisste sie Josie. Das Zusammenleben mit ihr war schön gewesen und ein Teil von ihr wollte zurückfahren und Zuflucht auf ihrer Couch suchen, Wein trinken und lachen, während Josie sie davon überzeugte, dass sie alles im Leben haben konnte. Elizabeth wusste nicht, wie sie die letzten Monate überstanden hätte, wäre Josie nicht gewesen. Als Dankeschön hatte Elizabeth ihr das Bild von Hope Cove überlassen. Sie wusste, dass es ihr gefiel, und als Josie protestierte, dass das ein zu großes Geschenk wäre, hatte Elizabeth lediglich gesagt, dass sie es nicht mehr brauche. Sie hatte den Blick nun vor ihrem Fenster.

An diesem Abend schleppte sie sich ins Bett und sagte sich, dass alles besser werden würde. Es würde nur ein wenig dauern, bis sie sich in ihrem neuen Leben zurechtfinden würde. Sobald ihr Geschäft laufen und sie eine Art Routine entwickelt haben würde, würde es ihr bessergehen. Sie fühlte sich, als wäre sie in die Dunkelheit hineingesprungen und als wüsste sie noch nicht, wo sie am Ende landen würde. Es machte ihr schreckliche Angst, aber sie konnte nur einen Schritt nach dem anderen gehen und hoffen, dass am Ende schon alles klappen würde. Sie würde am nächsten Vormittag zu Verity gehen und sich einen Scone gönnen. Nach einem Plausch mit Verity würde es ihr mit Sicherheit wieder gut gehen.

Leider schüttete es am nächsten Tag wie aus Eimern. Sie wartete den ganzen Vormittag vergeblich darauf, dass der Regen nachließ und verzichtete schließlich auf den Spaziergang ins Dorf und nahm stattdessen das Auto. Das Mädchen im Café war viel zu beschäftigt mit ihrem Handy und so musste Elizabeth eine Weile warten, bis sie sie bemerkte. Offenbar war Verity für ein paar Monate in Neuseeland bei ihrer Schwester, wie immer im Winter, wenn es im Dorf ruhiger war.

Enttäuscht verließ Elizabeth das Café. Im Sommer war das Dorf so belebt gewesen und es hatte immer jemand Zeit zum Plaudern gehabt. Auch der Blick auf die Bucht war nun anders. Die grauen Wolken malten eine düstere Szenerie, während der Wind und der Regen ihr schmerzhaft entgegenschlugen. Die Wellen krachten geräuschvoll und röhrend gegen die Kaimauer. Der Anblick war noch immer beeindruckend, aber auf eine ganz andere Weise. Es war keine Menschenseele zu sehen, was kaum überraschte.

Sie eilte zu ihrem Auto und sagte sich zum wiederholten Male, dass alles besser werden würde.

~

Der nächste Monat fühlte sich wie der längste ihres Lebens an. Sie verbrachte Weihnachten zusammen mit Josie bei ihren Eltern in Oxford. Es war eine schöne Zeit, die aber ihr neues Leben im Seaside Cottage nur noch trauriger wirken ließ. Sie erinnerte sich daran, dass Max' Freundin das Haus als trostlos bezeichnet hatte, was sie nun nachvollziehen konnte. Denn genau das war es. Alles war so trüb und mit jedem Tag, der verstrich, war sie überzeugter, dass der Umzug nach Hope Cove der größte Fehler ihres Lebens gewesen war.

Sie hatte es sich einfacher vorgestellt, Anschluss zu finden. Hope Cove war eine kleine Gemeinde und sie hatte geglaubt, dass sie rasch Bekanntschaft mit den Einheimischen schließen würde. Bislang kannte sie jedoch nur die Angestellten des Supermarkts und des Postamts vom Sehen und erkannte ein paar Spaziergänger mit Hunden, auf die sie öfters traf. Aber sie wusste nicht, wie sie ein sinnvolles Gespräch mit ihnen beginnen sollte.

Es gab eine Anschlagtafel der Gemeinde und sie hatte gehofft, dort Aktivitäten zu finden, an denen sie teilnehmen konnte. Scheinbar waren jedoch die einzigen Möglichkeiten ein Bridge Club und ein Stricktreff, die ihr beide nur wenig zusagten. Also konzentrierte sie sich stattdessen darauf, ihr Geschäft aufzubauen, weitere Kurse zu belegen und mit so vielen Autoren zu arbeiten, wie sie nur konnte.

Mitte Januar erreichte sie dann ihren Tiefpunkt. Sie hatte einen weiteren Tag ganz alleine und arbeitend im Cottage verbracht. Das feuchte, stürmische Wetter ließ sie sich wie eine Gefangene in ihrem eigenen Haus fühlen. Ihr neues Leben ähnelte in keiner Weise dem, das sie sich vorgestellt hatte.

Sie blickte in das flackernde Feuer und kuschelte sich unter eine Decke. Im Winter war das Cottage, das sie sich immer warm und gemütlich vorgestellt hatte, kalt und zugig. Als sie auch im Fernsehen nichts Interessantes fand, legte sie sich nieder und weinte.

Am nächsten Morgen wachte sie steif und frierend an der exakt selben Stelle auf. Sie zog sich eine dicke Strickjacke und Pantoffeln über, bevor sie die Kaffeemaschine einschaltete. Sie hatte noch immer nicht alle Kartons ausgepackt und war unschlüssig, ob sich das überhaupt lohnte oder ob sie sich einfach eingestehen sollte, dass sie einen großen Fehler gemacht hatte und wieder bei Josie einziehen sollte. Sie könnte das

Seaside Cottage einfach vermieten, so wie Charlotte Anderson es getan hatte.

In diesem Moment ließ ein Klopfen an der Tür sie zusammenfahren. Für einen Moment dachte sie, es wäre Josie, über deren Anblick sie sich wohl noch nie im Leben so gefreut hätte wie jetzt. Doch es war nicht ihre kleine Schwester, sondern eine ältere Dame, die einen Teller in die Höhe hielt, über dem ein Geschirrtuch lag.

Erstaunt über den frühen Besuch war Elizabeth für einen Moment sprachlos.

„Ich habe einen Kuchen für dich gebacken“, sagte die Frau. „Um dich hier willkommen zu heißen. Es tut mir leid, dass es so lange gedauert hat, aber ich bin über Weihnachten immer sehr beschäftigt. Ich wohne ein paar Häuser weiter die Straße ins Dorf hinunter.“

Elizabeth reckte automatisch ihren Hals in die Richtung, aber die Häuser lagen etwas von der Straße zurückgesetzt.

„Ich bin Dorothy Peters“, sagte die Frau und hielt ihr den Kuchen hin. „Nenn mich einfach Dot. Die meisten nennen mich Dotty, aber es käme mir eigenartig vor, mich mit diesem Namen vorzustellen.“

Endlich fand Elizabeth ihre Sprache wieder.

„Elizabeth Beaumont.“ Langsam breitete sich ein Lächeln in ihrem Gesicht aus. „Du kannst mich Lizzie nennen.“

KAPITEL 43

Elizabeth war überrascht und amüsiert zugleich, als sie sich am darauffolgenden Donnerstag in der Gruppe der *Strick-lieseln* in Dottys Haus wiederfand. Es war der Stricktreff, dem sie auf der Anzeigetafel keine Beachtung geschenkt hatte.

Dotty hatte sich in den Kopf gesetzt, dass Elizabeth kommen und ein paar Einheimische kennenlernen sollte. Sie beharrte darauf, dass man in den Wintermonaten hier verrückt würde, wenn man keine Freunde hatte.

Nachdem Elizabeth bereits drauf und dran gewesen war, verrückt zu werden, brauchte sie in dieser Hinsicht nicht mehr überzeugt zu werden. Die Isolation hatte ihren Tribut gezollt. Sie hatte sich sogar schon ansatzweise mit dem Leben als einsame Jungfer angefreundet – noch dazu als Einsiedlerin in einem verlassenen Cottage. Aber vielleicht kam es doch nicht soweit.

Eine grauhaarige Frau namens Penny saß in dem Ohrensessel in Dottys Wohnzimmer. Sie sah nur kurz von ihrer Strickarbeit auf, als Elizabeth ihr vorgestellt wurde, hielt aber ansonsten ihren Blick auf die große Decke gerichtet, an der sie arbeitete. Zum Glück kam einige Minuten später Tammy, die Postbotin, und plauderte munter darauf los, während Dotty mit Getränken und Keksen zwischen dem Wohnzimmer und der

Küche hin- und herlief. Elizabeth erfuhr, dass Tammy kürzlich vierzig geworden war und zwei Kinder hatte, die in die örtliche Grundschule gingen. Sie war offenbar in der Gegend sehr bekannt und engagierte sich bei vielen Gelegenheiten.

„Ich schaue am Donnerstagvormittag immer kurz vorbei", erzählte Tammy. „Es ist schön, eine Pause zu machen, eine Tasse Tee zu trinken und zu plaudern. Du hast mit Dotty eine gute Nachbarin", verriet sie Elizabeth, als Dotty hinausging, um die Tür zu öffnen. „Sie wird dir helfen, dich einzuleben. Bist du alleine hier?"

„Ja", sagte Elizabeth, die sich an Tammys direkter Art nicht störte. Es amüsierte sie vielmehr der Gedanke, dass sie schon bald zum Zielobjekt des örtlichen Klatsches werden würde: eine Frau aus der Stadt, die ganz alleine in einem zugigen Cottage lebte. Obwohl vermutlich nur sie ein Problem mit der Zugluft hatte.

„Wir sind hier alle ziemlich eng miteinander", sagte Tammy. „Ich bin mir sicher, du wirst dich schon bald wie zuhause fühlen."

„Das denke ich auch", stimmte Elizabeth ihr mit einem so dringend notwendigen Anflug von Optimismus zu.

„Hallo!", sagte ein großgewachsener Mann, der mit einem Baby auf dem Arm eintrat. Er reichte Tammy das Baby, die es glücklich in ihrem Schoß hüpfen ließ. „Ich bin John", sagte er und schüttelte Elizabeths Hand, bevor er eine Wickeltasche in die Ecke stellte und seinen Mantel auszog.

„John ist unser örtlicher Hausmann", sagte Tammy. „Er hat drei Jungs, von denen Thomas hier der jüngste ist."

„Klingt nach einer Menge Arbeit", sagte Elizabeth, als sie dem Baby über die Wange strich.

„Ja, sie halten mich auf Trab", sagte er glücklich.

„Ich mache mich mal besser auf den Weg", sagte Tammy, reichte Elizabeth das Baby weiter und verabschiedete sich dann von allen. Zunächst war Elizabeth etwas überrumpelt, entspannte sich dann aber, als der sechs Monate alte Junge sie anlächelte.

„Tut mir leid“, sagte John. „Ich kann ihn dir abnehmen.“

„Schon gut“, sagte sie. „Wenn ich das Baby im Arm habe, hört Dotty vielleicht endlich auf, mir Stricknadeln zuzuschieben.“

„Das klingt gefährlich“, sagte John.

Dotty kam zurück und reichte John eine Tasse Kaffee. „Ich bin eine geduldige Lehrerin“, sagte sie. „Stricken wirkt vielleicht altmodisch und langweilig, aber es ist durchaus eine nützliche Fähigkeit.“

„Ich glaube, ich schaue erst einmal zu“, wehrte Elizabeth ab.

Dotty hatte sich gerade gesetzt und ihr aktuelles Projekt in die Hand genommen – Fäustlinge für den kleinen Thomas – als eine Stimme aus dem hinteren Ende des Hauses ertönte. „Wir sind’s!“

„Komm rein, Bill“, rief Dotty zurück.

Ein wunderschöner, schokobrauner Labrador erreichte das Wohnzimmer vor seinem Besitzer. Aus all den lauten Rufen der Entzückung schloss Elizabeth, dass er Perry hieß. Er schnüffelte einmal ordentlich den Raum ab und ließ sich dann an Dottys Füßen nieder.

„Bill, das ist Lizzie“, sagte Dotty, als ein gut gebauter älterer Herr in einem braun-karierten Hemd eintrat.

„Aus dem Seaside Cottage“, sagte er und schüttelte ihr mit festem Griff die Hand. „Ich habe von dir gehört. Willkommen in Hope Cove!“

„Danke“, sagte Elizabeth, als er sich neben sie auf die Couch setzte.

Das Wohnzimmer wurde immer voller, aber die Atmosphäre war entspannt und Elizabeth war froh, dass sie sich überreden hatte lassen, zu kommen. Es war beruhigend, ein paar Einheimische kennenzulernen, die allesamt sehr freundlich waren. Das alles ließ Elizabeth langsam wieder Frieden mit ihrer Entscheidung schließen, nach Hope Cove zu ziehen.

Sie verbrachte eine angenehme Zeit in Dottys Wohnzimmer,

bevor sie darauf beharrte, dass sie noch Arbeit zu erledigen hatte.

„Ich habe ein Stück Pastete für dich", sagte Dotty, als Elizabeth die Vordertür erreichte. Sie verschwand und kehrte kurz darauf mit einem mit Alufolie bedeckten Teller zurück. „Hühnchen und Champignons. Du bist doch keine von diesen Vegetariern, oder?"

„Nein", lachte Elizabeth. „Das wäre nicht nötig, aber vielen Dank."

„Für mich ist es sowieso zu viel, du tust mir also einen Gefallen. Für einen allein zu kochen macht keinen Spaß."

Es war der vergnüglichste Donnerstag, den Elizabeth seit langem erlebt hatte. Sie verbrachte den Nachmittag in ihrem kleinen Home Office, das sie sich in einer Ecke des Wohnzimmers eingerichtet hatte. Hinter ihr knisterte das Feuer, während sie an einem Kinderbuch arbeitete, das im Weltall spielte. Die Zeit verflog und sie war überrascht, dass es draußen schon dunkel war, als sie das erste Mal aufblickte. Sie hatte eigentlich vorgehabt, noch einen Spaziergang zu machen, aber den würde sie auf morgen verschieben. Stattdessen schlüpfte sie in ihren Schlafanzug und genoss Dottys Hühnchenpastete vor dem Fernseher.

Am Freitag brach sie gleich nach dem Aufwachen zu ihrem frühmorgendlichen Spaziergang auf. Die Sonnenaufgänge, die sie im Sommer so gemocht hatte, waren im Winter wenig beeindruckend, aber der Blick über das Wasser war zu jeder Zeit traumhaft. Dann, ganz unerwartet, dachte sie an Max. Sie stellte sich vor, wie er am Strand stand, sich umdrehte und sie anlächelte. Ihr Herz raste und sie ärgerte sich, dass sie sich mit ihren Schulmädchengedanken selbst die Laune verdarb.

Sie zuckte zusammen, als Perry, der Labrador, an ihrer Seite auftauchte und an ihrer Hand schnüffelte. Herausgerissen aus ihrem Tagtraum streichelte sie ihn am Kopf. Bill folgte nicht weit dahinter und begrüßte sie herzlich. Er bot ihr an, ihn ein Stück zu begleiten und stellte ihr jeden Hund vor, auf den sie trafen. Die Namen der Besitzer vergaß er oft, gestand er, aber nie den Namen eines Hundes.

„Du solltest dir auch einen Hund zulegen", sagte er, als sie das Seaside Cottage erreichten. „Du bist ganz offensichtlich eine Hundefreundin und dieser Garten ist wie geschaffen für einen Hund."

„Das würde ich gerne", sagte sie. „Ich weiß nur nicht, wie ich das angehen soll. Ich muss mal ein wenig recherchieren …"

Bills Augen glänzten, als er ihr seine Hilfe anbot.

Bereits am Ende der darauffolgenden Woche zog mit dem Springer Spaniel Tilly eine neue Bewohnerin in das Seaside Cottage ein.

KAPITEL 44

Elizabeth besaß nun zum ersten Mal in ihrem Leben ein Haustier und sie war beeindruckt, wie sehr dieser Umstand ihr Leben veränderte. Am meisten überraschte sie, wie viel sie mit Tilly sprach. Bisher war es im Cottage recht ruhig gewesen, aber nun war ständig Geplapper zu hören, weil sie einen fortwährenden Monolog mit Tilly führte. Der gut erzogene Hund erfuhr von allem Möglichen, von der einfachen Einkaufsliste bis hin zu den Problemen, die Elizabeth mit dem Lektorat ihres aktuellen Auftrages hatte. Natürlich erzählte sie Tilly schließlich auch alles über Max und darüber, wie sie nach Hope Cove gekommen war. Die Gespräche hatten eine therapeutische Wirkung auf sie, auch wenn Tilly keine einzige Antwort für sie parat hielt.

Elizabeths Eltern kamen in ihren ersten Monaten in Hope Cove gleich mehrere Male zu Besuch und es schien ihnen dort beinahe genauso gut zu gefallen wie ihr.

Josie hingegen schaffte es erst Mitte Februar zu ihr. Elizabeth freute sich sehr darauf, sie endlich zu sehen. Mittlerweile hatte sie sich gut in das Dorfleben integriert. Seit sie mit einigen Bewohnern bekannt war, hatte sich alles zum Besseren gewandt.

„Die Fahrt hierher hat ewig gedauert“, beschwerte sich Josie, während sie ihre Tasche ins Haus schleppte. „Du kannst dir den Verkehr kaum vorstellen. Ich hoffe, du hast Wein im Haus. Und was in aller Welt trägst du da? Du siehst aus, als würdest du für einen Wanderkatalog posieren."

Elizabeth sah an sich hinab. Sie war mit Tilly draußen gewesen. Ihre Jeans war mit Matsch beschmiert und eine Fleecejacke hätte sie in ihrem alten Leben wohl kaum getragen. Sie war einkaufen gewesen und hatte einiges Geld in praktische Kleidung für ihre täglichen Spaziergänge mit Tilly investiert. Sich nach dem Wetter anzuziehen anstatt nach dem Geschmack anderer Leute machte ihr Spaß.

„Das ist Tilly", sagte Elizabeth und zog den aufgeregten Hund von Josie weg. Normalerweise war sie ruhig und gehorsam und hatte sich leichter in ihr neues Zuhause im Seaside Cottage eingelebt, als Elizabeth es gedacht hätte.

„Sie ist wunderschön", sagte Josie. „Ich kann nicht glauben, dass du einen Hund hast. Das ist verrückt."

„Ich finde, mir einen Hund zuzulegen, ist das am wenigsten Verrückte, das ich in den letzten sechs Monaten getan habe!", entgegnete Elizabeth und führte sie in das gemütliche Wohnzimmer.

„Das Haus ist toll", rief Josie aufgeregt. „Jetzt verstehe ich, warum du mitten ins Nirgendwo ziehen wolltest. Es ist traumhaft."

„Mittlerweile ist es ganz okay", sagte Elizabeth. „Ich lebe mich gut ein, aber am Anfang war es schwierig."

„Ich hätte schon früher kommen sollen", sagte Josie. „Aber ich war mit dem Dreh so beschäftigt."

„Ich weiß und ich will alles darüber hören. Mach es dir gemütlich, ich hole uns eine Flasche Wein."

Eine Stunde später saßen sie in ihren Pyjamas vor dem Feuer und hatten bereits die halbe Flasche Chardonnay getrunken.

„Glaubst du, dass du für längere Zeit als Schauspielerin arbeiten wirst?", fragte Elizabeth, nachdem Josie sie mit Anekdoten vom Filmset erheitert hatte. Bislang war nur die Pilotfolge abgedreht, aber Josie war überzeugt davon, dass es ein großer TV-Hit werden und sie für die nächsten Jahre eine fixe Stelle dort haben würde.

„Es ist der perfekte Job für mich“, sagte Josie. „Ich liebe die Schauspielerei. Aber jetzt genug von mir. Erzähl mir von dir. Ich will alles über das Leben hier erfahren. Hast du dir schon einen heißen Typen geangelt?“

„Nein“, sagte Elizabeth. „Männer können mir gestohlen bleiben.“

„Bist du denn nicht einsam?“

„Nein.“ Sie funkelte Josie an. „Wann hattest *du* denn zum letzten Mal einen Mann in deinem Leben? Bist *du* einsam?“

„Nein, aber ich bin auch privat viel beschäftigt!“ Sie streckte ihren Arm aus, um Tilly zu kraulen. „Außerdem gibt es ja vielleicht einen Mann in meinem Leben.“

„Triffst du dich mit jemandem?“

Josie strahlte. „So in der Art. Ich habe ihn bei der Arbeit kennengelernt.“

„Ist er berühmt?“

„Nein, er ist nur Statist … aber zuerst musst du mir von dir erzählen, bevor ich schon wieder über mich rede!“

Elizabeth sah ein, dass sie nicht mehr aus Josie herausbekam, bevor sie sie nicht auf den neuesten Stand brachte, und so gab sie nach und erzählte ihr alles über das Leben im Dorf: von den Leuten, die sie kennengelernt hatte, dem Gemeinschaftsgefühl im Ort, den Kaffeekränzchen am Vormittag. Verity war mittlerweile auch zurückgekehrt und Elizabeth besuchte sie oft in ihrem Café. Mit ihr konnte man sich immer prächtig unterhalten.

Josie amüsierte sich köstlich, als sie hörte, wie Elizabeth dazu gedrängt worden war, einen Kuchen für den Verkauf im Gemeindezentrum beizusteuern.

„Ach herrje, hast du jemanden vergiftet?“, fragte Josie.

Elizabeth lachte. „Nein. Ich habe mich einfach an das Rezept gehalten und er ist sogar ganz gut geworden. Vielleicht backe ich in Zukunft öfters.“

„Was ist mit dir passiert?“, fragte Josie. „Ich kann nicht glauben, dass du mit einem Haufen alter Leute abhängst und dazu auch noch strickst und bäckst!“

„Nicht alle sind alt“, protestierte Elizabeth. „Und ich habe erst einen Schal geschafft. Das ist vermutlich auch das einzige, was ich jemals stricken werde.“

„Was ist mit der Arbeit?“, fragte Josie.

„Was soll mit der Arbeit sein? Sie hält mich ordentlich auf Trab und ich bekomme erste bezahlte Aufträge. Es macht mir Spaß und ich verdiene genug, um mich über Wasser zu halten. Das ist übrigens mein Büro“, sagte sie und deutete auf den Schreibtisch in der Ecke.

Josie lehnte sich in die Couch zurück und grinste bis über beide Ohren.

„Was?“, fragte Elizabeth.

„Das passt so überhaupt nicht zu dir. Vor kurzem war Arbeit noch dein ganzes Leben und jetzt reicht es gerade einmal zu einer beiläufigen Bemerkung. Du hast dich wirklich verändert.“

„Das habe ich“, stimmte Elizabeth ihr zu. Zum Besseren.

„Ich wünschte, du würdest einen Mann kennenlernen“, sagte Josie. „Das ist wie das letzte fehlende Puzzleteil. Du hast all diese Veränderungen für Max durchgezogen und dann …“

„Nicht *für* ihn“, korrigierte sie Elizabeth. „*Wegen* ihm. Nichts davon habe ich für ihn getan.“

„Du denkst also, du hast ihn nur deshalb getroffen, damit du herausfindest, was du wirklich im Leben willst? Dass es kein Happy End geben wird?“

Elizabeth schüttelte den Kopf. Josie konnte so abgehoben romantisch sein. „Ich glaube nicht, dass es für alles einen Grund gibt. Ich traf auf Max. Es war schön …“

„Und dann hast du einfach mal so jeden einzelnen Aspekt deines Lebens verändert“, sagte Josie grinsend.

Elizabeth musste lächeln. „Ja! Und ich bin glücklich und finde mein persönliches Happy End. Jetzt erzähl mir von deinem Liebesleben.“

Josie verbrachte die nächste Stunde damit, Elizabeth alles über Jack zu erzählen, den dunkelhaarigen Statisten mit den blauen Augen, den sie am Set getroffen hatte. Offensichtlich hatte sie sich Hals über Kopf in ihn verliebt. Elizabeth ignorierte das nagende Gefühl der Eifersucht. Es war bestimmt nur der Wein, der ihre Gedanken zu Max abschweifen ließ. Sie war mittlerweile geübt darin, diese Gedanken beiseitezuschieben, aber als sie an diesem Abend ins Bett fiel, gab sie sich der Erinnerung hin. Tränen kullerten über ihre Wangen, bis sie endlich einschlief.

Das Wochenende mit Josie verging viel zu schnell. Es war schön, sie zu sehen und sich ausgiebig mit ihr zu unterhalten. Am Samstag unternahmen sie einen langen Spaziergang und aßen im Restaurant beim Golfclub zu Abend. Am Sonntag bestand Josie auf Fish & Chips, bevor sie wieder zurückfuhr. Elizabeth war mittlerweile streng mit sich selbst geworden, wenn es darum ging, wie oft sie sich diese Köstlichkeit gönnte, aber wenn Josie schon einmal da war, konnte sie ihrer Schwester den Wunsch schlecht abschlagen.

„Du musst mich bald besuchen kommen“, sagte Josie, als sie sich zum Aufbruch bereitmachte. „Wir müssen mal wieder ordentlich weggehen. Und ich will, dass du Jack kennenlernst.“

Elizabeth versicherte ihr, dass sie ihn auch kennenlernen wollte und versprach, sie bald zu besuchen. Eine kleine Pause vom Dorfleben würde ihr vermutlich guttun. Während der ersten Zeit hatte sie es vermieden, zu Josie zu fahren, denn sie hatte befürchtet, dass sie dann dortbleiben würde. Doch nun hatte sie sich eingerichtet und sie hatte Tilly, daher fühlte sie sich gefestigter.

KAPITEL 45

Es dauerte einen weiteren Monat, bis Elizabeth sich schließlich für einen Wochenendbesuch bei Josie aufmachte. Der Ausflug nach Oxford würde ihr bestimmt guttun, beschloss sie. Sie könnte einkaufen und mit Josie ausgehen.

Das einzige Problem war Tilly. Josies Wohnung war für Haustiere nicht geeignet. Elizabeth wusste, dass es in der Umgebung einige Hundepensionen gab, aber sie wollte ihren geliebten Hund nicht einfach irgendwohin bringen. Für Tilly sollte es nur das Beste sein – und Elizabeth wusste genau, was das war: Oakbrook Farm und Max' Tanten. Nachdem sie den Gedanken einmal gefasst hatte, wurde sie ihn nicht mehr los.

Sie wusste bereits, dass die Pension wieder geöffnet hatte. Bei ihrem letzten Besuch war sie mit einem unguten Gefühl abgereist und so hatte sie noch während der Zeit bei Josie erneut angerufen. Sie hatte eine kurze Unterhaltung mit Annette geführt und vorgegeben, Hundebesitzerin zu sein, die sich nach freien Plätzen erkundigte. Sie hatte dabei erleichtert erfahren, dass alle wieder bester Gesundheit waren, und hatte somit das Gespräch beendet und gemeint, sie würde sich bald wieder melden, um den Platz zu bestätigen. Was sie natürlich nie getan hatte.

Die Vorstellung, nach Oakbrook zurückzukehren, war merkwürdig. Jede romantische Vorstellung davon, Max wiederzusehen, war längst verflogen, aber der Gedanke daran, mit seinen Tanten zu sprechen und sich nach seinem Befinden zu erkundigen, übte eine starke Anziehungskraft aus. Es war jämmerlich, das wusste sie nur zu gut. Aber vielleicht würde es ihr helfen, wenn sie hörte, wie unsagbar glücklich er war, damit sie die Geschichte endlich abschließen konnte.

Aber was, wenn sie erfuhr, dass es ihm schlecht ging? Dass seine Ehe ein großer Fehler gewesen war und die beiden bereits die Scheidung eingereicht hatten?

Sie schüttelte den Kopf angesichts ihrer lächerlichen Gedanken. Natürlich würde sie nicht nur zur Hundepension fahren, um sich nach Max zu erkundigen. Sie würde Tilly dorthin bringen, weil es ihr dort sehr gut gehen würde.

Also reservierte sie über die Webseite einen Platz und rief ein paar Tage vorher an, um die Buchung zu bestätigen. Annettes Stimme klang vertraut und es fühlte sich merkwürdig an, nicht zu erklären, wer sie war. Sie wusste allerdings auch nicht, was sie hätte sagen sollen, und vielleicht erinnerte sich Annette schon gar nicht mehr an sie und den gemeinsamen Besuch mit Max.

Am Freitag lud sie dann ihre Tasche samt Tilly ins Auto. Das Wetter war grandios. Zum Glück war der Frühling nicht mehr fern, dachte sie. Der Winter im Seaside Cottage war eine Herausforderung gewesen, aber nachdem sie ihn langsam, aber sicher überstanden hatte, war Elizabeth davon überzeugt, dass es wieder aufwärtsging. Wenn sie einen Winter in Hope Cove überleben konnte, konnte sie alles schaffen.

Während sie die kurvige Straße nach Oakbrook entlangfuhr, plauderte sie mit Tilly. Sie freute sich auf das Wochenende mit Josie und darauf, deren neuen Freund Jack kennenzulernen, von dem sie unentwegt sprach.

Die Tore der Hundepension standen offen und Elizabeth fuhr langsam die Einfahrt hinauf. Erneut übermannten sie die bittersüßen Erinnerungen, aber sie war entschlossen, sich ihnen nicht hinzugeben. Erst als sie aus dem Wagen ausgestiegen war und Tilly herausgelassen hatte, bemerkte sie ein ihr bekanntes Auto vor dem Haus.

Oh nein. Nein, nein, nein. Es war Max' Auto. Da war sie sich sicher. Panik erfasste sie und es fühlte sich an, als hätte sie einen schweren Schlag gegen die Brust bekommen, der ihr die Kehle zuschnürte. Sollte sie wieder fahren? Was sollte sie sagen? Was, wenn seine Frau bei ihm war? Würde sie das schaffen? Sie atmete tief durch und wischte sich ihre schwitzigen Hände an der Jeans ab. Würde sie ihn wirklich gleich wiedersehen? Nach all dieser Zeit?

Neben ihr bellte Tilly.

Die Vordertür wurde lautlos geöffnet und Elizabeth befürchtete, ihr Herz würde all die Aufregung nicht mehr lange mitmachen.

Er sah so vertraut aus – genau so, wie sie ihn in Erinnerung behalten hatte.

Das freundliche Lächeln, das er beim Öffnen der Tür aufgesetzt hatte, stockte leicht und verschwand schließlich komplett. Nach einem kurzen Moment kniete er sich zu Tilly und kraulte sie am Kopf und am Hals.

„Das ist aber eine Überraschung", sagte er und konzentrierte sich ganz auf Tilly.

Elizabeth beugte sich hinunter, um Tillys Rücken zu streicheln. „Das ist es", sagte sie und schob sich eine lose Haarsträhne hinter das Ohr. „Ich habe nicht damit gerechnet, dich hier zu sehen."

„Ich helfe ein wenig aus", sagte er. „Wendy ist etwas angeschlagen, deshalb versuche ich, meine Tanten so gut wie möglich zu unterstützen."

„Das ist gut", sagte Elizabeth und war nicht fähig, sich auf seine Worte zu konzentrieren. Es war so schön, ihn wiederzusehen. Sie nahm sich zusammen, schüttelte den Kopf und stammelte: „Ich meine, es tut mir leid, das von Wendy zu hören …"

Für einen Moment sagte er nichts.

Sie streichelte Tilly erneut, denn sie brauchte dringend etwas, auf das sie sich konzentrieren konnte. Würde er endlich damit aufhören, sie anzustarren?

„Es tut mir leid“, sagte sie und richtete sich langsam auf. „Wenn das merkwürdig für dich ist, kann ich Tilly auch einfach wieder mitnehmen.“

Er starrte sie nun noch eindringlicher an und ihr wurde unbehaglich. „Warum sollte es merkwürdig sein?“, fragte er.

„Das wäre es nicht“, sagte sie rasch. „Ich dachte nur … Ich meine … Ich möchte nicht, dass die Situation unangenehm wird, aber du hast recht, es ist nicht merkwürdig.“ Sie konnte keinen klaren Satz sprechen, aber er schien auch nicht geneigt zu sein, sie aus ihrer misslichen Lage zu retten. Sie lachte verlegen. „Die Sache, letzten Sommer … wir haben vermutlich beide nur kalte Füße wegen unserer Hochzeiten bekommen. Das war nur ein dummer Urlaubsflirt. Wir sollten uns nichts dabei denken.“

Wow! Sie war wirklich zu einem stammelnden Dummkopf geworden.

Max ließ sich Zeit, bevor er das Schweigen brach. „Ich habe gehört, du hast das Seaside Cottage gekauft“, sagte er schließlich. „Ich habe mir schon gedacht, dass ich dir irgendwann über den Weg laufe.“

Sie zuckte innerlich zusammen. Er wusste es also. Wie sollte sie es ihm erklären? Es war so viel passiert, seit sie sich zum letzten Mal gesehen hatten. Es musste ihn schockiert haben, dass sie das Haus gekauft hatte. „Es waren sechs verrückte Monate“, meinte sie schließlich. Er schien weiterhin auf eine Erklärung zu warten. „Vielleicht hätte ich mich melden sollen und dir das mit dem Haus sagen …“

„Warum hättest du das tun sollen?“, entgegnete er grimmig. „Es geht mich schließlich nichts an.“

„Nein. Aber …“ Sie hielt inne und überlegte, warum er wohl so zornig war. „Bist du etwa wütend, weil ich das Haus gekauft habe?“

Er schüttelte unsicher den Kopf. „Ja. Ich bin wütend. Warum hast du nur dieses Haus gekauft? Ich verstehe es nicht."

„Das war eine spontane Idee, um ehrlich zu sein. Aber ich mag es so gern. Ich weiß auch nicht, warum dich das ärgert. Wenn du es unbedingt haben wolltest, hättest du es doch selbst kaufen können."

„Ich wollte es nicht kaufen", sagte er wütend. „Das ist nicht der Punkt."

„Was ist dann der Punkt?"

„Du verstehst es nicht, oder? Ich war bereit, meine Verlobte für dich zu verlassen und du bist einfach gegangen, so als ob ich dir nichts bedeuten würde."

Seine Worte verletzten sie. Ja, sie mochte gegangen sein, aber er schien auch nicht besonders lange getrauert zu haben. Er hatte schließlich nur einige Wochen später geheiratet.

„Du bist also wütend, weil ich dein Ego verletzt habe?", blaffte sie ihn an.

„Nein!", schrie er. „Das hat nichts mit meinem Ego zu tun."

Mit einem Mal konnte sie ihre Gefühle nicht mehr unter Kontrolle halten und schrie zurück. „Natürlich konnte ich nicht einfach mit dir durchbrennen, wenn ich dich doch kaum eine Woche kannte! Es ist doch lächerlich, das von mir zu erwarten. Und warum bist du deshalb immer noch wütend? Jetzt ist doch sowieso alles egal."

Für einen Moment wollte sie einfach nur, dass er ihr sagte, dass es nicht egal war. Dass seine Ehe ein Desaster war und dass er einen großen Fehler gemacht hatte. Dass er bei ihr sein wollte.

Er rieb sich den Nacken und schien sich zu beruhigen. „Vermutlich."

„Ich hätte nicht herkommen sollen", sagte sie. „Ich werde Tilly wieder mitnehmen."

Sie öffnete die Autotür und rief Tilly zu sich, als Max schließlich sagte: „Ihr Platz ist schon fertig. Und es steht mir nicht zu, einen Kunden abzuweisen."

Elizabeth überlegte. Es wäre vermutlich einfacher, wenn sie

Tilly wieder mitnehmen würde. Sie hatte wirklich nicht erwartet, Max zu sehen oder dass die Stimmung zwischen ihnen so angespannt war.

„Es tut mir leid, dass ich dich angeschrien habe", sagte er. „Du hast recht, das ist alles lange vorbei."

„Schon gut. Ich wollte dich nicht in eine unangenehme Lage bringen. Ich werde Tilly mitnehmen …"

„Wenn du das tust, bekomme ich Probleme mit Annette und Wendy." Seine Züge wurden ein wenig weicher und ein Lächeln zeichnete sich ab. Dieses Lächeln, an das sie so oft gedacht hatte. „Du willst mir doch wohl keine Probleme bereiten?"

Es wäre vermutlich einfacher gewesen zu fahren, als er noch wütend auf sie war. Dass er nun wieder freundlich war, fühlte sich wie eine andere Art der Folter an.

Er deutete auf die Scheune und Elizabeth holte die Tasche mit Tillys Sachen aus dem Auto, bevor sie zusammen hinübergingen.

„Annette und Wendy werden froh sein, dass du ihnen hilfst", sagte sie in einem Versuch, das Schweigen zu brechen. „Sie freuen sich bestimmt, dass du hier bist."

„Es bereitet mir Freude", sagte er und blickte zu ihr. „Du weißt ja, wie gerne ich hier bin."

Das wusste sie und auch, wie wichtig ihm der Ort war. In all dieser Zeit hatte sie sich immer wieder eingeredet, dass sie ihn nur eine Woche gekannt hatte und sie im Grunde nichts voneinander wussten. Doch das stimmte nicht, sie kannten einander gut. Es fühlte sich an, als würde sie ihren besten Freund nach einer langen Zeit wiedersehen. Sie wollte ihm alles erzählen, was seit ihrem letzten Treffen geschehen war. Es gab so vieles zu sagen, aber sie wusste nicht, wo sie anfangen sollte.

Sie gingen zur Scheune und wurden dort von dem Bellen der Hunde begrüßt. Max hielt die Tür für sie auf und sie entspannte sich etwas.

Er redete beruhigend auf die Hunde ein, bis der Lärm

langsam verebbte, während sie durch die Scheune gingen und in die einzelnen Boxen blickten.

„Hier wären wir", sagte Max, als sie Tillys Box erreichten. Auf der Schiefertafel neben der Tür war bereits ihr Name geschrieben. Max öffnete die Tür und ging hinein.

„Ich habe vermutlich zu viel mitgebracht", sagte Elizabeth, als sie begann, die Sachen auszupacken. Sie zog ein Hundebett heraus und ein altes Handtuch, mit dem Tilly gerne ihre Kämpfe austrug. „Ich habe auch ihre Schüssel mitgenommen", sagte sie und stellte sie neben die, die schon bereitstand. „Ich weiß nicht warum. Und Spielzeug", sagte sie und verteilte eine Auswahl an angekauten und in Mitleidenschaft gezogenen Hundespielsachen. „Etwas übertrieben, nicht wahr?"

Er sah sie so intensiv an, dass sie errötete und wegsah. Er hatte sie in ein stammelndes, unsicheres Etwas verwandelt. Sie fühlte sich wie ein liebeskrankes Schulmädchen und es war einfach nur peinlich.

„Schon gut", sagte Max.

Elizabeth ging in die Knie, um Tillys Ohren zu kraulen. „Ich habe sie noch nie alleine gelassen."

„Ich werde auf sie aufpassen", sagte er. „Sie ist nur ein paar Tage bei uns, nicht wahr?"

„Ja. Ich fahre über das Wochenende zu meiner Schwester. Sie hat leider keinen Platz für Tilly und keinen Garten oder so ..."

„Ich dachte, du kommst mit deiner Schwester nicht gut aus?"

Elizabeth konnte ihre Überraschung nicht verbergen. Daran erinnerte er sich? „Wir verstehen uns jetzt besser", sagte sie. Sie hatte sich so oft gesagt, dass es nur ein unbedeutender Flirt gewesen war, aber nun erinnerte sie sich daran, wie viel Zeit sie damit verbracht hatten, sich kennenzulernen.

„Das ist gut", sagte Max.

„Ja. Es hat sich ein bisschen was verändert." Sie lächelte angesichts der Untertreibung. Es hatte sich so unglaublich viel verändert.

Sie verließen die Scheune und gingen langsam zurück zum Haus, während Tilly zwischen ihnen herumsprang. In Elizabeths Kopf schwirrten so viele Dinge herum, die sie sagen wollte. Sie wollte ihm erzählen, dass sie Phil verlassen und ihren Job gekündigt hatte. Und von ihrem Umzug nach Hope Cove. Außerdem hatte sie Fragen an ihn. Sie wollte wissen, warum er so schnell geheiratet hatte, wo es doch gewirkt hatte, als wäre er sich mit seiner Beziehung unsicher. Das schien so überstürzt. Aber eigentlich wollte sie vor allem wissen, ob er glücklich war und ob er die voreilige Hochzeit bereute. Sie wusste nicht, ob sie es schaffen würde, ihm all diese Fragen zu stellen.

Ihr Herz raste, als sie schließlich ihren Mund öffnete, um ihn nach der Hochzeit zu fragen. Sie konnte nicht anders.

„Ich habe deine Mutter kennengelernt", sagte sie. „Als ich das Cottage kaufte. Sie hat mir alles über die große Hochzeit in letzter Minute erzählt. Sie plaudert wohl gerne."

„Das ist eine Untertreibung. Sie erzählt die Geschichte wirklich jedem, auch wenn ich ihr immer wieder sage, sie soll damit aufhören."

„Es ist doch verrückt, eine Hochzeit in nur wenigen Wochen auf die Beine zu stellen. Das muss sehr stressig gewesen sein."

„Ich würde sagen, die Hochzeitsplaner haben sich ihren Bonus verdient", scherzte er. „Und es kam zu einigen Diskussionen, aber das ist in meiner Familie normal."

„Deine Mum nannte es eine Farce …"

Er nickte und seine Augen funkelten vergnügt. „Das beschreibt es wohl ziemlich gut."

Sie schwiegen, bis sie das Haus erreichten und Elizabeth wünschte, sie hätte die Hochzeit nicht erwähnt. Was hatte sie erwartet? Dass er ihr sagte, dass alles ein großer Fehler war und dass sie bereits entschieden hatten, sich scheiden zu lassen?

„Kann ich dich etwas fragen?", sagte Max, als sie ihr Auto erreichten.

Sie nickte.

„Bist du glücklich?"

Sie überlegte einen Moment und dachte an ihr neues Leben in Hope Cove. „Ja“, sagte sie. „Das bin ich. Und du?“

Er wich ihrem Blick aus. „Ach, du weißt schon“, sagte er und zuckte mit den Schultern.

Nein, das wusste sie nicht, aber sie wollte es erfahren. Sie wollte jedes Detail über sein Leben hören.

Als er nichts mehr sagte, beugte sie sich hinab, um Tilly in den Arm zu nehmen und so Zeit zu schinden. Warum konnte sie nicht einfach irgendetwas sagen?

„Ich habe nicht geglaubt, dass der Abschied so schwer werden würde“, sagte sie mit feuchten Augen. Natürlich war es nicht der Abschied von Tilly, der ihr schwerfiel. Nach all dieser Zeit, in der sie an ihn gedacht hatte, wollte sie ihn einfach nur in ihre Arme ziehen und nie wieder loslassen. Sie hätte an diesem letzten Tag am Strand niemals fortgehen dürfen.

„Wirst du am Sonntag hier sein?“, fragte sie und bemühte sich um Unbeschwertheit.

„Ich weiß nicht“, sagte er. „Vermutlich.“

„Okay“, sagte Elizabeth. „Dann sehen wir uns vielleicht.“

Er senkte den Blick, beugte sich zu dem Hund und hielt ihn am Halsband fest, damit er Elizabeth nicht folgte.

„Es war schön, dich zu sehen“, sagte sie. Sie war wirklich eine Meisterin der Untertreibung. Und ein stammelndes, hilfloses Etwas. „Auch wenn du mich angeschrien hast, war es trotzdem schön, dich wiederzusehen.“

„Du hast mich auch angeschrien!“

Er sah ihr zu, wie sie ins Auto stieg.

Der Schmerz in ihrer Brust brach aus, kaum war sie davongefahren. Sie konnte nicht glauben, dass sie ihn wiedergesehen hatte.

Es war, als wäre eine alte Wunde wieder aufgebrochen. Sie schmerzte so sehr wie nie zuvor.

KAPITEL 46

„Ich habe ihn gesehen“, sagte Elizabeth, hievte ihre Tasche an Josie vorbei und stellte sie dann in der Küche ab. „Wen hast du gesehen?“, fragte Josie.

„Max.“

Josie riss die Augen auf. Elizabeth öffnete den Kühlschrank und zog eine Flasche Wein heraus. „Ich dachte, du hättest jetzt einen Job“, sagte sie und prüfte das Etikett. „Du hättest wenigstens ordentlichen Wein besorgen können.“

„Schön zu sehen, dass dich das Dorfleben nicht ganz verändert hat“, sagte Josie. „Du alter Snob!“ Sie griff nach Weingläsern und hielt sie ihr zum Auffüllen hin.

„Du bist doch praktisch schon berühmt, oder nicht? Kannst du denn nicht mehr als vier Pfund für eine Weinflasche ausgeben?“

„Ich bin keine Berühmtheit, ich hänge nur mit den Promis ab. Und ich werde doch keinen teuren Wein kaufen, wenn das Zeug hier seinen Zweck ebenso gut erfüllt.“ Sie nahm einen Schluck und folgte Elizabeth ins Wohnzimmer. „Und warum reden wir eigentlich über Wein und nicht über Max? Was ist passiert?“

„Er war bei der Hundepension, als ich Tilly ablieferte“, sagte Elizabeth. „Er hilft dort für eine Weile aus.“

„Interessant …“

„Was ist daran so interessant?“

„Ich hätte ihn mehr als Stadtmenschen eingeschätzt. Anzüge, teurer Wein, so einer halt. Ich habe weniger an einen Stallburschen gedacht …“

„Es ist ja auch kein Bauernhof, sondern eine Hundepension. Auch wenn die Boxen wie Stallungen aussehen … aber wie dem auch sei.“

„Klingt für mich nach einem Bauernhof.“

„Egal, jedenfalls arbeitet er dort nicht. Er hilft nur aus.“

„Wusstest du, dass er dort sein würde?“

„Nein! Ich hatte keine Ahnung.“

„Das glaube ich dir nicht, aber egal. Wie war es?“

„Schrecklich.“

„Weil du erkannt hast, dass du mit einem Stallburschen geflirtet hast?“

Elizabeth stellte ihr Weinglas ab und kniff Josie spielerisch in den Arm. „Er ist kein Stallbursche!“

Josie kicherte und stützte sich auf die Sofalehne. „Warum war es dann schrecklich?“

Elizabeth seufzte. „Weil er genauso süß ist, wie ich ihn in Erinnerung habe.“

„Und das ist schlecht?“

„Er ist verheiratet“, sagte Elizabeth. „Also ja, es ist schlecht.“

„Aber ich dachte, du bist glücklich mit deinem neuen Leben?“

„Das bin ich auch“, sagte Elizabeth und schwieg dann für einen Moment. „Das bin ich wirklich. Ich mag mein neues Leben. Aber ihn zu sehen, hat mich verunsichert. Es war ein riesiger Schock, aber gleichzeitig war es auch schön, ihn wiederzusehen.“

„Was hält er davon, dass du im Cottage wohnst?“

„Er war wütend und hat mich angeschrien", erzählte Elizabeth. „Nicht nur wegen des Cottages, sondern wegen des letzten Sommers. Das finde ich doch etwas übertrieben, wenn man bedenkt, dass er erst vor kurzem geheiratet hat."

„Weiß er, dass du dich von Phil getrennt hast?"

„Das weiß ich nicht, ich habe es auch nicht erwähnt. Was soll das schon bringen? Es wäre nur komisch."

„Vermutlich", sagte Josie. „Wird er dort sein, wenn du Tilly abholst?"

„Ja, ich glaube schon."

„Das ist nicht gut", überlegte Josie.

„Ist schon in Ordnung. Ich werde einfach Tilly abholen und wieder abhauen. Das schaffe ich schon."

„Das habe ich nicht gemeint", sagte Josie grinsend. „Es ist deshalb nicht gut, weil du jetzt die nächsten drei Tage über euer Wiedersehen nachgrübeln wirst!"

Elizabeth lachte. „Das werde ich nicht", sagte sie so entschlossen wie sie konnte. Aber in Wahrheit konnte sie nicht einmal sich selbst überzeugen, ganz zu schweigen von Josie.

Es war ein schönes, entspanntes Wochenende. Sie gingen einkaufen, ins Kino und verbrachten viel Zeit in gemütlichen Klamotten in Josies Wohnung. Am Samstagabend bestand Josie darauf, dass sie in eine Bar gingen, wie es junge, unabhängige Single-Frauen nun einmal taten. Elizabeths Einwand, dass sie nicht mehr so jung war, stieß auf taube Ohren. Aber schlussendlich verbrachten sie einen unterhaltsamen Abend und Elizabeth war froh, dass Josie sie überredet hatte.

Josies Freund Jack ließ sich das ganze Wochenende über nicht blicken, obwohl Josie ihn mehrmals angerufen und ihm geschrieben hatte. Er hatte sie nur einmal zurückgerufen. Offenbar musste er Zeit mit seinen Kumpels verbringen, wofür Josie Verständnis zeigte. Viel zu viel Verständnis, fand Elizabeth. Sie hatte in Bezug auf Jack ein ungutes Gefühl und es sorgte sie, dass Josie so verliebt in ihn war. Sie ließ nichts auf ihn kommen und so vermied Elizabeth das Thema. Irgendwie würde sich die Sache schon regeln.

Josies Vorsehung schien einzutreffen: Elizabeths Gedanken wanderten oft zu Max, wobei sie ihr kurzes Aufeinandertreffen in der Hundepension immer wieder durchging und wenn sie ehrlich war, fürchtete sie sich ein wenig davor, ihn am Sonntag wiederzusehen. Der Gedanke daran löste Nervosität und Vorfreude zugleich in ihr aus, was in einem regelrechten innerlichen Kampf endete. Dabei sollte sie weder nervös sein, noch sich freuen, ihn wiederzusehen. Beide Gefühle waren unangemessen.

Sie war ein Nervenbündel, als sie Josies Wohnung am Sonntag verließ. Als sie schließlich an der Hundepension ankam, waren die Tore geschlossen, sodass sie auf der Straße parken musste. Sie blieb für einen Moment sitzen, atmete tief durch und überprüfte ihr Aussehen im Spiegel. Sie verhielt sich lächerlich, er war immerhin verheiratet. Sie musste nur für ein paar Minuten höfliche Konversation mit ihm betreiben, dann Tilly mitnehmen und verschwinden. Warum machte sie so ein Aufsehen darum?

Wütend auf sich selbst, stieg sie endlich aus dem Auto und ging die Einfahrt hinauf. Sie erwartete, dass Max selbstbewusst aus dem Haus kam, so wie es seine Art war, aber es war keine Spur von ihm zu sehen. Genau genommen war keine Spur von irgendjemandem zu sehen.

Als niemand auf ihr Klopfen antwortete, ging sie hinüber zur Scheune. Sie rief ein „Hallo“ durch die Tür und sah dann Annette mit Tilly an ihrer Seite auf sie zukommen. Ein Lächeln legte sich auf ihr Gesicht, als sie sich hinunterbeugte und den aufgeregten Hund begrüßte. Sie hatte Tilly vermisst.

Annette grinste breit. „Erinnerst du dich an mich?“, fragte sie.

„Es ist schön, dich wiederzusehen“, sagte Elizabeth. „Danke, dass ihr auf sie aufgepasst habt.“ Sie ging erneut in die Knie, um Tilly zu streicheln.

„Es war uns ein Vergnügen. Sie war ein mustergültiger Hund.“

„Das freut mich zu hören“, sagte Elizabeth, sah sich um und erzitterte, als der Wind über die Felder peitschte.

„Zeit für eine Tasse Tee?“, fragte Annette und ging voraus in Richtung des Hauses, ohne Elizabeths Antwort abzuwarten. „Gehen wir hinein und wärmen uns auf.“

Tilly schlüpfte ins Haus, kaum hatte Annette die Haustür geöffnet.

„Ich hoffe, ihr habt sie nicht zu sehr verwöhnt“, sagte Elizabeth mit einem Schmunzeln. „Sie hat es sich hier offenbar gemütlich gemacht.“

„Das war Max. Er hat ihr besonders viel Aufmerksamkeit geschenkt und sie wie einen VIP-Gast behandelt.“

Ein merkwürdiges Gefühl überkam Elizabeth. Es war verrückt – sie war eifersüchtig auf einen Hund. Sie rang sich ein Lächeln ab und schlüpfte aus ihrem Mantel, als die gemütliche Wärme des Hauses sie umhüllte.

KAPITEL 47

Elizabeth folgte Annette in das Wohnzimmer, wo im Kamin ein Holzfeuer knisterte. Wendy saß daneben in einem großen Sessel, ihre Füße hochgelegt und ein Buch neben sich, das gefährlich instabil auf der Lehne lag.

„Gott sei Dank", sagte sie und strahlte Elizabeth an. „Ich habe gehofft, dass du noch hereinkommst. Ich bin seit Wochen hier drinnen gefangen und werde langsam verrückt. Künstliches Kniegelenk", fügte sie hinzu und zeigte auf ihr geschwollenes Bein.

„Du Arme", sagte Elizabeth und drückte ihre Hand.

Wendy winkte das Mitleid sogleich fort. „Ich werde es überleben", sagte sie. „Setz dich. Ich dachte schon, ich würde dich erneut verpassen. Das letzte Mal, als du hier warst, sahen wir uns nur kurz. Dann meinte Max, ihr beide hättet den Kontakt zueinander verloren. Du hast ihn ordentlich überrascht, als du mit Tilly aufgetaucht bist." Sie sah Elizabeth an und die Neugier stand ihr ins Gesicht geschrieben.

„Es war schön, ihn wiederzusehen", sagte Elizabeth vorsichtig. „Ich bin mir sicher, er ist euch eine große Hilfe ..."

„Er ist ein Geschenk Gottes", sagte Annette. „Ich wüsste nicht, was wir ohne ihn tun würden."

Elizabeth fragte sich unweigerlich, ob er bald auftauchen würde. Sein Auto stand draußen, er konnte also nicht weit sein.

„Er ist ins Dorf gegangen“, sagte Annette. „Er hat sich mit einem Freund zum Mittagessen verabredet.“

„Ich dachte, er wäre früher zurück“, fügte Wendy hinzu. „Er wusste, dass du kommst.“

Annette räusperte sich und warf Wendy einen vielsagenden Blick zu. „Ich bereite dann mal eine Kanne Tee zu.“

„Wie habt ihr euch kennengelernt?“, fragte Wendy leise, nachdem Annette das Zimmer verlassen hatte. „Er war recht ausweichend, als ich ihn danach fragte.“

„Ach so“, stammelte Elizabeth nach Worten ringend, „wir … ähm, trafen uns in Hope Cove. Er war gerade dort, als ich auch zufällig dort war … und wir freundeten uns an … kurz. So eine dieser komischen Geschichten. Schwer zu erklären.“

Sie hatte ihre Frage nicht wirklich beantwortet, aber Wendy lächelte dennoch.

„Ist er oft hier, um auszuhelfen?“, fragte Elizabeth.

„An den meisten Wochenenden“, antwortete Wendy. „Ich hatte am Freitag einen Termin im Krankenhaus, deshalb brachte er seinen Laptop mit und arbeitete von hier aus. Das macht er manchmal.“

„Lebt er noch in London?“ Sie sollte nicht so neugierig sein, aber sie wollte alles wissen.

„Ja.“ Wendy runzelte die Stirn. „Wir machen uns ein wenig Sorgen um ihn, um ehrlich zu sein. Er ist nicht er selbst in letzter Zeit. Seit dem Drama um die Hochzeit, um genau zu sein. Du hast davon gehört, nehme ich an?“

Elizabeth nickte, aber es schien eine rhetorische Frage zu sein, denn Wendy holte kaum Luft.

„Ich war nie ein großer Fan von Jessica. Ich fand sie immer manipulativ, aber …“

Annette kam mit einem Tablett voller Tassen und Kekse herein. „Du tratschst doch nicht etwa?“, sagte sie ernst. „Ich sage es dir doch immer: Misch dich nicht in die Angelegenheiten anderer Leute ein.“

„Das bringt mich immer in Schwierigkeiten“, lachte Wendy.

Die Unterhaltung wechselte zu neutraleren Themen und Elizabeth bedauerte es, dass Wendy unterbrochen worden war. Sie sollte sich nicht um den Zustand von Max’ Ehe kümmern, aber sie konnte nicht anders. Sie wollte es wissen. Vor allem, falls es Probleme gab. Machte sie das zu einem schlechten Menschen?

Elizabeth blieb länger bei Annette und Wendy, als sie es beabsichtigt hatte. Sie waren ein unterhaltsames Paar, das sich ständig auf neckische Weise zankte. Wendy hatte einen eigenartigen Sinn für Humor, sodass Elizabeth mehr als einmal in Gelächter ausbrach. Jedes Mal, wenn Elizabeth erwähnte, dass sie aufbrechen wollte, erzählte Wendy eine weitere Anekdote oder stellte noch eine Frage. Sie sprachen über Bücher und Fernsehen, Bildung und Reisen. Es waren allesamt Unterhaltungen, die Elizabeth gerne führte, und so wunderte sie sich bei jedem Blick auf die Uhr, wie viel Zeit schon wieder vergangen war.

„Okay“, sagte Elizabeth, als Wendy eine weitere Geschichte aus ihrer Jugend zum Besten gegeben hatte. „Jetzt muss ich aber wirklich los.“

Wenn sie ehrlich war, hatte sie ihre Abfahrt in der Hoffnung hinausgezögert, dass Max doch noch auftauchte, aber es sah nicht so aus, als würde das noch passieren. Er wusste, dass sie kommen würde, um Tilly abzuholen. Wenn er sie hätte sehen wollen, wäre er hier gewesen. Wahrscheinlich blieb er absichtlich länger weg, um sie nicht treffen zu müssen. Das ergab mehr Sinn. Sie war ein Dummkopf, dachte sie, als sie aufstand und dankend einen weiteren Tee und die Einladung zum Abendessen ausschlug. „Es war ein wunderschöner Nachmittag, aber ich muss nach Hause. Es wird bald dunkel.“

„Max wird sich ärgern, dass er dich verpasst hat“, sagte Wendy. „Du solltest ihn bald einmal anrufen.“

„Oh, nein“, sagte Elizabeth. „Das denke ich nicht. Richtet ihm einfach einen Gruß aus. Außerdem habe ich seine Nummer gar nicht.“ Sie hätte sich ohrfeigen können. Warum hatte sie das gerade gesagt?

Wendy sah zu Annette. „Schreib doch Max’ Nummer für Lizzie auf …“

„Nein, ist schon gut“, protestierte Elizabeth.

„Mach schon“, sagte Wendy zu Annette, die zögerlich seine Nummer aufschrieb und Elizabeth den Zettel reichte. „Ich hoffe, du und Tilly kommt bald wieder. Wir hatten sie gerne bei uns.“

Tilly verließ nur ungern ihren Platz vor dem Feuer, folgte Elizabeth dann aber doch brav durch das Haus hinaus.

„Ich begleite dich zum Auto“, sagte Annette und hob die Tasche mit Tillys Sachen hoch.

„Nein“, entgegnete Elizabeth. „Es ist schrecklich kalt. Bleib lieber im Warmen.“

Annette umarmte sie zum Abschied und Elizabeth bedankte sich für Tillys gute Pflege und den schönen Nachmittag.

Die Luft war trockener als am Nachmittag und die Temperaturen waren weiter gesunken. Der Frost glitzerte auf dem Boden und Elizabeths Atem bildete Nebelwolken vor ihr, als sie langsam die Einfahrt hinabging. Sie sagte sich, dass sie so langsam ging, um die schöne, frostige Winterlandschaft länger genießen zu können.

„Ich warte nur ein paar Minuten, bis das Auto warmgelaufen ist“, sagte sie zu Tilly im Auto. „Dann fahren wir nach Hause.“ Sie schindete Zeit, enttäuscht darüber, dass sie Max nicht wiedergesehen hatte. Sie blickte Tilly über den Rückspiegel an. „Ich kann nicht glauben, dass du das ganze Wochenende mit ihm verbracht hast.“

Sie zog den Zettel aus ihrer Tasche und studierte Max’ Nummer. Warum glaubte Wendy, sie solle ihn anrufen? Sie schien wirklich nicht von seiner Ehefrau überzeugt zu sein, wenn sie seine Nummer so freigiebig an andere Frauen weitergab.

Sie wollte gerade davonfahren, als ihr ein Klopfen am Fenster beinahe das Herz stillstehen ließ.

Es war Max. Er wirkte außer Atem. Als er die Tür öffnete, stieg Elizabeth aus dem Wagen.

„Ich dachte, ich hätte dich verpasst“, sagte er.

Er stand viel zu nahe bei ihr.

„Es schien, als würdest du mir aus dem Weg gehen“, erwiderte sie.

„Das bin ich auch.“

Sie wollte einen Schritt von ihm wegmachen, aber sie war zwischen ihm und dem Auto gefangen. Außerdem wollte sich ein Teil von ihr keinen Millimeter bewegen.

„Ich kann nicht aufhören, an dich zu denken”, sagte er. „Ich habe es versucht, aber ich schaffe es nicht. Und dich wiederzusehen, macht es nur eine Million Mal schlimmer.“

„Max, ich …“ Sie wollte ihm sagen, dass sie genauso fühlte, aber er schnitt ihr das Wort ab.

„Ich habe den größten Fehler meines Lebens gemacht und ich weiß nicht, wie ich das wieder in Ordnung bringen soll. Ich fühle mich schrecklich.“

Sie rang nach Worten. Es ging ihm schrecklich … das nährte ihre Hoffnung. Das Problem war nur, dass er noch immer verheiratet war, auch wenn die Heirat ein Fehler gewesen war.

„Es tut mir leid“, sagte er und trat einen Schritt zurück.

Elizabeth wollte ihn am liebsten wieder an sich heranziehen.

„Ich hätte mich nicht im Pub vor dir verstecken sollen. Ich habe zu viel getrunken und jetzt verhalte ich mich wie ein Vollidiot.“

„Nein“, sagte sie, „das tust du nicht. Ich denke auch an dich …“

„Wirklich?“, fragte er ernst.

„Ja, aber …“ Er tat eine rasche Bewegung und ihr Kopf drehte sich, als seine Lippen auf die ihren trafen. Was tat er da nur? Sie sollte ihn aufhalten. Er war verheiratet und er war betrunken. Für einen kurzen Moment war es ihr jedoch egal. Es fühlte sich so gut an. Sie wollte an nichts mehr denken und ihn nur noch küssen.

„Halt“, sagte sie schließlich und schob ihn von sich. „Ich kann das nicht tun.“

„Es tut mir leid“, sagte er. „Ich bin wirklich ein Vollidiot. Deshalb wollte ich mich von dir fernhalten, denn jedes Mal, wenn ich dich sehe, will ich dich küssen.“

„Du musst dich nicht entschuldigen“, sagte sie.

„Natürlich muss ich das. Ich habe dich gerade geküsst. Ich kann nicht fassen, dass ich das getan habe.“

„Ist schon okay“, sagte sie, um ihn zu beruhigen. Er sah furchtbar durcheinander aus.

Er runzelte die Stirn, als er von ihr wegtrat. „Natürlich ist es nicht okay.“

Sie blickte ihm nach, als er aus ihrem Blickfeld verschwand. Dann stieg sie ins Auto und legte ihren Kopf auf das Lenkrad. Wie in aller Welt sollte sie je über ihn hinwegkommen?

KAPITEL 48

Das Wiedersehen mit Max hatte Elizabeth aus dem Gleichgewicht geworfen. Sie hatte so viel Zeit damit verbracht, sich einzureden, dass sie auch ohne ihn glücklich war, und nun hatte ihr Aufeinandertreffen all das wieder zunichtegemacht. Er hatte sie erneut als psychisches Wrack zurückgelassen. Sie rief Josie am Sonntagabend an und führte ein langes Gespräch mit ihr. Es führte natürlich nirgendwohin. Sie drehte sich im Kreis. Es war an der Zeit, dass sie endlich aufhörte, an ihn zu denken, aber wie oft hatte sie sich das in den vergangenen sechs Monaten schon gesagt?

Zum Glück hatte sie einige Aufträge, die sie beschäftigt hielten, und so vertiefte sie sich in ihre Arbeit.

Der Zettel mit Max' Nummer hing am Kühlschrank und verhöhnte sie jedes Mal, wenn sie daran vorbeiging. Natürlich würde sie niemals anrufen. Was sollte sie schon tun, ihn anrufen und bitten, seine Frau für sie zu verlassen? Nein, wenn er mit Elizabeth zusammen sein wollte, dann musste er zuerst seine Ehe beenden, ohne ihre Einmischung. Sie könnte den Zettel auch einfach wegwerfen. Das sollte sie wirklich tun.

Am Donnerstagmorgen zog sie ihren Mantel an und ging mit Tilly an ihrer Seite hinüber zu Dotty. Sie schaute gerne beim

Stricktreff vorbei und an diesem Tag freute sie sich besonders darauf, denn sie brauchte ganz dringend Gesellschaft.

Die grauhaarige alte Dame, Penny, saß wie üblich an ihrem Platz in der Ecke von Dottys Wohnzimmer und sah kaum von ihrer Strickarbeit auf. Tammy, die freundliche Briefträgerin, war auch da und grüßte Elizabeth wie immer überschwänglich.

„Wie war dein Wochenende?", fragte Dotty. Sie reichte Elizabeth eine Tasse Kaffee, dann setzte sie sich und griff nach ihrer Arbeit. Tilly lag ruhig an Elizabeths Füßen.

„Es war schön", sagte sie. „Ich habe meine Schwester in Oxford besucht."

„Wie nett", sagte Tammy. „Es ist schön, mal rauszukommen. Was habt ihr unternommen?"

Elizabeth fasste in aller Kürze ihr Wochenende zusammen und erwähnte nebenbei auch, dass sie Tilly in die Hundepension in Oakbrook gebracht hatte.

„Ach, auf der Farm ist es wirklich schön", sagte Dotty. „Annette und Wendy sind reizend. Annette ist übrigens Rob Andersons Schwester, dem zusammen mit seiner Frau Charlotte dein Cottage gehörte."

„Ja, ich weiß", sagte Elizabeth. Es sollte sie nicht überraschen, dass Dotty das wusste. Sie schien alles über Hope Cove zu wissen, aber Elizabeth hatte nicht daran gedacht, dass ihr Wissen sich bis nach Oakbrook erstrecken könnte. „Ich bin dort Max Anderson begegnet, dem Sohn der früheren Besitzer."

„Diese Anderson-Jungs", sagte Tammy. „Die haben immer für Wirbel unter den jungen Mädchen gesorgt, wenn sie den Sommer über hier waren."

„Oh ja", stimmte Dotty ihr zu. „Tammy ist James und Dan auf Schritt und Tritt gefolgt, wie ein verirrtes Lämmchen."

„Das bin ich nicht!", protestierte sie.

„Doch, das bist du! Ich habe dich im Dorf gesehen, wie du mit deinem Kaugummi Blasen gemacht hast, mit deinen Haaren gespielt hast und dabei wie eine Hyäne über jedes Wort von Dan gelacht hast."

Tammy errötete. „Sie sahen so gut aus“, sagte sie. „Und für eine Jugendliche vom Land waren sie wie Rockstars! James war immer ein bisschen überheblich, aber Dan war nett. Ich war drei Sommer lang in ihn verliebt!“

Elizabeth hatte nicht gewusst, dass die Familie im Ort bekannt war, und es war unterhaltsam, mehr über sie zu erfahren und Tammy in Erinnerungen schwelgen zu sehen.

„Wer ist Dan?“, fragte sie.

„Der mittlere Bruder“, sagte Tammy. „James, Dan und Max … auch wenn Max um einiges jünger ist. Ich kannte ihn nie gut.“

„Ich dachte, es wären nur zwei Brüder?“

„Drei“, bestätigte Dotty. „Die arme Charlotte hatte alle Hände voll zu tun. Sie scheinen ihr selbst noch als Erwachsene ständig Ärger zu machen. Obwohl ich glaube, dass sich Charlotte auch zu viel in ihr Leben einmischt.“ Sie wandte sich an Tammy. „Habe ich dir von dem Drama rund um Dans Hochzeit erzählt?“

„Ja“, sagte Tammy und verzog das Gesicht. „Ich weiß, ich bin glücklich verheiratet, aber mein Herz hat sich schon ein wenig zusammengezogen, als ich hörte, dass er geheiratet hat. Diese Jugendlieben vergisst man doch nie wirklich ganz.“

„Was ist bei seiner Hochzeit passiert?“, fragte Elizabeth.

„Sie haben das Datum geändert“, sagte Dotty. „Offenbar war der Ort, an dem sie heiraten wollten, ausgebucht, aber dann kam eine kurzfristige Stornierung rein. Deshalb organisierten sie diese gigantische Hochzeit in nur drei Wochen. Die arme Charlotte war entsetzt, denn viele ihrer Freunde konnten so kurzfristig gar nicht kommen.“

Langsam spielte sich Elizabeths Gespräch mit Charlotte vor ihrem geistigen Auge ab, dann ihre Unterhaltung mit Max. Sie konnte die Dinge nicht klar einordnen. Es war doch Max, der den Hochzeitstermin verschoben hatte. Dotty musste sich irren.

„War das nicht Max?“, sagte Elizabeth und bemühte sich um

einen beiläufigen Tonfall. „Ich bin mir sicher, dass es Max war, der seine Hochzeit vorverlegt hat."

„Auf jeden Fall Dan", sagte Tammy. „Leider." Sie schüttelte den Kopf und lachte. „Ich *bin* glücklich verheiratet, glaubt mir das!"

„Ich bin wohl verwirrt", sagte Elizabeth und ihre Gedanken rasten. „Max wird also dieses Jahr heiraten?", fragte sie. „Im Juli, nicht wahr?" Sie hoffte, dass sie möglichst unbeteiligt klang. War Max womöglich doch noch nicht verheiratet? Und wenn es so wäre, was bedeutete das für sie? Sie könnte ihn anrufen und ihm sagen, was sie für ihn empfand. Es war noch nicht zu spät.

„Nein, nein", sagte Dotty und ihre Nadeln klickten, während sie weiterstrickte. „Das war ja das nächste Drama. Er hat die Hochzeit unerwartet abgesagt. Charlotte hat es wirklich nicht leicht. Der eine Sohn sagt die Hochzeit ab, der andere verlegt sie vor, und das alles innerhalb weniger Wochen."

Elizabeth setzte ihre Tasse ab, ihre Hände zitterten zu sehr. Ihr Mund fühlte sich wie Schleifpapier an und das Schlucken fiel ihr schwer. „Max ist Single?", fragte sie.

„Der letzte ledige Anderson", grinste Tammy. „Du musst schnell sein, wenn du Interesse hast!"

Eine Pause entstand. Nur das Klicken der Nadeln war zu hören.

„Ich *habe* Interesse", sagte Elizabeth und ihre Stimme war nicht mehr als ein panisches Flüstern. „Oh mein Gott. Ich dachte, er wäre längst verheiratet."

Dotty hielt mitten in der Strickarbeit inne. Alle Augen waren nun auf Elizabeth gerichtet.

„Ich glaube, du musst uns mehr darüber erzählen", sagte Tammy.

„Ich muss gehen", sagte Elizabeth und stand auf. „Ich muss ihn anrufen."

„Lass uns nicht im Dunkeln zurück!", sagte Tammy, während sie und Dotty Elizabeth in den Vorraum folgten.

„Er ist der Grund, warum ich hierhergezogen bin“, erzählte Elizabeth, während sie eilig ihre Schuhe anzog. „Ich traf ihn letzten Sommer, als ich für eine Woche auf Urlaub hier war. Ich war verlobt und er ebenso, also ist nichts daraus geworden und wir sind beide nach Hause in unser altes Leben zurückgekehrt. Ich muss wirklich los und ihn anrufen.“

„Nein!“, rief Tammy. „Erzähl die Geschichte zu Ende!“

„Ich konnte nicht aufhören, an ihn zu denken“, sagte Elizabeth und griff nach ihrem Mantel, bemühte sich aber nicht, ihn anzuziehen. „Ich wusste, dass ich in meinem Leben etwas verändern musste, also kündigte ich meinen Job und verließ meinen Verlobten. Aber als ich Charlotte besuchte, sprach sie über die Hochzeit ihres Sohnes. Ich dachte, sie meinte Max. Ich dachte, ich hätte meine Chance verpasst.“

„Aber meintest du nicht, du hättest ihn am Wochenende gesehen?“, fragte Tammy verwirrt.

„Das habe ich. Und er hat mich geküsst! Ich sagte zu ihm, ich wolle das nicht, aber nur, weil ich glaubte, er sei verheiratet.“ Sie hielt auf der Türschwelle inne. „Ich bin mir nicht einmal sicher, ob er weiß, dass ich meine Hochzeit ebenfalls abgesagt habe. Ich muss ihn anrufen.“

„Ja“, rief Dotty. „Los!“

„Ruf ihn an“, feuerte Tammy sie aufgeregt an. „Und gib uns Bescheid, wie es weitergeht“, rief sie Elizabeth hinterher.

KAPITEL 49

Warum ging er nicht ran? Elizabeth war ein nervöses Wrack. Sie warf sich auf die Couch und versuchte es bei Josie, landete aber auf der Mailbox. Sie hinterließ ihr keine Nachricht. Max hatte sie ebenfalls keine hinterlassen. Vielleicht sollte sie noch einmal anrufen und ihm aufs Band sprechen oder ihm zumindest eine SMS schicken. Elizabeth starrte auf den Bildschirm und überlegte, was sie schreiben sollte. Es war kaum zu glauben, dass er wirklich Single war und dass es vielleicht doch noch Hoffnung für sie beide gab. Sie musste mit ihm sprechen.

Sie beschloss, ihm auf die Mailbox zu sprechen und erschauderte, als sie dem Klingeln lauschte und immer noch überlegte, was sie sagen sollte. Als der Signalton erklang, geriet sie in Panik und legte auf. Was sollte sie sagen? Sie wusste nicht, wo sie anfangen sollte.

Sie sollte ihm das Missverständnis mit der Hochzeit seines Bruders erklären, das war vermutlich der wichtigste Punkt! Und dass auch sie Single war! Aber das wäre eine eigenartige Nachricht auf einem Anrufbeantworter.

Als sie einen Wagen hörte, blickte sie auf. Es war Josie. Elizabeth hatte keine Ahnung, warum ihre Schwester sie besuchte, aber sie hätte sich keinen besseren Zeitpunkt dafür aussuchen können. Jemandem zum Reden war genau das, was sie jetzt brauchte.

Als sie die Tür öffnete, stand Josie tränenüberströmt vor ihr.

„Was ist los?“, fragte Elizabeth und zog sie eilig herein.

„Alles läuft schief“, schluchzte Josie. „Ich wollte einfach nur weg, deshalb bin ich ins Auto gesprungen und hergefahren.“

„Was ist passiert?“, fragte Elizabeth und führte sie zur Couch.

„Jack hat Schluss gemacht. Er meinte, es gehe ihm alles zu schnell und er brauche Abstand.“

„Das tut mir so leid“, sagte Elizabeth, drückte Josies Hand und wünschte sich, die Nachricht würde sie mehr überraschen.

„Und dann habe ich heute Morgen erfahren, dass die TV-Show nicht weiter produziert wird. Den großen Bossen hat der Pilot nicht gefallen. Jetzt habe ich keinen Job mehr. Es läuft einfach alles schief.”

„Es tut mir leid“, sagte Elizabeth erneut und umarmte Josie. „Aber es wird alles gut werden. Du wirst einen anderen Job finden. Und Jack war offenbar nicht der Richtige für dich.“

„Er ist ein Idiot“, sagte Josie verärgert, als ihr erneut Tränen in die Augen stiegen. „Aber ich liebe ihn.“

Elizabeth umarmte Josie fest. Sie hasste es, sie so traurig zu sehen.

Als sich Josie beruhigt hatte, schlug Elizabeth vor, an die frische Luft zu gehen, und so brachen sie zu einem Spaziergang mit Tilly auf.

„Ich bin froh, dass du von Zuhause aus arbeitest“, sagte Josie, als sie hinausgingen. „Es ist schön, dass ich dich jederzeit besuchen kann.“

„Ja“, grinste Elizabeth. „Ich werde aber später noch etwas arbeiten müssen. Das heißt, wenn ich mich überhaupt konzentrieren kann …“

„Warum?“, fragte Josie. „Was ist los?“

„Das ist eine lange Geschichte.“ Sie erzählte Josie von ihrem

Vormittag und es berührte sie, wie aufrichtig sich Josie trotz ihrer eigenen Probleme mit ihr freute.

„Wir warten also nur darauf, dass er zurückruft?“, fragte Josie.

„Ja!“

„Ist dein Handy auf laut?“, fragte Josie. „Du willst ihn doch nicht verpassen.“

„So laut es geht.“ Elizabeth zog das Handy hervor und schaute zum wiederholten Male auf das Display. „Mir ist schlecht. Was, wenn er nicht anruft?“

„Natürlich wird er anrufen. Hast du ihm eine Nachricht hinterlassen?“

„Nein“, gestand Elizabeth. „Ich habe es versucht, aber mir fehlten die Worte.“

„Du musst ihm eine Nachricht hinterlassen und alles erklären. Du kannst nicht nur hunderte Male anrufen.“

„Zwei Mal!“, sagte Elizabeth. „Ich habe nur zwei Mal angerufen.“

„Bis jetzt …“

„Du hast recht“, entschied Elizabeth. „Ich sollte ihm auf die Mailbox sprechen, sobald wir zurück im Haus sind.“

„Wenn du es nicht machst, erledige ich das“, neckte sie Josie.

„Ich werde es tun. Ich hoffe nur, ich verrenne mich nicht in etwas. Was, wenn es dennoch nicht funktioniert? Ich habe erst eine Woche mit ihm verbracht. Vielleicht treffen wir uns dann wieder und merken, dass wir gar nicht zueinander passen.“

„Oh mein Gott!“, rief Josie dramatisch. „Sei doch nicht so unromantisch. Sobald du ihm alles erklärt hast, wird er dich gleich zurückrufen und dich um ein Date bitten. Da bin ich mir sicher. Dann werdet ihr euch verlieben und bis an euer Lebensende glücklich zusammenleben.“

Ein Lächeln breitete sich auf Elizabeths Gesicht aus.

„Was ist so lustig?“, fragte Josie.

„Ich habe nie an ein Date gedacht“, sagte Elizabeth. „Jedes

Mal, wenn ich an ihn dachte, bin ich gleich zum Happy End übergegangen. Die Datingphase habe ich ausgelassen."

Josie strahlte. „Das klingt ganz nach mir. Du solltest eigentlich die vernünftige von uns beiden sein, also denk an die Datingphase, wenn du mit ihm sprichst. Mach ihm ja keinen Antrag oder so. Du solltest ihn nach all dem nicht gleich wieder vergraulen."

„Ein kluger Rat", sagte Elizabeth und blickte erneut auf ihr Handy. „Gehen wir nach Hause. Ich will den Anruf hinter mich bringen."

Am Ende war es einfacher, als sie gedacht hatte. Sie hatte sich für den Anruf in den Garten gesetzt und kaum hatte sie angefangen zu sprechen, entspannte sie sich und erklärte seinem Anrufbeantworter alles, so als ob er vor ihr sitzen würde. Es gab vieles zu besprechen, aber sie hielt sich so kurz wie möglich. Wenn alles gut ging, sollte später noch genügend Zeit dafür bleiben. Sie hielt kurz inne, nachdem sie fertig gesprochen hatte und sagte ihm schließlich, dass sie ihn vermisse und ihn gerne wiedersehen würde. Beim Auflegen hatte sie Tränen in den Augen. Sie ging zurück ins Haus zu Josie.

„Ich hab's getan", sagte sie. „Jetzt muss ich nur noch warten."

„Herrje, das ist ja die reinste Folter", seufzte Josie.

„Ja", stimmte Elizabeth ihr zu. „Das ist es. Was, wenn er nicht anruft? Ich fühle mich wieder wie ein Teenager!"

„Er wird anrufen", beruhigte Josie sie. „So, ich gehe jetzt nach oben und sehe mir einen Film auf meinem Laptop an, während du arbeitest. Dann hole ich uns Fish & Chips zum Abendessen." Sie überlegte. „Außer, er ruft an und will dich ausführen. Dann werde ich alleine Fish & Chips essen."

„Sag das nicht", ermahnte sie Elizabeth. „Du setzt mir nur Flausen in den Kopf." Es war unmöglich, dass sie ihn heute noch sehen würde. Aber die Vorstellung war so aufregend, dass sie nicht anders konnte, als darauf zu hoffen. „Aber du hast recht. Ich habe noch zu tun. Ist das okay für dich?“, fragte sie und erkannte, dass sie sich nur noch auf ihr Liebesleben konzentriert und Josies Trennung gar nicht mehr erwähnt hatten.

„Schon gut“, sagte Josie und lächelte traurig. „Ich werde mir vermutlich irgendeine Schnulze ansehen und heulen, aber das ist schon in Ordnung!“

„Tu das nicht“, sagte Elizabeth.

„Das war nur ein Scherz“, sagte sie. „Ich glaube, ich werde ihn später anrufen und sehen, ob wir die Sache noch regeln können. Vielleicht, wenn ich vorschlage, es langsamer angehen zu lassen …“

„Josie“, sagte Elizabeth kopfschüttelnd. „Ich halte das für keine gute Idee. Du solltest mit jemandem zusammen sein, der dich wirklich mag und dich nicht so schikaniert.“

„Ja, ich weiß“, sagte sie zögerlich. „Aber ich liebe ihn. Ich kann ihn nicht aufgeben.“

Elizabeth schloss für einen Moment die Augen und bemühte sich, nichts Taktloses zu sagen. Es lag ihr so vieles auf der Zunge, aber vermutlich wollte Josie nichts davon hören. „Okay“, sagte sie. „Aber hoffe nicht zu sehr darauf.“

Zu ihrer Überraschung war Elizabeth an diesem Nachmittag sehr produktiv. Sie arbeitete an einem Projekt für einen von Emilys Freunden, dieses Mal ein bezahlter Auftrag. Außerdem machte ihr die Arbeit Spaß: Es handelte sich um einen historischen Liebesroman, der sehr unterhaltsam und gut geschrieben war. Nur gelegentlich blickte sie auf ihr unangenehm schweigendes Handy.

Sie hatte wenig Appetit an diesem Abend, aß aber ein wenig von den Fish & Chips, die Josie für sie geholt hatte. Sie setzten sich vor das Feuer und Elizabeth starrte in die Flammen.

„Geht es dir gut?“, fragte Josie.

„Ich gehe nur alles immer wieder im Kopf durch“, antwortete sie. „Ich frage mich, warum das Wiedersehen in Oakbrook so komisch war. Er muss glauben, dass ich verlobt bin. Das würde alles erklären … Warum er mir aus dem Weg geht, sich so oft für den Kuss entschuldigt hat. Ich dachte, es wäre, weil *er* verheiratet ist."

„Außerdem würde es erklären, warum er wegen des Cottage so wütend war. Er muss denken, dass du es mit Phil gekauft hast."

„Ach herrje, natürlich." Sie seufzte. „Dann bleibt nur noch ein Rätsel ungelöst: Warum ruft er mich nicht zurück?"

„Das wird er", sagte Josie. „Mach dir keine Sorgen. Alles wird gut werden."

Das hoffte Elizabeth, aber bislang schien das Universum nicht zu wollen, dass sie zusammen waren. „Das ist alles deine Schuld", murmelte Elizabeth grimmig.

„Meine Schuld?", fragte Josie überrascht.

„Ja! Du hast mein Facebookprofil bearbeitet. Ich wette, deshalb glaubt er, dass ich noch immer mit Phil zusammen bin."

„Komm schon", entgegnete Josie. „Du hast dir das mindestens genauso eingebrockt. Du hättest dein Konto nicht so aufsetzen sollen, dass Gott und die Welt alles über dich lesen kann."

Elizabeth wollte sie unterbrechen, aber Josie fuhr fort. „Und als du dich damals von Max am Strand verabschiedet hast, hast du ihm da nicht gesagt, dass du zurück zu deinem Verlobten gehst? Vielleicht hat es damit zu tun."

Elizabeth ließ sich auf die Couch sinken und fühlte sich elend. Warum meldete er sich nicht?

„Du wirst ihn morgen noch einmal anrufen müssen", sagte Josie. „Die ganze Warterei ist schrecklich. Ich halte es nicht mehr aus."

„*Du* hältst es nicht mehr aus?", fragte Elizabeth. „Was glaubst du, wie ich mich fühle?"

Sie verbrachten den restlichen Abend vor dem Fernseher. Nicht, dass Elizabeth sich auf irgendetwas konzentrieren hätte können. Sie blickte ständig auf ihr Telefon, das sie beharrlich anschwieg und um zehn Uhr beschloss sie, der Misere ein Ende zu setzen und schlafen zu gehen.

Es dauerte Stunden, bis sie einschlief. Ihr Telefon lag auf dem Nachttisch und sie hoffte weiterhin darauf, dass es klingelte. Sie beschloss, dass sie ihn definitiv morgen noch einmal anrufen oder einfach gleich suchen gehen würde. Sie konnte keinen weiteren Tag der Ungewissheit ertragen.

KAPITEL 50

Das erste, was Elizabeth am nächsten Morgen tat, war, ihr Handy zu checken. Keine verpassten Anrufe, keine Nachrichten. Hatte er kein Interesse mehr? Warum ignorierte er sie einfach? Sie hatte so hart dafür gekämpft, sich ein neues Leben aufzubauen und sie war zufrieden mit ihren Entscheidungen, aber nun fühlte sich plötzlich alles wieder so unstet an. Vor einer Woche noch war sie glücklich gewesen, aber jetzt fühlte es sich an, als wäre ihr Herz erneut entzweigebrochen.

Sie war überrascht, Josie bereits früh in ihrem Zimmer rumoren zu hören. Als Elizabeth ihr ein „Guten Morgen" hineinrief, tauchte Josie an der Tür auf.

„Jack hat mir geschrieben", sagte Josie strahlend. „Er hat sich entschuldigt. Er meinte, dass er einen großen Fehler gemacht hat und sich mit mir treffen will."

Elizabeth verspürte einen Würgereiz. Der Kerl war doch ganz klar ein Frauenheld. Josie hatte etwas Besseres verdient.

„Ich wusste, dass er seine Meinung ändern wird", sagte Josie.

„Bist du dir sicher, dass er nicht einfach nur ein Idiot ist?", fragte Elizabeth mit schmerzgeplagtem Gesicht. „Vielleicht solltest du ihm keine zweite Chance …"

„Sag das nicht, er ist großartig und es war nur ein dummer Fehler. Ich werde zu ihm fahren und alles mit ihm klären."

„Okay", sagte Elizabeth wenig enthusiastisch.

„Kommst du zurecht? Ich lasse dich bei der ganzen Sache mit Max nur ungern alleine. Hast du von ihm gehört?"

„Nein", seufzte sie. „Aber du musst nicht hier herumhocken und auf mich aufpassen. Ich muss sowieso mit der Arbeit vorankommen."

„Okay, wenn du das sagst. Ich gehe duschen und fahre dann nach dem Frühstück."

„Ich werde jetzt mit Tilly rausgehen", sagte Elizabeth. „Willst du mitkommen?"

„Nein, danke. Ich werde meine Sachen packen, denke ich."

„Okay, ich bin nicht lange weg."

Elizabeth machte sich eine Tasse Kaffee und ging mit Tilly an ihrer Seite in den Garten. Sie würde sich schon bald um den Garten kümmern müssen, jetzt, wo das Wetter langsam besser wurde, dachte sie.

Die Sonne ging gerade auf, als sie durch die Hecke auf den Pfad trat. Sie war überrascht, jemanden am Strand unten zu sehen. Sie blinzelte durch das Halbdunkel hinab auf die einsame Gestalt und hielt inne.

Ihr Körper schien die Wichtigkeit eines regelmäßigen Atems und Herzschlages vergessen zu haben.

Es war Max.

Einen Moment lang stand sie da und beobachtete ihn. Dann ging sie langsam auf ihn zu. Tilly bellte und lief voraus, hüpfte um ihn herum und leckte ihn ab. Er lachte und kraulte sie herzlich.

„Du hast mir meinen Sonnenaufgangsplatz geklaut", sagte Elizabeth und war überrascht, wie ruhig sie klang.

Sein Blick wanderte langsam an ihr hinauf. „Ich wollte gerade anrufen, um die Kaffeesituation zu klären", sagte er und zeigte auf das Handy in seiner Hand.

„Wirklich?“, fragte sie misstrauisch. „Ich dachte schon, du würdest mich gar nicht mehr zurückrufen.“

„Es tut mir leid. Ich war in Oakbrook und der Empfang dort ist eine Katastrophe. Ich habe deine Nachricht erst heute Morgen erhalten. Ich wollte dich gleich zurückrufen, entschied dann aber, dass wir uns besser persönlich unterhalten sollten.“

Sie setzte sich neben ihn, nahm einen Schluck Kaffee und reichte ihm dann die Tasse. Das Adrenalin schoss durch ihren Körper. Sie war aufgeregt, aber im Gegensatz zu Tilly hielt sie ihre Emotionen zurück und dachte an Josies Rat, die Dinge nicht zu überstürzen, um ihn nicht zu vergraulen.

Sie hatten erst eine Woche zusammen verbracht. Sie durfte nicht voreilig werden.

Alles, was sie wollte, war ihn zu küssen, aber stattdessen blickte sie hinaus in die Sonne, die am dunstigen Horizont aufging, und versuchte, ihre Gedanken zu sortieren.

„Du bist wirklich nicht verheiratet?“, fragte sie, nachdem sie Tilly dazu gebracht hatte, sich hinzulegen. Die Hündin breitete sich genüsslich vor den beiden im Sand aus.

„Nein“, sagte er. „Natürlich nicht.“

„Ich dachte, es wäre deine Hochzeit in letzter Minute gewesen“, sagte sie.

„Nein. Das war Dans.“

„Ich wusste nicht, dass du zwei Brüder hast …“ Sie schüttelte traurig den Kopf. „Und du dachtest, ich wäre noch mit Phil zusammen?“

„Ja. Ich kann kaum glauben, dass du nach mir gesucht hast.“ Er kraulte Tilly am Rücken, während er sprach. „Ich habe auch versucht, dich zu finden. Als du weg warst, fuhr ich zurück nach London und beendete meine Beziehung mit Jessica. Ich habe die Besitzer des Seaview Cottage kontaktiert und sie angefleht, mir deine Kontaktdaten zu geben …“ Er lachte bei der Erinnerung daran. „Als sie damit drohten, die Polizei zu informieren, gab ich auf. Am Ende fand ich dich auf Facebook.“

„Ich werde Josie umbringen! Sie hat an meinem Profil

herumgespielt und Zeug über Phil gepostet. Du hast das gesehen?“

„Es sah auf jeden Fall so aus, als wärst du noch verlobt“, sagte er. „Und du sahst so glücklich mit deinem Verlobten aus. Ich erinnerte mich daran, wie entschlossen du warst, dass das zwischen uns nur ein Urlaubsflirt war und nicht mehr.“

Ihre Schultern sackten zusammen, als sie seufzte. „Ich bin nie auf Facebook. Ich wusste nicht einmal, dass jeder meine Seite sehen kann. Ich wünschte, du hättest mir geschrieben.“

„Ich auch.“

„Ich habe versucht, Annette und Wendy zu kontaktieren“, sagte sie. „Aber das Telefon ging nicht und als ich herfuhr, war niemand da.“

„Das muss zu der Zeit gewesen sein, als Wendy im Krankenhaus war“, sagte Max. „Annette schloss die Pension für eine Weile und als es sie nervte, dass ständig Leute anriefen, um einen Platz zu reservieren, steckte sie das Telefon aus.“

„Es scheint, als wäre alles gegen uns gewesen.“

Max lächelte. „Ich dachte, du hättest das Haus mit deinem Verlobten gekauft.“ Er zog die Augenbrauen zusammen. „Was wirklich sehr eigenartig gewesen wäre!“

„Ich hatte meine verrückten Momente in den letzten sechs Monaten, aber so schlimm war es zum Glück nie.“

„Also nur damit ich das richtig verstehe…“ Er griff nach ihrer Hand. „Seit letztem Sommer hast du dich von deinem Verlobten getrennt, bist hierhergezogen und hast dir einen Hund zugelegt?“

„Ich habe außerdem meinen Job gekündigt und gehe regelmäßig zum Stricktreff“, sagte sie stolz und umspielte seine Finger mit den ihren. „Es waren sechs aufregende Monate.“

„Scheint ganz so.“ Er hielt inne und blickte sie intensiv an. „Ich konnte es kaum glauben, als ich dich in Oakbrook sah. Ich dachte, ich wäre endlich über dich hinweg und dann stehst du auf einmal da … und warst schon wieder dabei, mein Leben durcheinanderzubringen." Er lächelte. „Warum bist du so ausgerastet, als ich dich geküsst habe?"

„Ich dachte, du wärst verheiratet", verteidigte sie sich. „Und du warst es, der ausgerastet ist!"

„Ich dachte, du wärst verlobt!"

Sie lachte, weil es so lächerlich war. Dann sah sie ihn fragend an. „Was meintest du, als du sagtest, du hättest einen großen Fehler begangen? Ich dachte, du redest von deiner Hochzeit."

„Dass ich dich gehen habe lassen", sagte er und rückte näher an sie heran. „Ich hätte mehr um dich kämpfen sollen. Dich davon überzeugen, dass wir zusammengehören."

„Ich bin jetzt überzeugt", sagte sie leise.

Er legte seine Hände an ihr Gesicht, als er sie küsste und ihr ganzer Körper kribbelte. Es fühlte sich wunderbar an.

„Wie geht es jetzt weiter?", fragte er, als sie voneinander ließen.

„Nun, ich nehme an, wir sollten uns zu einem Date treffen."

„Wirklich? Nach alldem bekomme ich nur ein mickriges Date?"

„Möchtest du keines?"

„Nicht wirklich", sagte er und grinste. „Daten, das klingt so gewöhnlich. Die Leute daten doch normalerweise, um herauszufinden, ob sie mit jemandem zusammen sein wollen … und ich liebe dich doch schon."

Sie spürte ihre Wangen glühen und grinste dümmlich. „Wirklich?"

„Ja!"

„Aber wir haben doch erst eine Woche zusammen verbracht."

Er strich ihr eine Haarsträhne aus dem Gesicht. „Ich brauchte viel weniger als eine Woche, um mich in dich zu verlieben."

Als er sie erneut küsste, hielt sie plötzlich inne. „Aber wie soll das funktionieren? Du lebst in London und ich hier."

„Ich glaube, ich möchte in Zukunft mehr Zeit am Meer verbringen …"

Langsam begann ihr breites Grinsen wehzutun. „Wirklich?"

„Ich weiß, wir sollten es langsam angehen, aber ich möchte nicht noch mehr Zeit verschwenden. Was denkst du?"

„Ich denke … dass ich dich ebenfalls liebe! Und ich möchte auch keine Zeit mehr verschwenden." Und nun, wo er endlich bei ihr war, wollte sie ihn nicht mehr gehen lassen. „Wie wäre es, wenn du über das Wochenende hierbleibst und wir dann weitersehen?"

„Das klingt doch gut."

Seine Lippen strichen sanft über die ihren, bevor er fragte: „Also keine Dates?"

„Nein", sagte sie und zog ihn strahlend an sich heran. „Definitiv keine Dates!"

ENDE

EIN NEUANFANG AUF OAKBROOK FARM

HOPE COVE BUCH 2

Josie Beaumont ist ein wahrer Freigeist. Sie wechselt ihren Job genauso oft wie ihren Beziehungsstatus. Also häufig! Die einzige Konstante in ihrem Leben ist ein ausgelatschtes Paar Schuhe, das viel zu bequem ist, als dass sie sich von ihm trennen wollte.

Als sie wieder einmal arbeitslos ist, wird ihr ein Job in einer Hundepension mitten auf dem Land angeboten. Als jemand, der mit der Veränderung wächst, sieht sie dem Umzug nach Devon jedoch gelassen entgegen. Sie geht davon aus, dass das Landleben ruhig und beschaulich werden wird.

Wäre da nicht **Sam**.

Der charmante und einfühlsame Nachbar macht ihre Tage in Devon gleich viel interessanter. Je mehr sie sich in das Dorfleben integriert, desto stärker wird ihr bewusst, dass das Landleben gar nicht so eintönig ist, wie sie es erwartet hatte. Aber gerade als sie glaubt, ihren Platz gefunden zu haben, erhält sie ein Angebot für ihren absoluten Traumjob in London. Es ist also an der Zeit, weiterzuziehen.

Oder etwa nicht?

Teil einer Dorfgemeinschaft zu sein, hat etwas in Josie ausgelöst, und so beginnt sie sich zu fragen, was sie tief in ihrem Inneren möchte. Kann sie ihrem neuen Leben einfach den Rücken kehren und Sam zurücklassen? Oder ist sie bereit, ihre Zelte dieses Mal dauerhaft aufzustellen und nicht mehr abzubrechen? Vielleicht hat sie ja endlich etwas gefunden, dass es wert wäre, zu bleiben …

WEITERE DEUTSCHE TITEL DER AUTORIN

Hope-Cove-Reihe:

Ein Cottage in Hope Cove

Ein Neuanfang auf Oakbrook Farm (Sommer 2020)

Ein Sommer im alten Bootshaus (Herbst 2020)

EIN PAAR WORTE DER AUTORIN

Liebe Leserin, lieber Leser,

Vielen Dank, dass du dich für *Ein Cottage in Hope Cove* entschieden hast. Wenn dir mein Buch gefallen hat, wäre es sehr hilfreich für mich als Autorin, wenn du mir eine Rezension auf Amazon hinterlassen würdest. Ein paar Zeilen sind völlig ausreichend.

Du findest mich auch in den sozialen Netzwerken:

Website: www.authorhannahellis.com
Twitter: @BooksEllis
Facebook: @authorhannahellis
Instagram: @authorhannahellis

Printed in Poland
by Amazon Fulfillment
Poland Sp. z o.o., Wrocław

12144040R00195